萧红 作品

萧 红 散 文 集

又见春天

萧红◎著

中国妇女出版社

图书在版编目（CIP）数据

萧红散文集：又见春天 / 萧红著. -- 北京：中国妇女出版社, 2018.1
ISBN 978-7-5127-1553-0

Ⅰ.①萧… Ⅱ.①萧… Ⅲ.①散文集—中国—现代 Ⅳ.①I266

中国版本图书馆CIP数据核字（2017）第282340号

萧红散文集——又见春天

作　　者：萧　红　著
策划编辑：王海峰
责任编辑：陈经慧
封面设计：尚世视觉
责任印制：王卫东
出版发行：中国妇女出版社
地　　址：北京市东城区史家胡同甲24号　　邮政编码：100010
电　　话：（010）65133160（发行部）　　65133161（邮购）
网　　址：www.womenbooks.cn
法律顾问：北京天达共和律师事务所
经　　销：各地新华书店
印　　刷：北京通州皇家印刷厂
开　　本：165×235　1/16
印　　张：20.5
字　　数：290千字
版　　次：2018年1月第1版
印　　次：2018年1月第1次
书　　号：ISBN 978-7-5127-1553-0
定　　价：48.00元

目录

Contents

散文篇

诗歌篇

书信篇

戏剧篇

散文篇

蹲在洋车上

看到了乡巴佬坐洋车，忽然想起一个童年的故事。

当我还是小孩的时候，祖母常常进街。我们并不住在城外，只是离市镇较偏的地方罢了！有一天，祖母又要进街，命令我：

“叫你妈妈把斗风给我拿来！”

那时因为我过于娇惯，把舌头故意缩短一些，叫斗篷作斗风，所以祖母学着我，把风字拖得很长。

她知道我最爱惜皮球，每次进街的时候，她问我：

“你要些什么呢？”

“我要皮球。”

“你要多大的呢？”

“我要这样大的。”

我赶快把手臂拱向两面，好像张着的鹰的翅膀。大家都笑了！祖父轻动着嘴唇，好像要骂我一些什么话，因我的小小的姿式感动了他。

祖母的斗篷消失在高烟囱的背后。

等她回来的时候，什么皮球也没带给我，可是我也不追问一声：

“我的皮球呢？”

因为每次她也不带给我；下次祖母再上街的时候，我仍说是要皮球，我是说惯了，我是熟练而惯于作那种姿式。

祖母上街尽是坐马车回来，今天却不是，她睡在仿佛是小槽子里，大概是槽子装置了两个大车轮。非常轻快，雁似的从大门口飞来，一直到房门。在前面挽着的那个人，把祖母停下，我站在玻璃窗里，小小的心灵上，有无限的奇秘冲击着。我以为祖母不会从那里头走出来，我想祖母为什么要被装进槽子里呢？我渐渐惊怕起来，我完全成个呆气的孩子，把头盖顶住玻璃，想尽方法理解我所不能理解的那个从来没有见过的槽子。

很快我领会了！见祖母从口袋里拿钱给那个人，并且祖母非常兴奋，她说叫着，斗篷几乎从她的肩上脱溜下去！

“呵！今天我坐的东洋驴子回来的，那是过于安稳呀！还是头一次呢，我坐过安稳的车子！”

祖父在街上也看见过人们所呼叫的东洋驴子，妈妈也没有奇怪。只是我，仍旧头皮顶撞在玻璃那儿，我眼看那个驴子从门口飘飘地不见了！我的心魂被引了去。

等我离开窗子，祖母的斗篷已是脱在炕的中央，她嘴里叨叨地讲着她街上所见的新闻。可是我没有留心听，就是给我吃什么糖果之类，我也不会留心吃，只是那样的车子太吸引我了！太捉住我小小的心灵了！

夜晚在灯光里，我们的邻居，刘三奶奶摇闪着走来，我知道又是找祖母来谈天的。所以我稳当当地占了一个位置在桌边。于是我咬起嘴唇来，仿佛大人样能了解一切话语，祖母又讲关于街上所见的新闻，我用心听，我十分费力！

“……那是可笑，真好笑呢！一切人站下瞧，可是那个乡下佬还是不知道笑自己，拉车的回头才知道乡巴佬是蹲在车子前放脚的地方，拉车的问：‘你为什么蹲在这地方？’

“他说怕拉车的过于吃力，蹲着不是比坐着强吗？比坐在那里不是轻吗？所以没敢坐下……”

邻居的三奶奶，笑得几个残齿完全摆在外面，我也笑了！祖母还说，她感到这个乡巴佬难以形容，她的态度，她用所有的一切字眼，都是引人发笑。

“后来那个乡巴佬，你说怎么样！他从车上跳下来，拉车的问他为什么跳？他说：若是蹲着吗？那还行。坐着，我实在没有那样的钱。拉车的说：坐着，我不多要钱。那个乡巴佬到底不信这话，从车上搬下他的零碎东西，走了。他走了！”

我听得懂，我觉得费力，我问祖母：

“你说的，那是什么驴子？”

她不懂我的半句话，拍了我的头一下，当时我真是不能记住那样繁复的名词。过了几天祖母又上街，又是坐驴子回来的，我的心里渐渐羡慕那驴子，也想要坐驴子。

过了两年，六岁了！我的聪明，也许是我的年岁吧！支持着我使我愈见讨厌我那个皮球，那真是太小，而又太旧了；我不能喜欢黑脸皮球，我爱上邻家孩子手里那个大的；买皮球，好像我的志愿，一天比一天坚决起来。

向祖母说，她答：“过几天买吧，你先玩这个吧！”

又向祖父请求，他答：“这个还不是很好吗？不是没有出气吗？”

我得知他们的意思是说旧皮球还没有破，不能买新的。于是把皮球在脚下用力捣毁它，任是怎样捣毁，皮球仍是很圆，很鼓，后来到祖父面前让他替我踏破！祖父变了脸色，像是要打我，我跑开了！

从此，我每天表示不满意的样子。

终于一天晴朗的夏日，戴起小草帽来，自己出街去买皮球了！朝向母亲曾领我到过的那家铺子走去，离家不远的时候，我的心志非常光明，能够分辨方向，我知道自己是向北走。过了一会，不然了！太阳我也找不着了！一些些的招牌，依我看来都是一个样，街上的行人好像每个要撞倒我似的，就连马车也好像是旋转着。我不晓得自己走了多远，只是我实在疲劳。不能再寻找那家商店；我急切地想回家，可是家也被寻觅不到。我是从哪一条路来的？究竟家是在什么方向？

我忘记一切危险，在街心停住，我没有哭，把头向天，愿看见太阳。因为平常爸爸不是拿指南针看看太阳就知道或南或北吗？我虽然看了，只见太阳在街路中央，别的什么都不能知道，我无心留意街道，跌倒在阴沟板上面。

“小孩！小心点。”

身边的马车夫驱着车子过去，我想问他我的家在什么地方，他走过了！我昏沉极了！忙问一个路旁的人：

“你知道我的家吗？”

他好像知道我是被丢的孩子，或许那时候我的脸上有什么急慌的神色，那人跑向路的那边去，把车子拉过来，我知道他是洋车夫，他和我开玩笑一般：

“走吧！坐车回家吧！”

我坐上了车，他问我，总是玩笑一般地：

“小姑娘！家在哪里呀？”

我说：“我们离南河沿不远，我也不知道哪面是南，反正我们南边有河。”

走了一会，我的心渐渐平稳，好像被动荡的一盆水，渐渐静止下来，可是不多一会，我忽然忧愁了！抱怨自己皮球仍是没有买成！从皮球联想到祖母骗我给买皮球的故事，很快又联想到祖母讲的关于乡巴佬坐东洋车的故事。于是我想试一试，怎样可以像个乡巴佬。该怎样蹲法呢？轻轻地从座位滑下来，当我还没有蹲稳当的时节，拉车的回头来：

“你要做什么呀？”

我说：“我要蹲一蹲试试，你答应我蹲吗？”

他看我已经偎在车前放脚的那个地方，于是他向我深深地做了一个鬼脸，嘴里哼着：

“倒好哩！你这样孩子，很会淘气！”

车子跑得不很快，我忘记街上有没有人笑我。车跑到红色的大门楼，我知道家了！我应该起来呀！应该下车呀！不，目的想给祖母一个意外的发笑，等车拉到院心，我仍蹲在那里，像耍猴人的猴样，一动不动。祖母笑着跑出来了！祖父也是笑！我怕他们不晓得我的意义，我用尖音喊：

"看我！乡巴佬蹲东洋驴子！乡巴佬蹲东洋驴子呀！"

只有妈妈大声骂着我，忽然我怕要打我，我是偷着上街。

洋车忽然放停，从上面我倒滚下来，不记得被跌伤没有。祖父猛力打了拉车的，说他欺侮小孩，说他不让小孩坐车让蹲在那里。没有给他钱，从院子把他轰出去。

所以后来，无论祖父对我怎样疼爱，心里总是生着隔膜，我不同意他打洋车夫，我问：

"你为什么打他呢？那是我自己愿意蹲着。"

祖父把眼睛斜视一下："有钱的孩子是不受什么气的。"

现在我是二十多岁了！我的祖父死去多年了！在这样的年代中，我没发现一个有钱的人蹲在洋车上；他有钱，他不怕车夫吃力，他自己没拉过车，自己所尝到的，只是被拉着舒服滋味。假若偶尔有钱家的小孩子要蹲在车厢中玩一玩，那么孩子的祖父出来，拉洋车的便要被打。

可是我呢？现在变成个没有钱的孩子了！

1934年3月16日

镀金的学说

我的伯伯，他是我童年惟一崇拜的人物，他说起话有洪亮的声音，并且他什么时候讲话总关于正理，至少那时候我觉得他的话是严肃的，有条理的，千真万对的。

那年我十五岁，是秋天，无数张叶子落了，回旋在墙根了，我经过北门旁在寒风里号叫着的老榆树，那榆树的叶子也向我打来。可是我抖擞着跑进屋去，我是参加一个邻居姐姐出嫁的筵席回来。一边脱换我的新衣裳，一边同母亲说，那好像同母亲吵嚷一般："妈，真的没有见过，婆家说新娘笨，也有人当面来羞辱新娘，说她站着的姿式不对，生着的姿式不好看，林姐姐一声也不作，假若是我呀！哼！……"

母亲说了几句同情的话，就在这样的当儿，我听清伯父在呼唤我的名字。他的声音是那样低沉，平素我是爱伯父的，可是也怕他，于是我心在小胸膛里边惊跳着走出外房去。我的两手下垂，就连视线也不敢放过去。

"你在那里讲究些什么话？很有趣哩！讲给我听听。"伯父说话的时候，他的眼睛流动笑着，我知道他没有生气，并且我想他很愿意听我讲究。我就高声把那事又说了一遍，我且说且做出种种姿式来。等我说完的时候，我仍欢喜，说完了我把说话时跳打着的手足停下，静等着伯伯夸奖我呢！可是过了很多工夫，伯伯在桌子旁仍写他的文字。

对我好像没有反应，再等一会他对于我的讲话也绝对没有回响。至于我呢，我的小心房立刻感到压迫，我想我的错在什么地方？话讲的是很流利呀！讲话的速度也算是活泼呀！伯伯好像一块朽木塞住我的咽喉，我愿意快躲开他到别的房中去长叹一口气。

伯伯把笔放下了，声音也跟着来了："你不说假若是你吗？是你又怎么样？你比别人更糟糕，下回少说这一类话！小孩子学着夸大话，浅薄透了！假如是你，你比别人更糟糕，你想你总要比别人高一倍吗？再不要夸口，夸口是最可耻，最没出息。"

我走进母亲的房里时，坐在炕沿我弄着发辫，默不作声，脸部感到很烧很烧。以后我再不夸口了！

伯父又常常讲一些关于女人的服装的意见，他说穿衣服素色最好，不要涂粉，抹胭脂，要保持本来的面目。我常常是保持本来的面目，不涂粉不抹胭脂，也从没穿过花色的衣裳。

后来我渐渐对于古文有趣味，伯父给我讲古文，记得讲到吊古战场文那篇，伯父被感动得有些声咽，我到后来竟哭了！从那时起我深深感到战争的痛苦与残忍。大概那时我才十四岁。

又过一年，我从小学卒业就要上中学的时候，我的父亲把脸沉下了！他终天把脸沉下。等我问他的时候，他瞪一瞪眼睛，在地板上走转两圈，必须要过半分钟才能给一个答话："上什么中学？上中学在家上吧！"

父亲在我眼里变成一只没有一点热气的鱼类，或者别的不具着情感的动物。

半年的工夫，母亲同我吵嘴，父亲骂我："你懒死啦！不要脸的！"当时我过于气愤了，实在受不住这样一架机器压轧了。我问他，"什么叫不要脸呢？谁不要脸！"听了这话立刻像火山一样爆裂起来。当时我没能看出他头上有火冒也没？父亲满头的发丝一定被我烧焦了吧！那时我是在他的手掌下倒了下来，等我爬起来时，我也没有哭。可是父亲从那时起他感到父亲的尊严是受了一大挫折，也从那时起每天想要恢复他的父权。他想做父亲的更该尊严些，或者加倍的尊严着才能压住子女吧？

可真加倍尊严起来了；每逢他从街上回来，都是黄昏时候，父亲一走到花墙的地方便从喉管做出响动，咳嗽几声啦，或是吐一口痰啦。后来渐渐我听他只是咳嗽而不吐痰，我想父亲一定会感着痰不够用了呢！我想做父亲的为什么必须尊严呢？或者因为做父亲的肚子太清洁？！把肚子里所有的痰都全部吐出来了？

一天天睡在炕上，慢慢我病着了！我什么心思也没有了！一班同学不升学的只有两三个，升学的同学给我来信告诉我，她们打网球，学校怎样热闹，也说些我所不懂的功课。我愈读这样的信，心愈加重点。

老祖父支住拐杖，仰着头，白色的胡子振动着说："叫樱花上学去吧！给她拿火车费，叫她收拾收拾起身吧！小心病坏！"

父亲说："有病在家养病吧，上什么学，上学！"

后来连祖父也不敢向他问了，因为后来不管亲戚朋友，提到我上学的事他都是连话不答，出走在院中。

整整死闷在家中三个季节，现在是正月了。家中大会宾客，外祖母啜着汤食向我说："樱花，你怎么不吃什么呢？"

当时我好像要流出眼泪来。在桌旁的枕上，我又倒下了！因为伯父外出半年是新回来，所以外祖母向伯父说："他伯伯，向樱花爸爸说一声，孩子病坏了，叫她上学去吧！"

伯父最爱我，我五六岁时他常常来我家，他从北边的乡村带回来榛子。冬天他穿皮大氅，从袖口把手伸给我，那冰寒的手呀！当他拉住我的手的时候，我害怕挣脱着跑了，可是我知道一定有榛子给我带来，我秃着头两手捏耳朵，在院子里我向每个货车夫问："有榛子没有？榛子没有？"

伯父把我裹在大氅里，抱着我进去，他说："等一等给你榛子。"

我渐渐长大起来，伯父仍是爱我的，讲故事给我听。买小书给我看，等我入高级，他开始给我讲古文了！有时族中的哥哥弟弟们都唤来，他讲给我们听，可是书讲完他们临去的时候，伯父总是说："别看你们是男孩子，樱花比你们全强，真聪明。”

他们自然不愿意听了，一个一个退走出去。不在伯父面前他们齐声说：“你好呵！你有多聪明！比我们这一群混蛋强得多。”

男孩子说话总是有点野，不愿意听，便离开他们了。谁想男孩子们会这样放肆呢？他们扯住我，要打我：“你聪明，能当个什么用？我们有气力，要收拾你。”“什么狗屁聪明，来，我们大家伙看看你的聪明到底在哪里！”

伯父当着什么人也夸奖我：“好记力，心机灵快。”

现在一讲到我上学的事，伯父微笑了：“不用上学，家里请个老先生念念书就够了！哈尔滨的文学生们太荒唐。”

外祖母说：“孩子在家里教养好，到学堂也没有什么坏处。”

于是伯父斟了一杯酒，挟了一片香肠放到嘴里，那时我多么不愿看他吃香肠呵！那一刻我是怎样恼烦着他！我讨厌他喝酒用的杯子，我讨厌他上唇生着的小黑髭，也许伯伯没有观察我一下！他又说：“女学生们靠不住，交男朋友啦！恋爱啦！我看不惯这些。”

从那时起伯父同父亲是没有什么区别。变成严凉的石块。

当年，我升学了，那不是什么人帮助我，是我自己向家庭施行的骗术。后一年暑假，我从外回家，我和伯父的中间，总感到一种淡漠的情绪，伯父对我似乎是客气了，似乎是有什么从中间隔离着了！

一天伯父上街去买鱼，可是他回来的时候，筐子是空空的。母亲问：

“怎么！没有鱼吗？”

“哼！没有。”

母亲又问：“鱼贵吗？”

“不贵。”

伯父走进堂屋坐在那里好像幻想着一般，后门外树上满挂着绿的叶子，伯父望着那些无知的叶子幻想，最后他小声唱起，像是有什么悲哀蒙蔽着他了！看他的脸色完全可怜起来。他的眼睛是那样忧烦地望着桌面，母亲说：“哥哥头痛吗？”

伯父似乎不愿回答，摇着头，他走进屋倒在床上，很长时间，他翻转着，扇子他不用来摇风，在他手里乱响。他的手在胸膛上拍着，气闷着，再过一会，他完全安静下去，扇子任意丢在地板，苍蝇落在脸上，也不去搔它。

晚饭桌上了，伯父多喝了几杯酒，红着颜面向祖父说：“菜市上看见王大姐呢！”

王大姐，我们叫她王大姑，常听母亲说：“王大姐没有妈，爹爹为了贫穷去为匪，只留这个可怜的孩子住在我们家里。”伯父很多情呢！伯父也会恋爱呢，伯父的屋子和我姑姑们的屋子挨着，那时我的三个姑姑全没出嫁。

一夜，王大姑没有回内房去睡，伯父伴着她哩！

祖父不知这件事，他说：“怎么不叫她来家呢？”

“她不来，看样子是很忙。”

“呵！从出了门子总没见过，二十多年了，二十多年了！”

祖父捋着斑白的胡子，他感到自己是老了！

伯父也感叹着：“嗳！一转眼，老了！不是姑娘时候的王大姐了！头发白了一半。”

伯父的感叹和祖父完全不同，伯父是痛惜着他破碎的青春的故事。又想一想他婉转着说，说时他神秘的有点微笑：“我经过菜市场，一个老太太回头看我，我走过，她仍旧看我。停在她身后，我想一想，是谁呢？过会我说：‘是王大姐吗？’她转过身来，我问她，‘在本街住吧？’她很忙，要回去烧饭，随后她走了，什么话也没说，提着空筐子走了！”

夜间，全家人都睡了，我偶然到伯父屋里去找一本书，因为对他，我连一点信仰也失去了，所以无言走出。

伯父愿意和我谈话似的：“没睡吗？”

“没有。”

隔着一道玻璃门，我见他无聊的样子翻着书和报，枕旁一支蜡烛，火光在起伏。伯父今天似乎是例外，同我讲了好些话，关于报纸上的，又关于什么年鉴上的。他看见我手里拿着一本花面的小书，他问："什么书。"

"小说。"

我不知道他的话是从什么地方说起："言情小说，西厢是妙绝，红楼梦也好。"

那夜伯父奇怪地向我笑，微微的笑，把视线斜着看住我。我忽然想起白天所讲的王大姑来了，于是给伯父倒一杯茶，我走出房来，让他伴着茶香来慢慢地回味着记忆中的姑娘吧！

我与伯伯的学说渐渐悬殊，因此感情也渐渐恶劣，我想什么给感情分开的呢？我需要恋爱，伯父也需要恋爱。伯父见着他年青时候的情人痛苦，假若是我也是一样。

那么他与我有什么不同呢？不过伯伯相信的是镀金的学说。

饿

“列巴圈”挂在过道别人的门上，过道好像还没有天明，可是电灯已经熄了。夜间遗留下来睡朦朦的气息充塞在过道，茶房气喘着，抹着地板。我不愿醒得太早，可是已经醒了，同时再不能睡去。

厕所房的电灯仍开着，和夜间一般昏黄，好像黎明还没有到来，可是“列巴圈”已经挂上别人家的门了！有的牛奶瓶也规规矩矩地等在别的房间外。只要一醒来，就可以随便吃喝。但，这都只限于别人，是别人的事，与自己无关。

扭开了灯，郎华睡在床上，他睡得很恬静，连呼吸也不震动空气一下。听一听过道连一个人也没走动。全旅馆的三层楼都在睡中，越这样静越引诱我，我的那种想头越坚决。过道尚没有一点声息，过道越静越引诱我，我的那种想头越想越充胀我：去拿吧！正是时候，即使是偷，那就偷吧！

轻轻扭动钥匙，门一点响动也没有。探头看了看，“列巴圈”对门就挂着，东隔壁也挂着，西隔壁也挂着。天快亮了！牛奶瓶的乳白色看得真真切切，“列巴圈”比每天也大了些，结果什么也没有去拿，我心里发烧，耳朵也热了一阵，立刻想到这是“偷”。儿时的记忆再现出来，偷梨吃的孩子最羞耻。过了好久，我就贴在已关好的门扇上，大概我像一个没有灵魂的、纸剪成的人贴在门扇。大概这样吧：街车唤醒了我，马蹄嗒嗒、车轮吱吱地响过去。我抱紧胸膛，把头也挂到胸口，向我自己心说：我饿呀！不是“偷”呀！

第二次也打开门，这次我决心了！偷就偷，虽然是几个“列巴圈”，我也偷，为着我“饿”，为着他“饿”。

第二次失败，那么不去做第三次了。下了最后的决心，爬上床，关了灯，推一推郎华，他没有醒，我怕他醒。在“偷”这一刻，郎华也是我的敌人；假若我有母亲，母亲也是敌人。

天亮了！人们醒了。做家庭教师，无钱吃饭也要去上课，并且要练武术。他喝了一杯茶走的，过道那些“列巴圈”早已不见，都让别人吃了。

从昨夜到中午，四肢软一点，肚子好像被踢打放了气的皮球。

窗子在墙壁中央，天窗似的，我从窗口升了出去，赤裸裸，完全和日光接近；市街临在我的脚下，直线的，错综着许多角度的楼房，大柱子一般工厂的烟囱，街道横顺交织着，秃光的街树。白云在天空作出各样的曲线，高空的风吹乱我的头发，飘荡我的衣襟。市街像一张繁繁杂杂颜色不清晰的地图，挂在我们眼前。楼顶和树梢都挂住一层稀薄的白霜，整个城市在阳光下闪闪烁烁撒了一层银片。我的衣襟被风拍着作响，我冷了，我孤孤独独的好像站在无人的山顶。每家楼顶的白霜，一刻不是银片了，而是些雪花、冰花，或是什么更严寒的东西在吸我，像全身浴在冰水里一般。

我披了棉被再出现到窗口，那不是全身，仅仅是头和胸突在窗口。一个女人站在一家药店门口讨钱，手下牵着孩子，衣襟裹着更小的孩子。药店没有人出来理她，过路人也不理她，都像说她有孩子不对，穷就不该有孩子，有也应该饿死。

我只能看到街路的半面，那女人大概向我的窗下走来，因为我听见那孩子的哭声很近。

“老爷，太太，可怜可怜……”可是看不见她在逐谁，虽然是三层楼，也听得这般清楚，她一定是跑得颠颠断断地呼喘：“老爷老爷……可怜吧！”

那女人一定正像我，一定早饭还没有吃，也许昨晚的也没有吃。她在楼下急迫地来回的呼声传染了我，肚子立刻响起来，肠子不住地呼叫……

郎华仍不回来，我拿什么来喂肚子呢？桌子可以吃吗？草褥子可以吃吗？

晒着阳光的行人道，来往的行人，小贩乞丐……这一些看得我疲倦了！打着呵欠，从窗口爬下来。

窗子一关起来，立刻生满了霜，过一刻，玻璃片就流着眼泪了！起初是一条条的，后来就大哭了！满脸是泪，好像在行人道上讨饭的母亲的脸。

我坐在小屋，像饿在笼中的鸡一般，只想合起眼睛来静着，默着，但又不是睡。

“咯，咯！”这是谁在打门！我快去开门，是三年前旧学校里的图画先生。

他和从前一样很喜欢说笑话，没有改变，只是胖了一点，眼睛又小了一点。他随便说，说得很多。他的女儿，那个穿红花旗袍的小姑娘，又加了一件黑绒上衣，她在藤椅上，怪美丽的。但她有点不耐烦的样子：“爸爸，我们走吧。”小姑娘哪里懂得人生！小姑娘只知道美，哪里懂得人生？

曹先生问：“你一个人住在这里吗？”

“是——”我当时不晓得为什么答应“是”，明明是和郎华同住，怎么要说自己住呢？

好像这几年并没有别开，我仍在那个学校读书一样。他说：

“还是一个人好，可以把整个的心身献给艺术。你现在不喜欢画，你喜欢文学，就把全身心献给文学。只有忠心于艺术的心才不空虚，只有艺术才是美，才是真美情爱。这话很难说，若是为了性欲才爱，那么就不如临时解决，随便可以找到一个，只要是异性。爱是爱，爱很不容易，那么就不如爱艺术，比较不空虚……”

“爸爸，走吧！”小姑娘哪里懂得人生，只知道“美”，她看一看这屋子一点意思也没有，床上只铺一张草褥子。

“是，走——”曹先生又说，眼睛指着女儿：“你看我，十三岁就结了婚。这不是吗？曹云都十五岁啦！”

“爸爸，我们走吧！”

他和几年前一样，总爱说“十三岁”就结了婚。差不多全校同学都知道曹先生是十三岁结婚的。

“爸爸，我们走吧！”

他把一张票子丢在桌上就走了！那是我写信去要的。

郎华还没有回来，我应该立刻想到饿，但我完全被青春迷惑了，读书的时候，哪里懂得“饿”？只晓得青春最重要，虽然现在我也并没老，但总觉得青春是过去了！过去了！

我冥想了一个长时期，心浪和海水一般翻了一阵。

追逐实际吧！青春惟有自私的人才系念她，“只有饥寒，没有青春。”

几天没有去过的小饭馆，又坐在那里边吃喝了。“很累了吧！腿可疼？道外道里要有十五里路。”我问他。

只要有得吃，他也很满足，我也很满足。其余什么都忘了！

那个饭馆，我已经习惯，还不等他坐下，我就抢个地方先坐下，我也把菜的名字记得很熟，什么辣椒白菜啦，雪里红豆腐啦……什么酱鱼啦！怎么叫酱鱼呢？哪里有鱼！用鱼骨头炒一点酱，借一点腥味就是啦！我很有把握，我简直都不用算一算就知道这些菜也超不过一角钱。因此我用很大的声音招呼，我不怕，我一点也不怕花钱。

回来没有睡觉之前，我们一面喝着开水，一面说：

“这回又饿不着了，又够吃些日子。”

闭了灯，又满足又安适地睡了一夜。

祖父死了的时候

祖父总是有点变样子，他喜欢流起眼泪来，同时过去很重要的事情他也忘掉。比方过去那一些他常讲的故事，现在讲起来，讲了一半下一半他就说："我记不得了。"

某夜，他又病了一次，经过这一次病，他竟说："给你三姑写信，叫她来一趟，我不是四五年没看过她吗？"他叫我写信给我已经死去五年的姑母。

那次离家是很痛苦的。学校来了开学通知信，祖父又一天一天地变样起来。

祖父睡着的时候，我就躺在他的旁边哭，好像祖父已经离开我死去似的，一面哭着一面抬头看他凹陷的嘴唇。我若死掉祖父，就死掉我一生最重要的一个人，好像他死了就把人间一切"爱"和"温暖"带得空空虚虚。我的心被丝线扎住或铁丝绞住了。

我联想到母亲死的时候。母亲死以后，父亲怎样打我，又娶一个新母亲来。这个母亲很客气，不打我，就是骂，也是指着桌子或椅子来骂我。客气是越客气了，但是冷淡了，疏远了，生人一样。

"到院子去玩玩吧！"祖父说了这话之后，在我的头上撞了一下，"喂！你看这是什么？"一个黄金色的橘子落到我的手中。

夜间不敢到茅厕去，我说："妈妈同我到茅厕去趟吧。"

"我不去！"

“那我害怕呀！”

“怕什么？”

“怕什么？怕鬼怕神？”父亲也说话了，把眼睛从眼镜上面看着我。

冬天，祖父已经睡下，赤着脚，开着纽扣跟我到外面茅厕去。

学校开学，我迟到了四天。三月里，我又回家一次，正在外面叫门，里面小弟弟嚷着：“姐姐回来了！姐姐回来了！”大门开时，我就远远注意着祖父住着的那间房子。果然祖父的面孔和胡子闪现在玻璃窗里。我跳着笑着跑进屋去。但不是高兴，只是心酸，祖父的脸色更惨淡更白了。等屋子里一个人没有时，他流着泪，他慌慌忙忙的一边用袖口擦着眼泪，一边抖动着嘴唇说：“爷爷不行了，不知早晚……前些日子好险没跌……跌死。”

“怎么跌的？”

“就是在后屋，我想去解手，招呼人，也听不见，按电铃也没有人来，就得爬啦。还没到后门口，腿颤，心跳，眼前发花了一阵就倒下去。没跌断了腰……人老了，有什么用处！爷爷是八十一岁呢。”

“爷爷是八十一岁。”

“没用了，活了八十一岁还是在地上爬呢！我想你看不着爷爷了，谁知没有跌死，我又慢慢爬到炕上。”

我走的那天也是和我回来那天一样，白色的脸的轮廓闪现在玻璃窗里。

在院心我回头看着祖父的面孔，走到大门口，在大门口我仍可看见，出了大门，就被门扇遮断。

从这一次祖父就与我永远隔绝了。虽然那次和祖父告别，并没说出一个永别的字。我回来看祖父，这回门前吹着喇叭，幡杆挑得比房头更高，马车离家很远的时候，我已看到高高的白色幡杆了，吹鼓手们的喇叭苍凉的在悲号。马车停在喇叭声中，大门前的白幡、白对联、院心的灵棚、闹嚷嚷许多人，吹鼓手们响起呜呜的哀号。

这回祖父不坐在玻璃窗里，是睡在堂屋的板床上，没有灵魂地躺在那里。我要看一看他白色的胡子，可是怎样看呢！拿开他脸上蒙着的纸吧，胡子、眼睛和嘴，都不会动了，他真的一点感觉也没有了？我从祖父的袖管里去摸他的手，手也没有感觉了。祖父这回真死去了啊！

祖父装进棺材去的那天早晨，正是后园里玫瑰花开放满树的时候。我扯着祖父的一张被角，抬向灵前去。吹鼓手在灵前吹着大喇叭。

我怕起来，我号叫起来。

“咣咣！”黑色的，半尺厚的灵柩盖子压上去。

吃饭的时候，我饮了酒，用祖父的酒杯饮的。饭后我跑到后园玫瑰树下去卧倒，园中飞着蜂子和蝴蝶，绿草的清凉的气味，这都和十年前一样。可是十年前死了妈妈。妈妈死后我仍是在园中扑蝴蝶；这回祖父死去，我却饮了酒。

过去的十年我是和父亲打斗着生活。在这期间我觉得人是残酷的东西。父亲对我是没有好面孔的，对于仆人也是没有好面孔的，他对于祖父也是没有好面孔的。因为仆人是穷人，祖父是老人，我是个小孩子，所以我们这些完全没有保障的人就落到他的手里。后来我看到新娶来的母亲也落到他的手里，他喜欢她的时候，便同她说笑，他恼怒时便骂她，母亲渐渐也怕起父亲来。

母亲也不是穷人，也不是老人，也不是孩子，怎么也怕起父亲来呢？我到邻家去看看，邻家的女人也是怕男人。我到舅家去，舅母也是怕舅父。

我懂得的尽是些偏僻的人生，我想世间死了祖父，就没有再同情我的人了，世间死了祖父，剩下的尽是些凶残的人了。

我饮了酒，回想，幻想……

以后我必须不要家，到广大的人群中去，但我在玫瑰树下颤怵了，人群中没有我的祖父。

所以我哭着，整个祖父死的时候我哭着。

家族以外的人

我蹲在树上，渐渐有点儿害怕，太阳也落下去了；树叶的声响也唰唰的了；墙外街道上走着的行人也都和影子似的黑丛丛的；院里房屋的门窗变成黑洞了，并且野猫在我旁边的墙头上跑着叫着。

我从树上溜下来，虽然后门是开着的，但我不敢进去，我要看看母亲睡了还是没有睡？还没经过她的窗口，我就听到了席子的声音：

“小死鬼……你还敢回来！”

我折回去，就顺着厢房的墙根又溜走了。

在院心空场上的草丛里边站了一些时候，连自己也没有注意到我是折碎了一些草叶咬在嘴里。白天那些所熟识的虫子，也都停止了鸣叫，在夜里叫的是另外一些虫子，它们的声音沉静、清脆而悠长。那埋着我的蒿草，和我的头顶一平，它们平滑，它们在我的耳边唱着那么微细的小歌，使我不能相信倒是听到还是没有听到。

“去吧……去……跳跳攒攒的……谁喜欢你……”

有二伯回来了，那喊狗的声音一直继续到厢房的那面。

我听到有二伯那拍响着的失掉了后跟的鞋子的声音，又听到厢房门扇的响声。

“妈睡了没睡呢？”我推着草叶，走出了草丛。

有二伯住着的厢房，纸窗好像闪着火光似的明亮。我推开门，就站在门口。

“还没睡？”

我说：“没睡。”

他在灶口烧着火，火叉的尖端插着玉米。

“你还没有吃饭？”我问他。

“吃什……么……饭？谁给留饭！”

我说：“我也没吃呢！”

“不吃，怎么不吃？你是家里人哪……”他的脖子比平日喝过酒之后更红，并且那脉管和那正在烧着的小树枝差不多。

“去吧……睡睡……觉去吧！”好像不是对我说似的。

“我也没吃饭呢！”我看着已经开始发黄的玉米。

“不吃饭，干什么来的……”

“我妈打我……”

“打你！为什么打你？”

孩子的心上所感到的温暖是和大人不同的，我要哭了，我看着他嘴角上流下来的笑痕。只有他才是偏着我这方面的人，他比妈妈还好。立刻我后悔起来，我觉得我的手在他身旁抓起一些柴草来，抓得很紧，并且许多时候没有把手松开，我的眼睛不敢再看到他的脸上去，只看到他腰带的地方和那脚边的火堆。我想说：

“二伯……再下雨时我不说你‘下雨冒泡，王八戴草帽’啦……”

“你妈打你……我看该打……”

“怎么……”我说，“你看……她不让我吃饭！”

“不让你吃饭……你这孩子也太好去啦……”

“你看，我在树上蹲着，她拿火叉子往下叉我……你看……把胳臂都给叉破皮啦……”我把手里的柴草放下，一只手卷着袖子给他看。

“叉破皮……为啥叉的呢……还有个缘由没有呢？”

“因为拿了馒头。”

“还说呢……有出息！我没见过七八岁的姑娘还偷东西……还从家里偷东西往外边送！”他把玉米从叉子上拔下来了。

火堆仍没有灭，他的胡子在玉米上，我看得很清楚是扫来扫去的。

“就拿三个……没多拿……”

“嗯！”把眼睛斜着看我一下，想要说什么但又没有说。只是胡子在玉米上像小刷子似的来往着。

“我也没吃饭呢！”我咬着指甲。

“不吃……你愿意不吃……你是家里人！”好像抛给狗吃的东西一样，他把半段玉米打在我的脚上。

有一天，我看到母亲的头发在枕头上已经蓬乱起来，我知道她是睡熟了，我就从木格子下面提着鸡蛋筐子跑了。

那些邻居家的孩子就等在后院的空磨房里边。我顺着墙根走了回来的时候，安全，毫没有意外，我轻轻的招呼他们一声，他们就从窗口把篮子提了进去，其中有一个比我们大一些的，叫他小哥哥的，他一看见鸡蛋就抬一抬肩膀，伸一下舌头。小哑巴姑娘，她还为了特殊的得意啊啊了两声。

“哎！小点儿声……花姐她妈剥她的皮呀……”

把窗子关了，就在碾盘上开始烧起火来，树枝和干草的烟围蒸腾了起来；老鼠在碾盘底下跑来跑去；风车站在墙角的地方，那大轮子上边盖着蛛网，罗柜旁边余留下来的谷类的粉末，那上面挂着许多种类虫子的皮壳。

“咱们来分分吧……一人几个，自家烧自家的。”

火苗旺盛起来了，伙伴们的脸孔，完全照红了。

“烧吧！放上去吧……一人三个……”

“可是多一个给谁呢？”

“给哑巴吧！”

她接过去，啊啊的。

“小点儿声，别吵！别把到肚的东西吵靡啦。”

“多吃一个鸡蛋……下回别用手指画着骂人啦！啊！哑巴？”

蛋皮开始发黄的时候，我们为着这心上的满足，几乎要冒险叫喊了。

“唉呀！快要吃啦！”

“预备着吧，说熟就快的……”

“我的鸡蛋比你们的全大……像个大鸭蛋……”

“别叫……别叫。花姐她妈这半天一定睡醒啦……”

窗外有哽哽的声音，我们知道是大白狗在扒着墙皮的泥土。但同时似乎听到了母亲的声音。

母亲终于在叫我了！鸡蛋开始爆裂的时候，母亲的喊声也在尖利的刺着纸窗了。

等她停止了喊声，我才慢慢从窗子跳出去，我走得很慢，好像没有睡醒的样子，等我站到她面前的那一刻，无论如何再也压制不住那种心跳。

“妈！叫我干什么？”我一定惨白了脸。

“等一会儿……”她回身去找什么东西的样子。

我想她一定去拿什么东西来打我，我想要逃，但我又强制着忍耐了一刻。

“去把这孩子也带去玩……”把小妹妹放在我的怀中。

我几乎要抱不动她了，我流了汗。

“去吧！还站在这干什么……”其实磨房的声音，一点儿也传不到母亲这里来，她到镜子前面去梳她的头发。

我绕了一个圈子，在磨房的前面，在锁着的门边告诉了他们：

“没有事……不要紧……妈什么也不知道。”

我离开那门前，走了几步，就有一种异样的香味扑了来，并且飘满了院子。等我把小妹妹放在炕上，这种气味就满屋都是了。

“这是谁家炒鸡蛋，炒得这样香……”母亲很高的鼻子在镜子里使我有点儿害怕。

“不是炒鸡蛋……明明是烧的，哈！这蛋皮味，谁家……呆老婆烧鸡蛋……五里香。”

“许是吴大婶她们家？”我说这话的时候，隔着菜园子看到磨房的窗口冒着烟。

等我跑回了磨房，火完全灭了。我站在他们当中，他们几乎是摸着我的头发。

“我妈说谁家烧鸡蛋呢？谁家烧鸡蛋呢？我就告诉她，许是吴大婶她们家。哈！这是吴大婶？这是一群小鬼……”

我们就开朗地笑着。站在碾盘上往下跳着，甚至多事起来，他们就在磨房里捉耗子。因为我告诉他们，我妈抱着小妹妹出去串门去了。

“什么人啊！”我们知道是有二伯在敲着窗棂。

“要进来，你就爬上来！还招呼什么？”我们之中有人回答他。

起初，他什么也没有看到，他站在窗口，摆着手。后来他说：

“看吧！”他把鼻子用力抽了两下，“一定有点儿故事……哪来的这种气味？”

他开始爬到窗台上面来，他那短小健康的身子从窗台跳进来时，好像一张磨盘滚了下来似的，土地发着响。他围着磨盘走了两圈。他上唇的红色的小胡为着鼻子时时抽动的缘故，像是一条秋天里的毛虫在他的唇上不住地滚动。

“你们烧火吗？看这碾盘上的灰……花子……这又是你领头！我要告诉你妈的……整天家领一群野孩子来作祸……”他要爬上窗口去了，可是他看到了那只筐子：“这是什么人提出来的呢？这不是咱家装鸡蛋的吗？花子……你不定又偷了什么东西……你妈没看见！”

他提着筐子走的时候，我们还嘲笑着他的草帽。“像个小瓦盆……像个小水桶……”

但夜里，我是挨打了。我伏在窗台上用舌尖舐着自己的眼泪。

“有二伯……有老虎……什么东西……坏老头子……”我一边哭着一边诅咒

着他。

但过不多久，我又把他忘记了，我和许多孩子们一道去抽开了他的腰带，或是用杆子从后面掀掉了他的没有边沿的草帽。我们嘲笑他和嘲笑院心的大白狗一样。

秋末，我们寂寞了一个长久的时间。

那些空房子里充满了冷风和黑暗；长在空场上的蒿草，干败了而倒了下来；房后菜园上的各种秧棵完全挂满了白霜；老榆树在墙根边仍旧随风摇摆它那还没有落完的叶子；天空是发灰色的，云彩也失去了形状，有时带来了雨点，有时又带来了细雪。

我为着一种疲倦，也为着一点儿新的发现，我登着箱子和柜子，爬上了装旧东西的屋子的棚顶。

那上面黑暗，有一种完全不可知的感觉，我摸到了一个小木箱，手捧着它，来到棚顶洞口的地方，借着洞口的光亮，看到木箱是锁着一个发光的小铁锁，我把它在耳边摇了摇，又用手掌拍一拍……那里面咚啷咚啷的响着。

我很失望，因为我打不开这箱子，我又把它送了回去。于是我又往更深和更黑的角落处去探爬。因为我不能站起来走，这黑洞洞的地方一点儿也不规则，走在上面时时有跌倒的可能。所以在爬着的当儿，手指所触到的东西，可以随时把它们摸一摸。当我摸到了一个小琉璃罐，我又回到了亮光的地方……我该多么高兴，那里面完全是黑枣，我一点儿也没有再迟疑，就抱着这宝物下来了，脚尖刚接触到那箱子的盖顶，我又和小蛇一样把自己落下去的身子缩了回来，我又在棚顶蹲了好些时候。

我看着有二伯打开了就是我上来的时候登着的那个箱子。我看着他开了很多时候，他用牙齿咬着他手里的那块小东西……他歪着头，咬得咯啦啦的发响，咬了之后又放在手里扭着它，而后又把它触到箱子上去试一试。最后一次那箱子上的铜锁发着弹响的时候，我才知道他扭着的是一断铁丝。他把帽子脱下来，把那块盘卷的小东西就压在帽顶里面。

他把箱子翻了好几次：红色的椅垫子，蓝色粗布的绣花围裙……女人的绣花鞋子……还有一团滚乱的花色的线，在箱子底上还躺着一只湛黄的铜酒壶。

后来他伸出那布满了筋络的两臂，震撼着那箱子。

我想他可不是把这箱子搬开！搬开我可怎么下去？

他抱起好几次，又放下好几次，我几乎要招呼住他。

等一会儿，他从身上解下腰带来了，他弯下腰去，把腰带横在地上，一张一张的把椅垫子堆起来，压到腰带上去，而后打着结，椅垫子被束起来了。他喘着呼喘，试着去提一提。

他怎么还不快点儿出去呢？我想到了哑巴，也想到了别人，好像他们就在我的眼前吃着这东西似的使我得意。

“啊哈……这些……这些都是油乌乌的黑枣……”

我要向他们说的话都已想好了。

同时这些枣在我的眼睛里闪光，并且很滑，又好像已经在我的喉咙里上下地跳着。

他并没有把箱子搬开，他是开始锁着它。他把铜酒壶立在箱子的盖上，而后他出去了。

我把身子用力去拖长，使两个脚掌完全牢牢实实地踏到了箱子，因为过于用力抱着那琉璃罐，胸脯感到了发疼。

有二伯又走来了，他先提起门旁的椅垫子，而后又来拿箱盖上的铜酒壶，等他把铜酒壶压在肚子上面，他才看到墙角站着的是我。

他立刻就笑了，我还从来没有看到过他笑得这样过分，把牙齿完全露在外面，嘴唇像是缺少了一个边。

“你不说吗？”他的头顶站着无数很大的汗珠。

“说什么……”

“不说，好孩子……”他拍着我的头顶。

“那么，你让我把这个琉璃罐拿出去？”

“拿吧！”

他一点儿也没有看到我，我另外又在门旁的筐子里抓了五个馒头跑，等母亲说丢了东西的那天我也站到她的旁边去。

我说：“那我也不知道。”

“这可怪啦……明明是锁着……可那儿来的钥匙呢？”母亲的尖尖的下颚是向着家里的别的人说的。后来那歪脖的年轻的厨夫也说：

“哼！这是谁呢？”

我又说：“那我也不知道。”

可是我脑子上走着的，是有二伯怎样用腰带捆了那些椅垫子，怎样把铜酒壶压在肚子上，并且那酒壶就贴着肉的，并且有二伯好像在我的身体里边咬着那铁丝咯唧唧的响着似的。我的耳朵一阵阵的发烧，我把眼睛闭了一会儿。可是一睁开眼睛，我就向着那敞开的箱子又说：

“那我也不知道。”

后来我竟说出了：“那我可没看见。”

等母亲找来一条铁丝，试着怎样可以做成钥匙，她扭了一些时候，那铁丝并没有扭弯。

“不对的……要用牙咬，就这样……一咬……再一扭……再一咬……”很危险，舌头若一滑转的时候，就要说了出来。我看见我的手已经在作着式子。

我开始把嘴唇咬得很紧，把手臂放在背后在看着他们。

“这可怪啦……这东西，又不是小东西……怎么能从院子走得出？除非是晚上……可是晚上就是来贼也偷不出去的……”母亲很尖的下颚使我害怕，她说的时候，用手推了推旁边的那张窗子：

“是啊！这东西是从前门走的，你们看……这窗子一夏就没有打开过……你们看……这还是去年秋天糊的窗缝子。”

“别绊脚！过去……”她用手推着我。

她又把这屋子的四边都看了看。

"不信……这东西去路也没有几条……我也能摸到一点儿边……不信……看着吧……这也不行啦。春天丢了一个铜火锅……说是放忘了地方啦……说是慢慢找，又是……也许借出去啦！哪有那么一回事……早还了输赢账啦……当他家里人看待……还说不拿他当家里人看待，好哇……慢慢把房梁也拆走啦……"

"啊……啊！"那厨夫抓住了自己的围裙，擦着嘴角。那歪了的脖子和一根蜡签似的，好像就要折断下来。

母亲和别人完全走完了时，他还站在那个地方。

晚饭的桌上，厨夫向着有二伯：

"都说你不吃羊肉，那么羊肠你吃不吃呢？"

"羊肠也是不能吃。"他看着他自己的饭碗说。

"我说，有二爷，这炒辣椒里边，可就有一段羊肠，我可告诉你！"

"怎么早不说，这……这……这……"他把筷子放下来，他运动着又要红起来的脖颈，把头掉转过去，转得很慢，看起来就和用手去转动一只瓦盆那样迟滞。

"有二是个粗人，一辈子……什么都吃……就……是……不吃……这……羊……身上……的……不戴……羊……皮帽……子……不穿……羊……皮……衣裳……"他一个字一个字平板地说下去：

"下回……"他说，"……杨安……你炒什么……不管菜汤里头……若有那羊身上的呀……先告诉我一声……有二不是那嘴馋的人！吃不吃不要紧……就是吃口咸菜……我也不吃那……羊……身……上……的……"

"可是有二爷，我问你一件事……你喝酒用什么酒壶喝呢？非用铜酒壶不可？"杨厨子的下巴举得很高。

"什么酒壶……还不一样……"他又放下了筷子，把旁边的锡酒壶格格地蹲了两下："这不是吗？……锡酒壶……喝的是酒……酒好……就不在壶上……哼！也不……年轻的时候，就总爱……这个……锡酒壶……把它擦得闪光湛亮……"

“我说有二爷……铜酒壶好不好呢？”

“怎么不好……一擦比什么都亮堂……”

“对了，还是铜酒壶好喔……哈……哈哈……”厨子笑了起来。他笑得在给我装饭的时候，几乎是抢掉了我的饭碗。

母亲把下唇拉长着，她的舌头往外边吹一点儿风，有几颗饭粒落在我的手上。

“哼！杨安……你笑我……不吃……羊肉，那真是吃不得：比方，我三个月就……没有了娘……羊奶把我长大的……若不是……还活了六十多岁……”

杨安拍着膝盖：“你真算是个有良心的人，为人没做过昧良心的事？是不是？我说，有二爷……”

“你们年轻人，不信这话……这都不好……人要知道自家的来路……不好反回头去倒咬一口……人要知恩报恩……说书讲古上都说……比方羊……就是我的娘……不是……不是……我可活六十多岁？”他挺直了背脊，把那盘羊肠炒辣椒用筷子推开了一点儿。

吃完了饭，他退了出去，手里拿着那没有边沿的草帽。沿着砖路，他走下去了，那泥污的，好像两块朽木头似的……他的脚后跟随着那挂在脚尖上的鞋片在砖路上拖拖着，而那头顶就完全像个小锅似的冒着气。

母亲跟那厨夫在起着高笑。

“铜酒壶……啊哈……还有椅垫子呢……问问他……他知道不知道？”杨厨夫，他的脖子上的那块疤痕，我看也大了一些。

我有点儿害怕母亲，她的完全露着骨节的手指，把一条很肥的鸡腿，送到嘴上去，撕着，并且还露着牙齿。

又是一回母亲打我，我又跑到树上去，因为树枝完全没有了叶子，母亲向我飞来的小石子差不多每颗都像小钻子似的刺痛着我的全身。

“你再往上爬……再往上爬……拿杆子把你绞下来。”

母亲说着的时候，我觉得抱在胸前的那树干有些颤了，因为我已经爬到了顶梢，差不多就要爬到枝子上去了。

“你这小贴树皮，你这小妖精……我可真就算治不了你……”她就在树下徘徊着……许多工夫没有向我打着石子。

许多天，我没有上树，这感觉很新奇，我向四面望着，觉得只有我才比一切高了一点儿，街道上走着的人、车，附近的房子都在我的下面，就连后街上卖豆芽菜的那家的幌杆，我也和它一般高了。

“小死鬼……你滚下来不滚下来呀……”母亲说着“小死鬼”的时候，就好像叫着我的名字那般平常。

“啊！怎样的？”只要她没有牢牢实实的抓到我，我总不十分怕她。

她一没有留心，我就从树干跑到墙头上去：“啊哈……看我站在什么地方？”

“好孩子啊……要站到老爷庙的旗杆上去啦……”回答着我的，不是母亲，是站在墙外的一个人。

“快下来……墙头不都是踏堆了吗？我去叫你妈来打你。”是有二伯。

“我下不来啦，你看，这不是吗？我妈在树根下等着我……”

“等你干什么？”他从墙下的板门走了进来。

“等着打我！”

“为啥打你？”

“尿了裤子。”

“还说呢……还有脸？七八岁的姑娘……尿裤子……滚下来？墙头踏坏啦！”他好像一只猪在叫唤着。

“把她抓下来……今天我让她认识认识我！”

母亲说着的时候，有二伯就开始卷着裤脚。

我想这是做什么呢？

“好！小花子，你看着……这还无法无天啦呢……你可等着……”

等我看见他真的爬上了那最低级的树叉，我开始要流出眼泪来，喉管感到特别发涨。

“我要……我要说……我要说……”

母亲好像没有听懂我的话，可是有二伯没有再进一步，他就蹲在那很粗的树叉上：

“下来……好孩子……不碍事的，你妈打不着你，快下来，明天吃完早饭二伯领你上公园……省得在家里她们打你……”

他抱着我，从墙头上把我抱到树上，又从树上把我抱下来。

我一边抹着眼泪一边听着他说：

“好孩子……明天咱们上公园。”

第二天早晨，我就等在大门洞里边，可是等到他走过我的时候，他也并不向我说一声：“走吧！”我从身后赶了上去，我拉住他的腰带：

“你不说今天领我上公园吗？”

“上什么公园……去玩去吧！去吧……”只看着前面的道路，他并不看着我。昨天说的话好像不是他。

后来我就挂在他的腰带上，他摇着身子，他好像摆着贴在他身上的虫子似的摆脱着我。

“那我要说，我说铜酒壶……”

他向四边看了看，好像是叹着气：

“走吧？绊脚星……”

一路上他也不看我，不管我怎样看中了那商店窗子里摆着的小橡皮人，我也不能多看一会儿，因为一转眼……他就走远了。等走在公园门外的板桥上，我就跑在他的前面。

“到了！到了啊……”我张开了两只胳臂，几乎自己要飞起来那么轻快。

没有叶子的树，公园里面的凉亭，都在我的前面招呼着我。一步进公园去，那跑马戏的锣鼓的声音就震着我的耳朵，几乎把耳朵震聋了的样子，我有点儿不辨方向了。我拉着有二伯烟荷包上的小圆葫芦向前走。经过白色布棚的时候，我听到里面喊着：

“怕不怕？”

“不怕。”

“敢不敢？”

“敢哪……”

不知道有二伯要走到什么地方去？

棚棚戏，西洋景……耍猴的……耍熊瞎子的……唱木偶戏的。这一些我们都走过来了，再往那边去，就什么也看不见了，并且地上的落叶也厚了起来。树叶子完全盖着我们在走着的路径。

“二伯！我们不看跑马戏的？”

我把烟荷包上的小圆葫芦放开，我和他距离开一点儿，我看着他的脸色：

“那里头有老虎……老虎我看过。我还没有看过大象。人家说这伙马戏班子是有三匹象：一匹大的两匹小的，大的……大的……人家说，那鼻子，就只一根鼻子比咱家烧火的叉子还长……”

他的脸色完全没有变动。我从他的左边跑到他的右边，又从右边跑到左边：

“是不是呢？有二伯，你说是不是……你也没看见过？”

因为我是倒退着走，被一条露在地面上的树根绊倒了。

“好好走！”他也并没有拉我。

我自己起来了。

公园的末角上有一座茶亭，我想他到这个地方来，他是渴了！但他没有走进茶亭去，在茶亭后边，有和房子差不多是席子搭起来的小房。

他把我领进去了，那里边黑洞洞的，最里边站着一个人比画着，还打着什么竹板。有二伯一进门，就靠边坐在长板凳上，我就站在他的膝盖前，我的腿站得麻木了的时候，我也不能懂得那人是在干什么？他还和姑娘似的带着一条辫子，他把腿伸开了一只，像打拳的样子，又缩了回来，又把一只手往外推着……就这样走了一圈，接着又“叭”打了一下竹板。唱戏不像唱戏，耍猴不像耍猴，好像卖膏药的，可是我也看不见有人买膏药。

后来我就不向前边看，而向四面看，一个小孩也没有。前面的板凳一空下来，有二伯就带着我升到前面去，我也坐下来，但我坐不住，我总想看那大象。

“有二伯，咱们看大象去吧，不看这个。”

他说：“别闹，别闹，好好听……”

“听什么，那是什么？”

“他说的是关公斩蔡阳……”

“什么关公哇？”

“关老爷，你没去过关老爷庙吗？”

我想起来了，关老爷庙里，关老爷骑着红色的马。

“对吧！关老爷骑着红色……”

“你听着……”他把我的话截断了。

我听了一会儿还是不懂，于是我转过身来，面向后坐着，还有一个瞎子，他的每一个眼球上盖着一个白泡。还有一个一条腿的人，手里还拿着木杖。坐在我旁边的人，那人的手包了起来，用一条布带挂到脖子上去。

等我听到“叭叭叭”的响了一阵竹板之后，有二伯还流了几颗眼泪。

我是一定要看大象的，回来的时候再经过白布棚我就站着不动了。

“要看，吃完晌饭再来看……”有二伯离开我慢慢地走着，“回去，回去吃完晌饭再来看。”

“不嘛！饭我不吃，我不饿，看了再回去。”我拉住他的烟荷包。

“人家不让进，要买‘票’的，你没看见……那不是把门的人吗？”

“那咱们不好也买‘票！’”

“哪来的钱……买‘票’两个人要好几十吊钱。”

“我看见啦，你有钱，刚才在那棚子里你不是还给那个人钱来吗？”我贴到他的身上去。

“那才给几个铜钱！多的没有，你二伯多的没有。”

“我不信，我看有一大堆！”我跷着脚尖！掀开了他的衣襟，把手探进他的衣兜里去。

“是吧！多的没有吧！你二伯多的没有，没有进财的道……也就是个月七成的看个小牌，赢两吊……可是输的时候也不少。哼哼。”他看着拿在我手里的五六个铜元。

“信了吧！孩子，你二伯多的没有……不能有……”一边走下了木桥，他一边说着。

那马戏班子的喊声还是那么热烈地在我们的背后反复着。

有二伯在木桥下那围着一群孩子，抽签子的地方也替我抛上两个铜元去。

我一伸手就在铁丝上拉下一张纸条来，纸条在水碗里面立刻变出一个通红的“五”字。

“是个几？”

“那不明明是个五吗？”我用肘部击撞着他。

“我哪认得呀！你二伯一个字也不识，一天书也没念过。”

回来的路上，我就不断地吃着这五个糖球。

第二次，我看到有二伯偷东西，好像是第二年的夏天，因为那马蛇菜的花开得过于鲜红，院心空场上的蒿草长得比我的年龄还快，它超过我了，那草场上的蜂子、蜻蜓，还更来了一些不知名的小虫，也来了一些特殊的草种，它们还会开着花，淡紫色的，一串一串的，站在草场中，它们还特别的高，所以那花穗和小旗子一样动荡在草场上。

吃完了午饭，我是什么也不做，专等着小朋友们来，可是他们一个也不来。于是我就跑到粮食房子去，因为母亲在清早端了一个方盘走进去过。我想那方盘中……哼……一定是有点儿什么东西？

母亲把方盘藏得很巧妙，也不把它放在米柜上，也不放在粮食仓子上，她把它用绳子吊在房梁上了。我正在看着那奇怪的方盘的时候，我听到板仓里好像有耗子，也或者墙里面有耗子……总之，我是听到了一点儿响动……过了一会儿，竟有了喘气的声音，我想不会是黄鼠狼子？我有点儿害怕，就故意用手拍着板仓，拍了两下，听听就什么也没有了……可是很快又有什么东西在喘气……咝咝的……好像肺管里面起着泡沫。

这次我有点儿暴躁：

“去！什么东西……”

有二伯的胸部和他红色的脖子从板仓伸出来一段……当时，我疑心我也许是在看着木偶戏！但那顶窗透进来的太阳证明给我，被那金红色液体的东西染着的正是有二伯尖长的突出的鼻子……他的胸膛在白色的单衫下面不能够再压制得住，好像小波浪似的在雨点里面任意的跳着。

他一点儿声音也没有作，只是站着、站着……他完全和一只受惊的公羊那般愚傻！

我和小朋友们捉着甲虫，捕着蜻蜓，我们做这种事情永不会厌倦。野草，野花，野的虫子，它们完全经营在我们的手里，从早晨到黄昏。

假若是个晴好的夜，我就单独留在草丛里边，那里有闪光的甲虫，有虫子低微的吟鸣，有蒿草摇着的夜影。

有时我竟压倒了蒿草，躺在上面，我爱那天空，我爱那星子……听人说过的海洋，我想也就和这天空差不多了。

晚饭的时候，我抱着一些装满了虫子的盒子，从草丛回来，经过粮食房子的旁边，使我惊奇的是有二伯还站在那里，破了的窗洞口露着他发青的嘴角和灰白的眼圈。

“院子里没有人吗？”好像是生病的人喑哑的喉咙。

“有！我妈在台阶上抽烟。”

“去吧！”

他完全没有笑容，他苍白，那头发好像墙头上跑着的野猫的毛皮。

饭桌上，有二伯的位置，那木凳上蹲着一匹小花狗。它戏耍着的时候，那卷尾巴和那铜铃完全引人可爱。

母亲投了一块肉给它。歪脖的厨子从汤锅里取出一块很大的骨头来……花狗跳到地上去，追了那骨头发了狂，那铜铃暴躁起来……

小妹妹笑得用筷子打着碗边，厨夫拉起围裙来擦着眼睛，母亲却把汤碗倒翻在桌子上了。

“快拿……快拿抹布来，快……流下来啦……”她用手按着嘴，可是总有些饭粒喷出来。

厨夫收拾桌子的时候，就点起煤油灯来，我面向着菜园坐在门槛上，从门道流出来的黄色的灯光当中，砌着我圆圆的头部和肩膀，我时时举动着手，揩着额头的汗水，每揩了一下，那影子也学着我揩了一下。透过我单衫的晚风，像是青蓝色的河水似的清凉……后街，粮米店的胡琴的声音也响了起来，幽远的回音，东边也在叫着，西边也在叫着……日里黄色的花变成白色的了；红色的花，变成黑色的了。

火一样红的马蛇菜的花也变成黑色的了。同时，那盘结着墙根的野马蛇菜的小花，就完全看不见了。

有二伯也许就踏着那些小花走去的，因为他太接近了墙根，我看着他……看着他……他走出了菜园的板门。

他一点儿也不知道，我从后面跟了上去。因为我觉得奇怪。他偷这东西做什么呢？也不好吃，也不好玩。

我追到了板门，他已经过了桥，奔向着东边的高冈。高冈上的去路，宽宏而明亮。两边排着的门楼在月亮下面，我把它们当成庙堂一般想象。

有二伯的背上那圆圆的小袋子我还看得见的时候，远处在他的前方，就起着狗叫了。

第三次我看见他偷东西，也许是第四次……但这也就是最后的一次。

他掮了大澡盆从菜园的边上横穿了过去，一些龙头花被他撞掉下来。这次好像他一点儿也不害怕，那白洋铁的澡盆哐郎哐郎地埋没着他的头部在呻叫。

并且好像大块的白银似的，那闪光照耀得我很害怕，我靠到墙根上去，我几乎是发呆地站着。

我想：母亲抓到了他，是不是会打他呢？同时我又起了一种佩服他的心情：“我将来也敢和他这样偷东西吗？”

但我又想：我是不偷这东西的，偷这东西干什么呢？这样大，放到哪里母亲也会捉到的。

但有二伯却顶着它像是故事里银色的大蛇似的走去了。

以后，我就没有看到他再偷过。但我又看到了别样的事情，那更危险，而且又常常发生，比方我在蒿草中正捏住了蜻蜓的尾巴……鼓冬……板墙上有一块大石头似的抛了过来，蜻蜓无疑的是飞了。比方夜里我就不敢再沿着那道板墙去捉蟋蟀，因为不知什么时候有二伯会从墙顶落下来。

丢了澡盆之后，母亲把三道门都下了锁。

所以小朋友们之中，我的蟋蟀捉得最少。因此我就怨恨有二伯：

“你总是跳墙、跳墙……人家蟋蟀都不能捉了！”

“不跳墙……说的好，有谁给开门呢？”他的脖子挺得很直。

“杨厨子开吧……”

“杨……厨子……哼……你们是家里人……支使得动他……你二伯……”

“你不会喊！叫他……叫他听不着，你就不会打门……”我的两只手，向两边摆着。

“哼……打门……”他的眼睛用力往低处看去。

“打门再听不着，你不会用脚踢……”

“踢……锁上啦……踢他干什么！”

“那你就非跳墙不可，是不是？跳也不轻轻跳，跳得那样吓人？”

“怎么轻轻的？”

“像我跳墙的时候，谁也听不着，落下来的时候，是蹲着……两只膀子张开……”我平地就跳了一下给他看。

“小的时候是行啊……老了，不行啦！骨头都硬啦！你二伯比你大六十岁，那儿还比得了？”

他嘴角上流下来一点点的笑来。右手拿抓着烟荷包，左手摸着站在旁边的大白狗的耳朵……狗的舌头舐着他。

可是我总也不相信，怎么骨头还会硬与不硬？骨头不就是骨头吗？猪骨头我也咬不动，羊骨头我也咬不动，怎么我的骨头就和有二伯的骨头不一样？

所以，以后我拾到了骨头，就常常彼此把它们磕一磕。遇到同伴比我大几岁的，或是小一岁的，我都要和他们试试，怎样试呢？撞一撞拳头的骨节，倒是软多少硬多少？但总也觉不出来。若用力些就撞得很痛，第一次来撞的是哑巴——管事的女儿。起先她不肯，我就告诉她：

“你比我小一岁，来试试，人小骨头是软的，看看你软不软？”

当时，她的骨节就红了，我想：她的一定比我软。可是，看看自己的也红了。

有一次，有二伯从板墙上掉下来。他摔破了鼻子。

“哼！没加小心……一只腿下来……一只腿挂在墙上……哼！闹个大头朝下……”

他好像在嘲笑着他自己，并不用衣襟或是什么揩去那血，看起来，在流血的似乎不是他自己的鼻子，他挺着很直的背脊走向厢房去，血条一面走着一面更多地画着他的前襟。已经染了血的手是垂着，而不去按住鼻子。

厨夫歪着脖子站在院心，他说：

“有二爷，你这血真新鲜……我看你多摔两个也不要紧……”

“哼，小伙子，谁也从年轻过过！就不用挖苦……慢慢就有啦……”他的嘴还在血条里面笑着。

过一会儿，有二伯裸着胸脯和肩头，站在厢房门口，鼻子孔塞着两块小东西，他喊着：

“老杨……杨安……有单褂子借给穿穿……明天这件干啦！就把你的脱下来……我那件掉啦膀子。夹的送去做，还没倒出工夫去拿……”他手里抖着那件洗过的衣裳。

“你说什么？”杨安几乎是喊着，“你送去做的夹衣裳还没倒出工夫去拿？有二爷真是忙人！衣服做都做好啦……拿一趟就没有工夫去拿……有二爷真是二爷，将来要用个跟班的啦……”

我爬着梯子，上了厢房的房顶，听着街上似有打架的，上去看一看。房顶上的风很大，我打着颤子下来了。有二伯还赤着臂膀站在檐下。那件湿的衣裳在绳子上啪啪地被风吹着。

点灯的时候，我进屋去加了件衣裳，很例外我看到有二伯单独地坐在饭桌的屋子里喝酒，并且更奇怪的是杨厨子给他盛着汤。

“我自个盛吧！你去歇歇吧……”有二伯和杨安争夺着汤盆里的勺子。

我走去看看，酒壶旁边的小碟子里还有两片肉。

有二伯穿着杨安的小黑马褂，腰带几乎是束到胸脯上去。他从来不穿这样小的衣裳，我看他不像个有二伯，像谁呢？也说不出来？他嘴在嚼着东西，鼻子上的小塞还会动着。

本来只有父亲晚上回来的时候，才单独地坐在洋灯下吃饭。在有二伯，就很新奇，所以我站着看了一会儿。

杨安像个弯腰的瘦甲虫，他跑到客室的门口去……

“快看看……”他歪着脖子，“都说他不吃羊肉……不吃羊肉……肚子太小，怕是胀破了……三大碗羊汤喝完啦……完啦……哈哈哈……”他小声地笑着，作着手势，放下了门帘。

又一次，完全不是羊肉汤……而是牛肉汤……可是当有二伯拿起了勺子，杨安就说：

“羊肉汤……”

他就把勺子放下了，用筷子夹着盘子里的炒茄子，杨安又告诉他：

“羊肝炒茄子。”

他把筷子去洗了洗，他自己到碗橱去拿出了一碟酱咸菜，他还没有拿到桌子上，杨安又说：

"羊……"他说不下去了。

"羊什么呢……"有二伯看着他。

"羊……羊……唔……是咸菜呀……嗯！咸菜里边说干净也不干净……"

"怎么不干净？"

"用切羊肉的刀切的咸菜。"

"我说杨安，你可不能这样……"有二伯离着桌子很远，就把碟子摔了上去，桌面过于光滑，小碟在上面呱呱地跑着，撞在另一个盘子上才停住。

"你杨安……可不用欺生……姓姜的家里没有你……你和我也是一样，是个外棵秧！年轻人好好学……怪模怪样的……将来还要有个后成……"

"呃呀呀！后成！就算绝后一辈子吧……不吃羊肠……麻花铺子炸面鱼，假腥气……不吃羊肠，可吃羊肉……别装扮着啦……"杨安的脖子因为生气直了一点儿。

"兔羔子……你他妈……阳气什么？"有二伯站起来向前走去。

"有二爷，不要动那样大的气……气大伤身不养家……我说，咱爷俩都是跑腿子……说个笑话……开个心……"厨子嗷嗷地笑着，"哪里有羊肠呢……说着玩……你看你就不得了啦……"

好像站在公园里的石人似的，有二伯站在地心。

"……别的我不生气……闹笑话，也不怕闹……可是我就忌讳这手……这不是好闹笑话的……前年我不知道吃过一回……后来知道啦，病了半个多月……后来这脖上生了一块疮算是好啦……吃一回羊肉倒不算什么……就是心里头放不下，就好像背了自己的良心……背良心的事不做……做了那后悔是受不住的，有二不吃羊肉也就是为的这个……"喝了一口冷水之后他还是抽烟。

别人一个一个地开始离开了桌子……

从此有二伯的鼻子常常塞着小塞，后来又说腰痛，后来又说腿痛。他走过院心不像从前那么挺直，有时身子向一边歪着，有时用手拉住自己的腰带……大白狗跟着他前后地跳着的时候，他躲闪着它：

“去吧……去吧！”他把手梢缩在袖子里面，用袖口向后扫摆着。

但他开始诅骂更小的东西，比方一块砖头打在他的脚上，他就坐下来，用手按住那砖头，好像他疑心那砖头会自己走到他脚上来的一样。若当鸟雀们飞着时，有什么脏污的东西落在他的袖子或是什么地方，他就一面抖掉它，一面对着那已经飞过去的小东西讲着话：

“这东西……啊哈！会找地方，往袖子上掉……你也是个瞎眼睛。掉，就往那个穿绸穿缎的身上掉！往我这掉也是白……穷跑腿子……”

他擦净了袖子，又向他头顶上那块天空看了一会儿，才重新走路。

板墙下的蟋蟀没有了，有二伯也好像不再跳板墙了。早晨厨子挑水的时候，他就跟着水桶通过板门去，而后向着井沿走，就坐在井沿旁的空着的碾盘上。差不多每天我拿了钥匙放小朋友们进来时，他总是在碾盘上招呼着：

“花子……等一等你二伯……”我看他像鸭子在走路似的。“你二伯真是不行了……眼看着……眼看着孩子们往这而来，可是你二伯就追不上……”

他一进了板门，又坐在门边的木樽上。他的一只脚穿着袜子，另一只的脚趾捆了一段麻绳，他把麻绳抖开，在小布片下面，那肿胀的脚趾上还腐了一小块。好像茄子似的脚趾，他又把它包扎起来。

“今年的运气十分不好……小毛病紧着添……”他取下咬在嘴上的麻绳。

以后当我放小朋友进来的时候，不是有二伯招呼着我，而是我招呼着他。因为关了门，他再走到门口，给他开门的人也还是我。

在碾盘上不但坐着，他后来就常常睡觉，他睡得就像完全没有了感觉似的，有一个花鸭子伸着脖颈啄着他的脚心，可是他没有醒，他还是把脚伸在原来的地方。碾盘在太阳下闪着光，他像是睡在圆镜子上边。

我们这些孩子们抛着石子和飞着沙土，我们从板门冲出来，跑到井沿上去，因为井沿上有更多的石子，我把我的衣袋装满了它们，我就蹲在碾盘后和他们作战，石子在碾盘上“叭”“叭”，好像还冒着一道烟。

有二伯闭着眼睛忽然抓了他的烟袋：

"王八蛋，干什么……还敢来……还敢上……"

他打着他的左边和右边，等我们都集拢来看他的时候，他才坐起来。

"……妈的……做了一个梦……那条道上的狗真多……连小狗崽也上来啦……让我几烟袋锅子就全数打了回去……"他揉一揉手骨节，嘴角上流下笑来，"妈的……真是那么个滋味……做梦狗咬啦呢……醒啦还有点儿疼……"

明明是我们打来的石子，他说是小狗崽，我们都为这事吃惊而得意。跑开了，好像散开的鸡群，吵叫着，展着翅膀。

他打着呵欠："呵……呵呵……"在我们背后像小驴子似的叫着。

我们回头看他，他和要吞食什么一样，向着太阳张着嘴。

那下着毛毛雨的早晨，有二伯就坐到碾盘上去了。杨安担着水桶从板门来来往往地走了好几回……杨安锁着板门的时候，他就说：

"有二爷子这几天可真变样……那神气，我看几天就得进庙啦……"

我从板缝往西边看看，看不清是有二伯，好像小草堆似的在雨里边浇着。

"有二伯……吃饭啦！"我试着喊了一声。

回答我的，只是我自己的回响，"呜呜"的在我的背后传来。

"有二伯，吃饭啦！"这次把嘴唇对准了板缝。

可是回答我的又是"呜呜"。

下雨的天气永远和夜晚一样，到处好像空瓶子似的，随时被吹着随时发着响。

"不用理他……"母亲在开窗子，"他是找死……你爸爸这几天就想收拾他呢……"

我知道这"收拾"是什么意思：打孩子们叫"打"，打大人就叫"收拾"。

我看到一次，因为看纸牌的事情，有二伯被管事的"收拾"了一回。可是父亲，我还没有看见过，母亲向杨厨子说：

"这几年来，他爸爸不屑理他……总也没在他身上动过手……可是他的骄毛越长越长……贱骨头，非得收拾不可……若不然……他就不自在。"

母亲越说“收拾”我就越有点儿害怕，在什么地方“收拾”呢？在院心，管事的那回可不是在院心，是在厢房的炕上。那么这回也要在厢房里！是不是要拿着烧火的叉子？那回管事的可是拿着。我又想起来小哑巴，小哑巴让他们踏了一脚，手指差一点儿没有踏断。到现在那小手指还不是弯着吗？

有二伯一面敲着门一面说着：

“大白……大白……你是没心肝的……你早晚……”等大白狗从板墙跳出去，他又说，“去……去……”

“开门！没有人吗？”

我要跑去的时候，母亲按住了我的头顶：“不用你显勤快！让他站一会儿吧，不是吃他饭长的……”

那声音越来越大了，真是好像用脚踢着。

“没有人吗？”每个字的声音完全喊得一平。

“人倒是有，倒不是侍候你的……你这份老爷子不中用……”母亲的说话，不知有二伯听到没有听到？

但那板门暴乱起来：

“死绝了吗？人都死绝啦……”

“你可不用假装疯魔……有二，你骂谁呀……对不住你吗？”母亲在厨房里叫着，“你的后半辈吃谁的饭来的……你想想，睡不着觉思量思量……有骨头，别吃人家的饭？讨饭吃，还嫌酸……”

并没有回答的声音，板墙隆隆地响着，等我们看到他，他已经是站在墙这边了。

“我……我说……四妹子……你二哥说的是杨安，家里人……我是不说的……你二哥，没能耐不是假的，可是吃这碗饭，你可也不用委屈……”我奇怪要打架的时候，他还笑着，“有四兄弟在……算账咱们和四兄弟算……”

“四兄弟……四兄弟屑得跟你算……”母亲向后推着我。

“不屑得跟你二哥算……哼！哪天咱们就算算看……哪天四兄弟不上学

堂……咱们就算算看……”他哼哼的，好像水洗过的小瓦盆似的没有边沿的草帽切着他的前额。

他走过的院心上，一个一个地留下了泥窝。

“这死鬼……也不死……脚烂啦！还一样会跳墙……”母亲像是故意让他听到。

“我说四妹子……你们说的是你二哥……哼哼……你们能说出口来？我死……人不好那样，谁都是爹娘养的，吃饭长的……”他拉开了厢房的门扇，就和拉着一片石头似的那样用力，但他并不走进去。“你二哥，在你家住了三十多年……哪一点对不住你们；拍拍良心……一根草棍也没给你们糟踏过……唉……四妹子……这年头……没处说去……没处说去……人心看不见……”

我拿着满手的柿子，在院心滑着跳着跑到厢房去，有二伯在烤着一个温暖的火堆，他坐得那么刚直，和门旁那只空着的大坛子一样。

“滚……鬼头鬼脑的……干什么事？你们家里头尽是些耗子。”我站在门口还没有进去，他就这样地骂着我。

我想：可真是，不怪杨厨子说，有二伯真有点儿变了。他骂人也骂得那么奇怪，尽是些我不懂的话，“耗子”，“耗子”与我有什么关系！说它干什么？

我还是站在门边，他又说：

“王八羔子……兔羔子……穷命……狗命……不是人……在人里头缺点儿什么……”他说的是一套一套的，我一点儿也记不住。

我也学着他，把鞋脱下来，两个鞋底相对起来，坐在下面。

“这你孩子……人家什么样，你也什么样！看着葫芦就画瓢……那好的……新新的鞋子就坐……”他的眼睛就像坛子上没有烧好的小坑似的向着我。

“那你怎么坐呢！”我把手伸到火上去。

“你二伯坐……你看看你二伯这鞋……坐不坐都是一样，不能要啦！穿了它二年整。”把鞋从身下抽出来，向着火看了许多工夫。他忽然又生起气来……

“你们……这都是天堂的呀……你二伯像你那大……没穿过鞋……哪来的鞋

呢？放猪去，拿着个小鞭子就走……一天跟着太阳出去……又跟着太阳回来……带着两个饭团就算是晌饭……你看看你们……馒头干粮，满院子滚！我若一扫院子就准能捡着几个……你二伯小时候连馒头边都……都摸不着哇！如今……连大白狗都不去吃啦……”

他的这些话若不去打断他，他就会永久说下去：从幼小说到长大，再说到锅台上的瓦盆……再从瓦盆回到他幼年吃过的那个饭团上去。我知道他又是这一套，很使我起反感，我讨厌他，我就把红柿子放在火上去烧着，看一看烧熟是个什么样？

“去去……哪有你这样的孩子呢？人家烘点儿火暖暖……你也必得弄灭它……去，上一边去烧去……”他看着火堆喊着。

我穿上鞋就跑了，房门是开着，所以那骂的声音很大：

“鬼头鬼脑的，干些什么事？你们家里……尽是些耗子……”

有二伯和后园里的老茄子一样，是灰白了，然而老茄子一天比一天静默下去，好像完全任凭了命运。可是有二伯从东墙骂到西墙，从扫地的扫帚骂到水桶……而后他骂着他自己的草帽……

“……王八蛋……这是什么东西……去你的吧……没有人心！夏不遮凉，冬不抗寒……”

后来他还是把草帽戴上，跟着杨厨子的水桶走到井沿上去，他并不坐到石碾上，跟着水桶又回来了。

“王八蛋……你还算个牲口……你黑心粒……”他看看墙根的猪说。

他一转身又看到了一群鸭子：

“哪天都杀了你们……一天到晚呱呱的……他妈的若是个人，也是个闲人。都杀了你们……别享福……吃得溜溜胖……溜溜肥……”

后园里的葵花子完全成熟了，那过重的头柄几乎折断了它自己的身子。玉米有的只带了叶子站在那里，有的还挂着稀少的玉米棒。黄瓜老在架上了，赭黄色的，麻裂了皮，有的束上了红色的带子，母亲规定了它们：来年作为种子。葵花子也是一样，在它们的颈间也有的是挂了红布条。只有已经发了灰白的老茄子还都自由地吊在枝棵上，因为它们的内面完全是黑色的子粒，孩子们既然不吃它，厨子也总不采它。

只有红柿子红得更快，一个跟着一个，一堆跟着一堆。好像捣衣裳的声音，从四面八方传来了一样。

有二伯在一个清凉的早晨，和那捣衣裳的声音一道倒在院心了。

我们这些孩子们围绕着他，邻人们也围绕着他，但当他爬起来的时候，邻人们又都向他让开了路。

他跑过去，又倒下来了。父亲好像什么也没做，只在有二伯的头上拍了一下。

照这样做了好几次，有二伯只是和一条卷虫似的滚着。

父亲却和一部机器似的那么灵巧。他读书看报时的眼镜也还戴着，他叉着腿，有二伯来了的时候，我看见他的白绸衫的襟角很和谐地抖了一下。

“有二……你这小子浑蛋……一天到晚，你骂什么……有吃有喝，你还要挣命……你个祖宗的！”

有二伯什么声音也没有。倒了的时候，他想法子爬起来，爬起来他就向前走着，走到父亲的地方他又倒了下来。

等他再倒了下来的时候，邻人们也不去围绕着他。母亲始终是站在台阶上。杨安在柴堆旁边，胸前立着竹帚……邻家的老祖母在板门外被风吹着她头上的蓝色的花。还有管事的……还有小哑巴……还有我不认识的人，他们都靠到墙根上去。

到后来有二伯枕着他自己的血，不再起来了，脚趾上扎着的那块麻绳脱落在旁边，烟荷包上的小圆葫芦，只留了一些片沫在他的左近。鸡叫着，但是跑得那么远……只有鸭子来啄食那地上的血液。

我看到一个绿头顶的鸭子和一个花脖子的。

冬天一来了的时候，那榆树的叶子连一片也不能够存在，因为是一棵孤树，所有从四面来的风都摇得到它。所以每夜听着火炉盖上茶壶咝咝的声音的时候，我就从后窗看着那棵大树，白的，穿起了鹅毛似的……连那顶小的枝子也胖了一些。太阳来了的时候，榆树也会闪光，和闪光的房顶、闪光的地面一样。

起初，我们是玩着堆雪人，后来就厌倦了，改为拖狗爬犁了，大白狗的脖子上每天束着绳子，杨安给我们做起来的爬犁。起初，大白狗完全不走正路，它往狗窝里面跑，往厨房里面跑。我们打着它，终于使它习惯下来，但也常常兜着圈子，把我们全数扣在雪地上。它每这样做了一次，我们就一天不许它吃东西，嘴上给他挂了龙头。

但这它又受不惯，总是闹着、叫着……用腿抓着雪地，所以我们把它束到马桩子上。

不知为什么？有二伯把它解了下来，他的手又颤颤得那么厉害。

而后他把狗牵到厢房里去，好像牵着一匹小马一样……

过了一会儿出来了，白狗的背上压着不少东西：草帽顶，铜水壶，豆油灯碗，方枕头，团蒲扇……小圆筐……好像一辆搬家的小车。

有二伯则挟着他的棉被。

"二伯！你要回家吗？"

他总常说"走走"。我想"走"就是回家的意思。

"你二伯……嗯……"那被子流下来的棉花一块一块地沾污了雪地，黑灰似的在雪地上滚着。

还没走到板门，白狗就停下了，并且打着，他有些牵不住它了。

"你不走吗？你……大白……"

我取来钥匙给他开了门。

在井沿的地方，狗背上的东西就全都弄翻了。在石碾上摆着小圆筐和铜茶壶这一切。

"有二伯……你回家吗？"若是不回家为什么带着这些东西呢！

"嗯……你二伯……"

白狗跑得很远的了。

“这儿不是你二伯的家，你二伯别处也没有家。”

“来……”他招呼着大白狗，“不让你背东西……就来吧……”

他好像要去抱那狗似的张开了两臂。

“我要等到开春……就不行……”他拿起了铜水壶和别的一切。

我想他是一定要走了。

我看着远处白雪里边的大门。

但他转回身去，又向着板门走了回来，他走动的时候，好像肩上担着水桶的人一样，东边摇着，西边摇着。

“二伯，你是忘下了什么东西？”

但回答着我的只有水壶盖上的铜环……咯铃铃咯铃铃……

他是去牵大白狗吧？对这件事我很感到趣味，所以我抛弃了小朋友们，跟在有二伯的背后。

走到厢房门口，他就进去了，戴着龙头的白狗，他像没有看见它。

他是忘下了什么东西？

但他什么也不去拿，坐在炕沿上，那所有的全套的零碎完全照样在背上和胸上压着他。

他开始说话的时候，连自己也不能知道我是已经向着他的旁边走去。

“花子！你关上门……来……”他按着从身上退下来的东西……“你来看看！”

我看到的是些什么呢？

掀起席子来，他抓了一把：

“就是这个……”而后他把谷粒抛到地上，“这不明明是往外撵我吗……腰疼……腿疼没有人看见……这炕暖倒记住啦！说是没有米吃，这谷子又潮湿……垫在这炕下炀几天……十几天啦……一寸多厚……烧点儿火还能热上来……暖！……想是等到开春……这衣裳不抗风……”

他拿起扫帚来，扫着窗棂上的霜雪，又扫着墙壁：

“这是些什么？吃糖可就不用花钱？”

随后他烧起火来，柴草就着在灶口外边，他的胡子上小白冰溜变成了水，而我的眼睛流着泪……那烟遮没了他和我。

他说他七岁上被狼咬了一口，八岁上被驴子踢掉一个脚趾……我问他：

“老虎，真的，山上的你看见过吗？”

他说：“那倒没有。”

我又问他：

“大象你看见过吗？”

而他就不说到这上面来。他说他放牛放了几年，放猪放了几年……

“你二伯三个月没有娘……六个月没有爹……在叔叔家里住到整整七岁，就像你这么大……”

“像我这么大怎么的呢？”他不说到狼和虎我就不愿意听。 、

“像你那么大就给人家放猪去了呗……”

“狼咬你就是像我那大咬的？咬完啦，你还敢再上山不敢啦……”

“不敢，哼……在自家里是孩子……在别人就当大人看……不敢……不敢……回家去……你二伯也是怕呀……为此哭过一些……好打也挨过一些……”

我再问他：“狼就咬过一回？”

他就不说狼，而说一些别的：又是那年他给人家当过喂马的……又是我爷爷怎么把他领到家里来的……又是什么五月里樱桃开花啦……又是：“你二伯前些年也想给你娶个二大娘……”

我知道他又是从前那一套，我冲开了门站在院心去了。被烟所伤痛的眼睛什么也不能看了，只是流着泪……

但有二伯摊在火堆旁边，幽幽地起着哭声……

我走向上房去了，太阳晒着我，还有别的白色的闪光，它们都来包围了我；或是在前面迎接着，或是从后面追赶着我站在台阶上，向四面看看，那么多纯白

而闪光的房顶！那么多闪光的树枝！它们好像白石雕成的珊瑚树似的站在一些房子中间。

有二伯的哭声更高了的时候，我就对着这眼前的一切更爱：它们多么接近，比方雪地是踏在我的脚下，那些房顶和树枝就是我的邻家，太阳虽然远一点儿，然而也来照在我的头上。

春天，我进了附近的小学校。

有二伯从此也就不见了。

1936.9.4 东京

（发表于1936年10月15日《作家》第2卷第1、2号，署名萧红。后收入短篇小说集《牛车上》。）

初　冬

初冬，我走在清凉的街道上，遇见了我的弟弟。

“莹姐，你走到哪里去？”

“随便走走吧！”

“我们去吃一杯咖啡，好不好，莹姐。”

咖啡店的窗子在帘幕下挂着苍白的霜层。我把领口脱着毛的外衣搭在衣架上。

我们开始搅着杯子铃啷的响了。

“天冷了吧！并且也太孤寂了，你还是回家的好。”弟弟的眼睛是深黑色的。

我摇了头，我说：“你们学校的篮球队近来怎么样？还活跃吗？你还很热心吗？”

“我掷筐掷得更进步，可惜你总也没到我们球场上来了。你这样不畅快是不行的。”

我仍搅着杯子，也许飘流久了的心情，就和离了岸的海水一般，若非遇到大风是不会翻起的。我开始弄着手帕。弟弟再向我说什么我已不去听清他，仿佛自己是沉坠在深远的幻想的井里。

我不记得咖啡怎样被我吃干了杯了。茶匙在搅着空的杯子时，弟弟说：“再来一杯吧！”

女侍者带着欢笑一般飞起的头发来到我们桌边，她又用很响亮的脚步摇摇地走了去。

也许因为清早或天寒，再没有人走进这咖啡店。在弟弟默默看着我的时候，在我的思想凝静得玻璃一般平的时候，壁间暖气管小小嘶鸣的声音都听得到了。

“天冷了，还是回家好，心情这样不畅快，长久了是无益的。”

“怎么！”

“太坏的心情与你有什么好处呢？”

“为什么要说我的心情不好呢？”

我们又都搅着杯子。有外国人走进来，那响着嗓子的、嘴不住在说的女人，就坐在我们的近边。她离得我越近，我越嗅到她满衣的香气，那使我感到她离得我更辽远，也感到全人类离得我更辽远。也许她那安闲而幸福的态度与我一点联系也没有。

我们搅着杯子，杯子不能像起初搅得发响了。街车好像渐渐多了起来，闪在窗子上的人影，迅速而且繁多了。隔着窗子，可以听到暗哑的笑声和暗哑的踏在行人道上的鞋子的声音。

“莹姐，”弟弟的眼睛深黑色的。“天冷了，再不能飘流下去，回家去吧！”弟弟说，“你的头发这样长了，怎么不到理发店去一次呢？”我不知道为什么被他这话所激动了。

也许要熄灭的灯火在我心中复燃起来，热力和光明鼓荡着我：

“那样的家我是不想回去的。”

“那么飘流着，就这样飘流着？”弟弟的眼睛是深黑色的。他的杯子留在左手里边，另一只手在桌面上，手心向上翻张了开来，要在空间摸索着什么似的。最后，他是捉住自己的领巾。我看着他在抖动的嘴唇：“莹姐，我真担心你这个女浪人！”他牙齿好像更白了些，更大些，而且有力了，而且充满热情了。为热情而波动，他的嘴唇是那样的退去了颜色。并且他的全人有些近乎狂人，然而安静，完全被热情侵占着。

出了咖啡店，我们在结着薄碎的冰雪上面踏着脚。

初冬，早晨的红日扑着我们的头发，这样的红光使我感到欣快和寂寞。弟弟不住地在手下摇着帽子，肩头耸起了又落下了；心脏也是高了又低了。

渺小的同情者和被同情者离开了市街。

停在一个荒败的枣树园的前面时，他突然把很厚的手伸给了我，这是我们要告别了。

“我到学校去上课！”他脱开我的手，向着我相反的方向背转过去。可是走了几步，又转回来：

“莹姐，我看你还是回家的好！”

“那样的家我是不能回去的，我不愿意受和我站在两极端的父亲的豢养……”

“那么你要钱用吗？”

“不要的。”

“那么，你就这个样子吗？你瘦了！你快要生病了！你的衣服也太薄啊！”弟弟的眼睛是深黑色的，充满着祈祷和愿望。我们又握过手，分别向不同的方向走去。

太阳在我的脸面上闪闪耀耀。仍和未遇见弟弟以前一样，我穿着街头，我无目的地走。寒风，刺着喉头，时时要发作小小的咳嗽。

弟弟留给我的是深黑色的眼睛，这在我散漫与孤独的流荡人的心板上，怎能不微温了一个时刻？

过 夜

也许是快近天明了吧！我第一次醒来。街车稀疏的从远处响起，一直到那声音雷鸣一般地震撼着这房子，直到那声音又远的消灭下去，我都听到的。但感到生疏和广大，我就像睡在马路上一样，孤独并且无所凭据。

睡在我旁边的是我所不认识的人，那鼾声对于我简直是厌恶和隔膜。我对她并不存着一点感激，也像憎恶我所憎恶的人一样憎恶她。虽然在深夜里她给我一个住处，虽然从马路上把我招引到她的家里。

那夜寒风逼着我非常严厉，眼泪差不多和哭着一般流下，用手套抹着，揩着，在我敲打姨母家的门的时候，手套几乎是结了冰，在门扇上起着小小的粘结。我一面敲打一面叫着：

“姨母！姨母……”她家的人完全睡下了，狗在院子里面叫了几声。我只好背转来走去。脚在下面感到有针在刺着似的痛楚。我是怎样的去羡慕那些临街的我所经过的楼房，对着每个窗子我起着愤恨。那里面一定是温暖和快乐，并且那里面一定设置着很好的眠床。一想到眠床，我就想到了我家乡那边的马房，挂在马房里面不也很安逸吗！甚至于我想到了狗睡觉的地方，那一定有茅草。坐在茅草上面可以使我的脚温暖。

积雪在脚下面呼叫：“吱……吱……吱……”我的眼毛感到了纠绞，积雪随着风在我的腿部扫打。当我经过那些平日认为可怜的下等妓馆的门前时，我觉得她们也比我幸福。

我快走，慌张的走，我忘记了我背脊怎样的弓起，肩头怎样的耸高。

“小姐！坐车吧！”经过繁华一点的街道，洋车夫们向我说着。

都记不得了，那等在路旁的马车的车夫们也许和我开着玩笑。

“喂……喂……冻得活像个他妈的……小鸡样……”

但我只看见马的蹄子在石路上面踩打。

我走上了我熟人的扶梯，我摸索，我寻找电灯，往往一件事情越接近着终点越容易着急和不能忍耐。升到最高级了，几乎从顶上滑了下来。

感到自己的力量完全用尽了！再多走半里路也好像是不可能，并且这种寒冷我再不能忍耐，并且脚冻得麻木了，需要休息下来，无论如何它需要一点暖气，无论如何不应该再让它去接触着霜雪。

去按电铃，电铃不响了，但是门扇欠了一个缝，用手一触时，它自己开了。一点声音也没有，大概人们都睡了。我停在内间的玻璃门外，我招呼那熟人的名字，终没有回答！我还看到墙上那张没有框子的画片。分明房里在开着电灯。再招呼了几声，仍是什么也没有……

“喔……”门扇用铁丝绞了起来，街灯就闪耀在窗子的外面。我踏着过道里搬了家余留下来的碎纸的声音，同时在空屋里我听到了自己苍白的叹息。

“浆汁还热吗？”在一排长街转角的地方，那里还张着卖浆汁的白色的布棚。我坐在小凳上，在集合着铜板……

等我第一次醒来时，只感到我的呼吸里面充满着鱼的气味。

“街上吃东西，那是不行的。您吃吃这鱼看吧，这是黄花鱼，用油炸的……”她的颜面和干了的海藻一样打着波绉。

“小金铃子，你个小死鬼，你给我滚出来……快……”我跟着她的声音才发现墙角蹲着个孩子。

“喝浆汁，要喝热的，我也是爱喝浆汁……哼！不然，你就遇不到我了，那是老主顾，我差不多每夜要喝——偏偏金铃子昨晚上不在家，不然的话，每晚都是金铃子去买浆汁。”

“小死金铃子，你失了魂啦！还等我孝敬你吗？还不自己来装饭！”

那孩子好像猫一样来到桌子旁边。

“还见过吗？这丫头十三岁啦，你看这头发吧！活像个多毛兽！”她在那孩子的头上用筷子打了一下，于是又举起她的酒杯来。她的两只袖口都一起往外脱着棉花。

晚饭她也是喝酒，一直喝到坐着就要睡去了的样子。

我整天没有吃东西，昏沉沉和软弱，我的知觉似乎一半存在着，一半失掉了。在夜里，我听到了女孩的尖叫。

“怎么，你叫什么？”我问。

“不，妈呀！”她惶惑的哭着。

从打开着的房门，老妇人捧着雪球回来了。

“不，妈呀！”她赤着身子站到角落里去。

她把雪块完全打在孩子的身上。

“睡吧！我让你知道我的厉害！”她一面说着，孩子的腿部就流着水的条纹。

我究竟不知道这是为了什么。

第二天，我要走的时候，她向我说：

“你有衣裳吗？留给我一件……”

“你说的是什么衣裳？”

“我要去进当铺，我实在没有好当的了！”于是她翻着炕上的旧毯片和流着棉花的被子：“金铃子这丫头还不中用……也无怪她，年纪还不到哩！五毛钱谁肯要她呢？要长样没有长样，要人才没有人才！花钱看样子吗？前些个年头可行，比方我年青的时候，我常跟着我的姨姐到班子里去逛逛，一逛就能落几个……多多少少总能落几个……现在不行了！正经的班子不许你进，土窑子是什么油水也没有，老庄哪懂得看样子，花钱让他看样子，他就干了吗？就是凤凰也不行啊！落毛鸡就是不花钱谁又想看呢？”她突然用手指在那孩子的头上点了一下。“摆设，总得像个摆设的样子，看这穿戴……呸呸！”她的嘴和眼睛一致的歪动了一下。“再过两年我就好了。管她长得猫样狗样，可是她到底是中用了！”

她的颜面和一片干了的海蜇一样。我明白一点她所说的“中用”或“不中用”——。

“套鞋可以吧？”我打量了我全身的衣裳，一件棉外衣，一件夹袍，一件单衫，一件短绒衣和绒裤，一双皮鞋，一双单袜。

“不用进当铺，把它卖掉，三块钱买的，五角钱总可以卖出。”我弯下腰在地上寻找套鞋。

“哪里去了呢？”我开始划着一根火柴，屋子里黑暗下来，好像“夜”又要来临了。

“老鼠会把它拖走的吗？不会的吧？”我好像在反复着我的声音，可是她，一点也不来帮助我，无所感觉的一样。

我去扒着土炕，扒着碎毡片，碎棉花。但套鞋是不见了。

女孩坐在角落里面咳嗽着，那老妇人简直是喑哑了。

“我拿了你的鞋！你以为？那是金铃子干的事……”借着她抽烟时划着火柴的光亮，我看到她打着皱纹的鼻子的两旁挂下两条发亮的东西。

“昨天她把那套鞋就偷着卖了！她交给我钱的时候我才知道。半夜里我为什么打她？就是为着这桩事。我告诉她偷，是到外面去偷。看见过吗？回家来偷。我说我要用雪把她活埋……不中用的，男人不能看上她的，看那小毛辫子！活像个猪尾巴！”

她回转身去扯着孩子的头发，好像在扯着什么没有知觉的东西似的。

“老的老，小的小……你看我这年纪，不用说是不中用的啦！”

两天没有见到太阳，在这屋里，我觉得狭窄和阴暗，好像和老鼠住在一起了。假如走出去，外面又是“夜”。但一点也不怕惧，走出去了！

我把单衫从身上褪了下来。我说："去当，去卖，都是不值钱的。"

这次我是用夏季里穿的通孔的鞋子去接触着雪地。

家庭教师

二十元票子，使他做了家庭教师。

这是第一天，他起得很早，并且脸上也像愉悦了些。我欢喜地跑到过道去倒脸水。心中埋藏不住这些愉快，使我一面折着被子，一面嘴里任意唱着什么歌的句子。而后坐到床沿，两腿轻轻地跳动，单衫的衣角在腿下抖荡。我又跑出门外，看了几次那个提篮卖面包的人，我想他应该吃些点心吧，八点钟他要去教书，天寒，衣单，又空着肚子，那是不行的。

但是还不见那提着膨胀的篮子的人来到过道。

郎华做了家庭教师，大概他自己想也应该吃了。当我下楼时，他就自己在买，长形的大提篮已经摆在我们房间的门口。他仿佛是一个大蝎虎样，贪婪地，为着他的食欲，从篮子里往外捉取着面包、圆形的点心和“列巴圈”，他强健的两臂，好像要把整个篮子抱到房间里才能满足。最后他会过钱，下了最大的决心，舍弃了篮子，跑回房中来吃。

还不到八点钟，他就走了。九点钟刚过，他就回来。下午太阳快落时，他又去一次，一个钟头又回来。他已经慌慌忙忙像是生活有了意义似的。当他回来时，他带回一个小包袱，他说那是才从当铺取出的从前他当过的两件衣裳。他很有兴致地把一件夹袍从包袱里解出来，还有一件小毛衣。

“你穿我的夹袍，我穿毛衣。”他吩咐着。

于是两个人各自赶快穿上。他的毛衣很合适。惟有我穿着他的夹袍，两只脚使我自己看不见，手被袖口吞没去，宽大的袖口，使我忽然感到我的肩膀一边挂好一个口袋，就是这样，我觉得很合适，很满足。

电灯照耀着满城市的人家。钞票带在我的衣袋里，就这样，两个人理直气壮地走在街上，穿过电车道，穿过扰攘着的那条破街。

一扇破碎的玻璃门，上面封了纸片，郎华拉开它，并且回头向我说："很好的小饭馆，洋车夫和一切工人全都在这里吃饭。"

我跟着进去。里面摆着三张大桌子。我有点看不惯，好几部分食客都挤在一张桌上。屋子几乎要转不过来身。我想，让我坐在哪里呢？三张桌子都是满满的人。我在袖口外面捏了一下郎华的手说："一张空桌也没有，怎么吃？"

他说："在这里吃饭是随随便便的，有空就坐。"他比我自然得多，接着，他把帽子挂到墙壁上。堂倌走来，用他拿在手中已经擦满油腻的布巾抹了一下桌角，同时向旁边正在吃的那个人说："借光，借光。"

就这样，郎华坐在长板凳上那个人剩下来的一头。至于我呢，堂倌把掌柜独坐的那个圆板凳搬来，占据着大桌子的一头。我们好像存在也可以，不存在也可以似的。不一会，小小的菜碟摆上来。我看到一个小圆木砧上堆着煮熟的肉，郎华跑过去，向着木砧说了一声："切半角钱的猪头肉。"

那个人把刀在围裙上，在那块脏布上抹了一下，熟练地挥动着刀在切肉。我想：他怎么知道那叫猪头肉呢？很快地我吃到猪头肉了。后来我又看见火炉上煮着一个大锅，我想要知道这锅里到底盛的是什么，然而当时我不敢，不好意思站起来满屋摆荡。

"你去看看吧。"

"那没有什么好吃的。"郎华一面去看，一面说。

正相反，锅虽然满挂着油腻，里面却是肉丸子。掌柜连忙说："来一碗吧？"

我们没有立刻回答。掌柜又连忙说："味道很好哩。"

我们怕的倒不是味道好不好，既然是肉的，一定要多花钱吧！我们面前摆了五六个小碟子，觉得菜已经够了。他看看我，我看看他。

“这么多菜，还是不要肉丸子吧。”我说。

“肉丸还带汤。”我看他说这话，是愿意了，那么吃吧。一决心，肉丸子就端上来。

破玻璃门边，来来往往有人进出。戴破皮帽子的，穿破皮袄的，还有满身红绿的油匠，长胡子的老油匠，十二三岁尖嗓子的小油匠。

脚下有点潮湿得难过了。可是门仍不住地开关，人们仍是来来往往。一个岁数大一点的妇人，抱着孩子在门外乞讨，仅仅在人们开门时她说一声：“可怜可怜吧！给小孩点吃的吧！”然而她从不动手推门。后来大概她等到时间太长了，就跟着人们进来，停在门口，她还不敢把门关上，表示出她一得到什么东西很快就走的样子。忽然全屋充满了冷空气。郎华拿馒头正要给她，掌柜的摆着手：“多得很，给不得。”

靠门的那个食客强关了门，已经把她赶出去了，并且说：“真她妈的，冷死人，开着门还行！”

不知哪一个发了这一声：“她是个老婆子，你把她推出去。若是个大姑娘，不抱住她，你也得多看她两眼。”

全屋人差不多都笑了，我却听不惯这话，我非常恼怒。

郎华为着猪头肉喝了一小壶酒，我也帮着喝。同桌的那个人只吃咸菜，喝稀饭，他结账时还不到一角钱。接着我们也结账：小菜每碟二分，五碟小菜，半角钱猪头肉，半角钱烧酒，丸子汤八分，外加八个大馒头。

走出饭馆，使人吃惊，冷空气立刻裹紧全身，高空闪烁着繁星。我们奔向有电车经过叮叮响的那条街口。

“吃饱没有？”他问。

“饱了。”我答。

经过街口卖零食的小亭子，我买了两纸包糖，我一块，他一块，一面上楼，一面吮着糖的滋味。

“你真像个大口袋。”他吃饱了以后才向我说。

同时我打量着他，也非常不像样。在楼下大镜子前面，两个人照了好久。他的帽子仅仅扣住前额，后脑勺被忘记似的，离得帽子老远老远的独立着。很大的头，顶个小卷檐帽，最不相宜的就是这个小卷檐帽，在头顶上看起来十分不牢固，好像乌鸦落在房顶，有随时飞走的可能。别人送给他的那身学生服短而且宽。

走进房间，像两个大孩子似的，互相比着舌头，他吃的是红色的糖块，所以是红舌头，我是绿舌头。比完舌头之后，他忧愁起来，指甲在桌面上不住地敲响。

“你看，我当家庭教师有多么不带劲！来来往往冻得和个小叫花子似的。”

当他说话时，在桌上敲着的那只手的袖口，已是破了，拖着线条。我想破了倒不要紧，可是冷怎么受呢？

长久的时间静默着，灯光照在两人脸上，也不跳动一下，我说要给他缝缝袖口，明天要买针线。说到袖口，他警觉一般看一下袖口，脸上立刻浮现着幻想，并且嘴唇微微张开，不太自然似的，又不说什么。

关了灯，月光照在窗外，反映得全室微白。两人扯着一张被子，头下破书当做枕头。隔壁手风琴又咿咿呀呀地在诉说生之苦乐。乐器伴着他，他慢慢打开他幽禁的心灵了：

“敏子，……这是敏子姑娘给我缝的。可是过去了，过去了就没有什么意义。我对你说过，那时候我疯狂了。直到最末一次信来，才算结束，结束就是说从那时起她不再给我来信了。这样意外的，相信也不能相信的事情，弄得我昏迷了许多日子……以前许多信都是写着爱我……甚至于说非爱我不可。最末一次信却骂起我来，直到现在我还不相信，可是事实是那样……”

他起来去拿毛衣给我看，“你看过桃色的线……是她缝的……敏子缝的……”

又灭了灯，隔壁的手风琴仍不停止。在说话里边他叫那个名字“敏子，敏子”，都是喉头发着水声。

“很好看的，小眼眉很黑……嘴唇很……很红啊！”说到恰好的时候，在被子里边他紧紧捏了我一下手。我想：我又不是她。

“嘴唇通红通红……啊……”他仍说下去。

马蹄打在街石上嗒嗒响声。每个院落在想象中也都睡去。

广告员的梦想

有一个朋友到一家电影院去画广告，月薪四十元。画广告留给我一个很深的印象，我一面烧早饭一面看报，又有某个电影院招请广告员被我看到，立刻我动心了：我也可以吧？从前在学校时不也学过画吗？但不知月薪多少。

郎华回来吃饭，我对他说，他很不愿意做这事。他说：

“尽骗人。昨天别的报上登着一段招聘家庭教师的广告，我去接洽，其实去的人太多，招一个人，就要去十个，二十个……”

“去看看怕什么？不成，完事。”

“我不去。”

“你不去，我去。”

“你自己去？”

“我自己去！”

第二天早晨，我又留心那块广告，这回更能满足我的欲望。那文告又改登一次，月薪四十元，明明白白的是四十元。

“看一看去。不然，等着职业，职业会来吗？”我又向他说。

“要去，吃了饭就去，我还有别的事。”这次，他不很坚决了。

走在街上，遇到他一个朋友。

“到哪里去？”

"接洽广告员的事情。"

"就是《国际协报》登的吗?"

"是的。"

"四十元啊!"这四十元他也注意到。

十字街商店高悬的大表还不到十一点钟,十二点才开始接洽。已经寻找得好疲乏了,已经不耐烦了,代替接洽的那个"商行"才寻到。指明的是石头道街,可是那个"商行"是在石头道街旁的一条顺街尾上,我们的眼睛缭乱起来。走进"商行"去,在一座很大的楼房二层楼上,刚看到一个长方形的亮铜牌钉在过道,还没看到究竟是个什么"商行",就有人截住我们:"什么事?"

"来接洽广告员的!"

"今天星期日,不办公。"

第二天再去的时候,还是有勇气的。是阴天,飞着清雪。那个"商行"的人说:

"请到电影院本家去接洽吧。我们这里不替他们接洽了。"

郎华走出来就埋怨我:

"这都是你主张,我说他们尽骗人,你不信!"

"怎么又怨我?"我也十分生气。

"不都是想当广告员吗?看你当吧!"

吵起来了。他觉得这是我的过错,我觉得他不应该同我生气。走路时,他在前面总比我快一些,他不愿意和我一起走的样子,好像我对事情没有眼光,使他讨厌的样子。冲突就这样越来越大,当时并不去怨恨那个"商行",或是那个电影院,只是他生气我,我生气他,真正的目的却丢开了。两个人吵着架回来。

第三天,我再不去了。我再也不提那事,仍是在火炉板上烘着手。他自己出去,戴着他的飞机帽。

"南岗那个人的武术不教了。"晚上他告诉我。

我知道,就是那个人不学了。

第二天，他仍戴着他的飞机帽走了一天。到夜间，我也并没提起广告员的事。照样，第三天我也并没有提，我已经没有兴致想找那样的职业。可是他自动的，比我更留心，自己到那个电影院去过两次。

“我去过两次，第一回说经理不在，第二回说过几天再来吧。真他妈的！有什么劲，只为着四十元钱，就去给他们耍宝！画的什么广告？什么情火啦，艳史啦，甜蜜啦，真是无耻和肉麻！”

他发的议论，我是不回答的。他愤怒起来，好像有人非捉他去做广告员不可。

“你说，我们能干那样无聊的事？去他娘的吧！滚蛋吧！”他竟骂起来，跟着，他就骂起自己来：“真是混蛋，不知耻的东西，自私的爬虫！”

直到睡觉时，他还没忘掉这件事，他还向我说：“你说，我们不是自私的爬虫是什么？只怕自己饿死，去画广告。画得好一点，不怕肉麻，多招来一些看情史的，使人们羡慕富丽，使人们一步一步地爬上去……就是这样，只怕自己饿死，毒害多少人不管，人是自私的东西，……若有人每月给二百元，不是什么都干了吗？我们就是不能够推动历史，也不能站在相反的方面努力败坏历史！”

他讲的使我也感动了。并且声音不自知地越讲越大，他已经开始更细地分析自己……

“你要小点声啊，房东那屋常常有日本朋友来。”我说。

又是一天，我们在“中央大街”闲荡着，很瘦很高的老秦在他肩上拍了一下。冬天下午三四点钟时，已经快要黄昏了，阳光仅仅留在楼顶，渐渐微弱下来，街路完全在晚风中，就是行人道上，也有被吹起的霜雪扫着人们的腿。

冬天在行人道上遇见朋友，总是不把手套脱下来就握手的。那人的手套大概很凉吧，我见郎华的赤手握了一下就抽回来。我低下头去，顺便看到老秦的大皮鞋上撒着红绿的小斑点。

“你的鞋上怎么有颜料？”

他说他到电影院去画广告了。他又指给我们电影院就是眼前那个，他说：

“我的事情很忙，四点钟下班，五点钟就要去画广告。你们可以不可以帮我一点忙？”

听了这话，郎华和我都没回答。

“五点钟，我在卖票的地方等你们。你们一进门就能看见我。”老秦走开了。

晚饭吃的烤饼，差不多每张饼都半生就吃下的，为着忙，也没有到桌子上去吃，就围在炉边吃的。他的脸被火烤得通红。我是站着吃的。看一看新买的小表，五点了，所以连汤锅也没有盖起我们就走出了，汤在炉板上蒸着气。

不用说我是连一口汤也没喝，郎华已跑在我的前面。我一面弄好头上的帽子，一面追随他。才要走出大门时，忽然想起火炉旁还堆着一堆木柴，怕着了火，又回去看了一趟。等我再出来的时候，他已跑到街口去了。

他说我：“做饭也不晓得快做！磨蹭，你看晚了吧！女人就会磨蹭，女人就能耽误事！”

可笑的内心起着矛盾。这行业不是干不得吗？怎么跑得这样快呢？他抢着跨进电影院的门去。我看他矛盾的样子，好像他的后脑勺也在起着矛盾，我几乎笑出来，跟着他进去了。

不知俄国人还是英国人，总之是大鼻子，站在售票处卖票。问他老秦，他说不知道。问别人，又不知道哪个人是电影院的人。等了半个钟头也不见老秦，又只好回家了。

他的学说一到家就生出来，照样生出来：“去他娘的吧！那是你愿意去。那不成，那不成啊！人，这自私的东西，多碰几个钉子也对。”

他到别处去了，留我一个人在家。

“你们怎么不去找找？”老秦一边脱着皮帽，一边说。

“还到哪里找去？等了半点钟也看不到你！”

“我们一同走吧。郎华呢？”

“他出去了。”

“那么我们先走吧。你就是帮我忙，每月四十元，你二十，我二十，均分。”

在广告牌前站到十点钟才回来。郎华找我两次也没有找到，所以他正在房中生气。这一夜，我和他就吵了半夜。他去买酒喝，我也抢着喝了一半，哭了，两个人都哭了。他醉了以后在地板上嚷着说：

“一看到职业，途径也不管就跑了，有职业，爱人也不要了！”

我是个很坏的女人吗？只为了二十元钱，把爱人气得在地板上滚着！醉酒的心，像有火烧，像有开水在滚，就是哭也不知道有什么要哭，已经推动了理智。他也和我同样。

第二天酒醒，是星期日。他同我去画了一天的广告。我是老秦的副手，他是我的副手。

第三天就没有去，电影院另请了别人。

广告员的梦到底做成了，但到底是碎了。

索非亚的愁苦

侨居在哈尔滨的俄国人那样多。从前他们骂着：“穷党，穷党。”

连中国人开着的小酒店或是小食品店，都怕“穷党”进去。谁都知道“穷党”喝了酒，常常会讨不出钱来。

可是现在那骂着穷党的，他们做了“穷党”了：马车夫，街上的浮浪人，叫花子，至于那大胡子的老磨刀匠，至于那去过欧战的独腿人，那拉手风琴在乞讨铜板的，人们叫他街头音乐家的独眼人。

索非亚的父亲就是马车夫。

索非亚是我的俄文教师。

她走路走得很漂亮，像跳舞一样。可是，她跳舞跳得怎样呢？那我不知道，因为我还不懂得跳舞。但是我看她转着那样圆的圈子，我喜欢她。

没多久，熟识了之后，我们是常常跳舞的。“再教我一个新步法！这个，你看我会了。”

桌上的表一过十二点，我们就停止读书。我站起来，走了一点姿式给她看。

“这样可以吗？左边转，右边转，都可以！”

“怎么不可以！”她的中国话讲得比我们初识的时候更好了。

为着一种感情，我从不以为她是一个“穷党”，几乎连那种观念也没有存在。她唱歌唱得也很好，她又教我唱歌。有一天，她的手指甲染得很红的来了。

还没开始读书，我就对她的手很感到趣味，因为没有看到她装饰过。她从不涂粉，嘴唇也是本来的颜色。

“嗯哼，好看的指甲啊！”我笑着。

“呵！坏的，不好的，‘涅克拉西为’是不美的、难看的意思。”

我问她：“为什么难看呢？”

“读书，读书，十一点钟了。”她没有回答我。

后来，我们再熟识的时候，不仅跳舞，唱歌，我们谈着服装，谈着女人：西洋女人，东洋女人，俄国女人，中国女人。有一天，我们正在讲解着文法，窗子上有红光闪了一下，我招呼着：

“快看！漂亮哩！”房东的女儿穿着红缎袍子走过去。

我想，她一定要称赞一句。可是她没有：

“白吃白喝的人们！”

这样合乎文法完整的名词，我不知道为什么她能说出来？当时，我只是为着这名词的构造而惊奇。至于这名词的意义，好像以后才发现出来。

后来，过了很久，我们谈着思想，我们成了好友了。

“白吃白喝的人们，是什么意思呢？”我已经问过她几次了，但仍常常问她。她的解说有意思：“猪一样的，吃得很好，睡得很好。什么也不做，什么也不想……”

“那么，白吃白喝的人们将来要做‘穷党’了吧？”

“是的，要做‘穷党’的。不，可是……”她的一丝笑纹也从脸上退走了。

不知多久，没再提到“白吃白喝”这句话。我们又回转到原来友情上的寸度：跳舞、唱歌，连女人也不再说到。我的跳舞步法也和友情一样没有增加，这样一直继续到“巴斯哈”节[1]。

节前的几天，索非亚的脸色比平日更惨白些，嘴唇白得几乎和脸色一个样，

1 “巴斯哈”节是犹太民族的主要节日，约在每年阳历三、四月间。

我也再不要求她跳舞。

就是节前的一日，她说：“明天过节，我不来，后天来。”

后天，她来的时候，她向我们说着她的愁苦，这很意外。友情因为这个好像又增加起来。

“昨天是什么节呢？”

“‘巴斯哈’节，为死人过的节。染红的鸡子带到坟上去，花圈带到坟上去……”

“什么人都过吗？犹太人也过‘巴斯哈’节吗？”

“犹太人也过，‘穷党’也过，不是‘穷党’也过。”

到现在我想知道索非亚为什么她也是“穷党”，然而我不能问她。

“愁苦，我愁苦……妈妈又生病，要进医院，可是又请不到免费证。”

“要进哪个医院？”

“专为俄国人设的医院。”

“请免费证，还要很困难的手续吗？”

“没有什么困难的，只要不是‘穷党’。”

有一天，我只吃着干面包。那天她来得很早，差不多九点半钟她就来了。

“营养不好，人是瘦的、黑的，工作得少，工作得不好。慢慢健康就没有了。”

我说：“不是，只喜欢空吃面包，而不喜欢吃什么菜。”

她笑了：“不是喜欢，我知道为什么。昨天我也是去做客，妹妹也是去做客。爸爸的马车没有赚到钱，爸爸的马也是去做客。”

我笑她：“马怎么也会去做客呢？”

“会的，马到它的朋友家里去，就和它的朋友站在一道吃草。”

俄文读得一年了，索非亚家的牛生了小牛，也是她向我说的。并且当我到她家里去做客，若当老羊生了小羊的时候，我总是要吃羊奶的。并且在她家我还看到那还不很会走路的小羊。

"吉卜赛人是'穷党'吗？怎么中国人也叫他们'穷党'呢？"这样话，好像在友情最高的时候更不能问她。

"吉卜赛人也会讲俄国话的，我在街上听到过。"

"会的，犹太人也多半会俄国话！"索非亚的眉毛动弹了一下。

"在街上拉手风琴的一个眼睛的人，他也是俄国人吗？"

"是俄国人。"

"他为什么不回国呢？"

"回国！那你说我们为什么不回国？"她的眉毛好像在黎明时候静止着的树叶，一点也没有摇摆。

"我不知道。"我实在是慌乱了一刻。

"那么犹太人回什么国呢？"

我说："我不知道。"

春天柳条舞着芽子的时候，常常是阴雨的天气，就在雨丝里一种沉闷的鼓声来在窗外了：

"咚咚！咚咚！"

"犹太人，他就是父亲的朋友，去年'巴斯哈'节他是在我们家里过的。他世界大战的时候去打过仗。"

"咚咚，咚咚，瓦夏！瓦夏！"

我一面听着鼓声，一面听到喊着瓦夏，索非亚的解说在我感不到力量和微弱。

"为什么他喊着瓦夏？"我问。

"瓦夏是他的伙伴，你也会认识他……是的，就是你说的中央大街上拉风琴的人。"

那犹太人的鼓声并不响了，但仍喊着瓦夏，那一双肩头一齐耸起又一齐落下，他的腿是一只长腿一只短腿。那只短腿使人看了会并不相信是存在的，那是从腹部以下就完全失去了，和丢掉一只腿的蛤蟆一样奇形。

他经过我们的窗口，他笑笑。

“瓦夏走得快哪！追不上他了。”这是索非亚给我翻译的。

等我们再开始讲话，索非亚她走到屋角常青树的旁边：

“屋子太没趣了，找不到灵魂，一点生命也感不到的活着啊！冬天屋子冷，这树也黄了。”

我们的谈话，一直继续到天黑。

索非亚述说着在落雪的一天，她跌了跤，从前安得来夫将军的儿子在路上骂她“穷党。”

“……你说，那猪一样的东西，我该骂他什么呢？——骂谁‘穷党’！你爸爸的骨头都被‘穷党’的煤油烧掉了——他立刻躲开我，他什么话也没有再回答。‘穷党’，吉卜赛人也是‘穷党’，犹太人也是‘穷党’。现在真正的‘穷党’还不是这些人，那些沙皇的子孙们，那些流氓们才是真正的‘穷党’。”

索非亚的情感约束着我，我忘记了已经是应该告别的时候。

“去年的‘巴斯哈’节，爸爸喝多了酒，他伤心……他给我们跳舞，唱高加索歌……我想他唱的一定不是什么歌曲，那是他想他家乡的心情的嚎叫，他的声音大得厉害哩！我的妹妹米娜问他：‘爸爸唱的是哪里的歌？’他接着就唱起‘家乡’‘家乡’来了，他唱着许多家乡。我们生在中国地方，高加索，我们对它一点什么也不知道。妈妈也许是伤心的，她哭了！犹太人哭了——拉手风琴的人，他哭的时候，把吉卜赛女孩抱了起来。也许他们都想着‘家乡’。可是，吉卜赛女孩不哭，我也不哭。米娜还笑着，她举起酒瓶来跟着父亲跳高加索舞，她一再说：‘这就是火把！’爸爸说：‘对的。’他还是说高加索舞是有火把的。米娜一定是从电影上看到过火把。……爸爸举着三弦琴。”

索非亚忽然变了一种声音：

“不知道吧！为什么我们做‘穷党’？因为是高加索人。哈尔滨的高加索人还不多，可是没有生活好的。从前是‘穷党’，现在还是‘穷党’。爸爸在高加索的时候种田，来到中国也是种田。现在他赶马车，他是一九一二年和妈妈跑到中国来。爸总是说：‘哪里也是一样，干活计就吃饭。’这话到现在他是不说的了……”

她父亲的马车回来了，院里啷啷地响着铃子。

我再去看她，那是半年以后的事，临告别的时候，索非亚才从床上走下地板来。

“病好了我回国的。工作，我不怕，人是要工作的。传说，那边工作很厉害。母亲说，还不要回去吧！可人们没有想想，人们以为这边比那边待他还好！”走到门外她还说：

“‘回国证’怕难一点，不要紧，没有‘回国证’，我也是要回去的。”她走路的样子再不像跳舞，迟缓与艰难。

过了一个星期，我又去看她，我是带着糖果。

“索非亚进了医院的。”她的母亲说。

“病院在什么地方？”

她的母亲说的完全是俄语，那些俄文的街名，无论怎样是我所不懂的。

“可以吗？我去看看她？”

“可以，星期日可以，平常不可以。”

“医生说她是什么病？”

”肺病，很轻的肺病，没有什么要紧。‘回国证’她是得不到的，‘穷党’回国是难的。”

我把糖果放下就走了。这次送我出来的不是索非亚，而是她的母亲。

同命运的小鱼

我们的小鱼死了。它从盆中跳出来死的。

我后悔，为什么要出去那么久！为什么只贪图自己的快乐而把小鱼干死了！

那天鱼放到盆中去洗的时候，有两条又活了，在水中立起身来。那么只用那三条死的来烧菜。鱼鳞一片一片地揿掉，沉到水盆底去；肚子剥开，肠子流出来。我只管揿掉鱼鳞，我还没有洗过鱼，这是试着干，所以有点害怕，并且冰凉的鱼的身子，我总会联想到蛇；剥鱼肚子我更不敢了。郎华剥着，我就在旁边看，然而看也有点躲躲闪闪，好像乡下没有教养的孩子怕着已死的猫会还魂一般。

"你看你这个无用的，连鱼都怕。"说着，他把已经收拾干净的鱼放下，又剥第二个鱼肚子。这回鱼有点动，我连忙扯了他的肩膀一下："鱼活啦，鱼活啦！"

"什么活啦！神经质的人，你就看着好啦！"他逞强一般的在鱼肚子上划一刀，鱼立刻跳动起来，从手上跳下盆去。

"怎么办哪？"这回他向我说了。我也不知道怎么办。他从水中摸出来看看，好像鱼会咬了他的手，马上又丢下水去。鱼的肠子流在外面一半，鱼是死了。

"反正也是死了，那就吃了它。"

鱼再被拿到手上，一些也不动弹。他又安然地把它收拾干净。直到第三条鱼收拾完，我都是守候在旁边，怕看，又想看。第三条鱼是全死的，没有动。盆中更小的一条很活泼了，在盆中转圈。另一条怕是要死，立起不多时又横在水面。

火炉的铁板热起来，我的脸感觉烤痛时，锅中的油翻着花。

鱼就在大炉台的菜板上，就要放到油锅里去。我跑到二层门去拿油瓶，听得厨房里有什么东西跳起来，噼噼啪啪的。他也来看。盆中的鱼仍在游着，那么菜板上的鱼活了，没有肚子的鱼活了，尾巴仍打得菜板很响。

这时我不知该怎样做，我怕看那悲惨的东西。躲到门口，我想：不吃这鱼吧。然而它已经没有肚子了，可怎样再活？我的眼泪都跑上眼睛来，再不能看了。我转过身去，面向着窗子。窗外的小狗正在追逐那红毛鸡，房东的使女小菊挨过打以后到墙根处去哭……

这是凶残的世界，失去了人性的世界，用暴力毁灭了它吧！毁灭了这些失去了人性的东西！

晚饭的鱼是吃的，可是很腥，我们吃得很少，全部丢到垃圾箱去。

剩下来两条活的就在盆里游泳。夜间睡醒时，听见厨房里有乒乓的水声。点起洋烛去看一下。可是我不敢去，叫郎华去看。

“盆里的鱼死了一条，另一条鱼在游水响……”

到早晨，用报纸把它包起来，丢到垃圾箱去。只剩一条在水中上下游着，又为它换了一盆水，早饭时又丢了一些饭粒给它。

小鱼两天都是快活的，到第三天忧郁起来，看了几次，它都是沉到盆底。

“小鱼都不吃食啦，大概要死吧？”我告诉郎华。

他敲一下盆沿，小鱼走动两步；再敲一下，再走动两步……小敲，它就不走，它就沉下去。

又过一天，小鱼的尾巴也不摇了，就是敲盆沿，它也不动一动尾巴。

“把它送到江里一定能好，不会死。它一定是感到不自由才忧愁起来！”

“怎么送呢？大江还没有开冻，就是能找到一个冰洞把它塞下去，我看也要冻死，再不然也要饿死。”我说。

郎华笑了。他说我像玩鸟的人一样，把鸟放在笼子里，给它米子吃，就说它没有悲哀了，就说比在山里好得多，不会冻死，不会饿死。

“有谁不爱自由呢？海洋爱自由，野兽爱自由，昆虫也爱自由。”郎华又敲了一下水盆。

小鱼只悲哀了两天，又畅快起来，尾巴打着水响。我每天在火边烧饭，一边看着它，好像生过病又好起来的自己的孩子似的，更珍贵一点，更爱惜一点。天真太冷，打算过了冷天就把它放到江里去。

我们每夜到朋友那里去玩，小鱼就自己在厨房里过个整夜。它什么也不知道，它也不怕猫会把它攫了去，它也不怕耗子会使它惊跳。我们半夜回来也要看看，它总是安安然然地游着。家里没有猫，知道它没有危险。

又一天就在朋友那里过的夜，终夜是跳舞，唱戏。第二天晚上才回来。时间太长了，我们的小鱼死了！

第一步踏进门的是郎华，差一点没踏碎那小鱼。点起洋烛去看，还有一点呼吸，腮还轻轻地抽着。我去摸它身上的鳞，都干了。小鱼是什么时候跳出水的？是半夜？是黄昏？耗子惊了你，还是你听到了猫叫？

蜡油滴了满地，我举着蜡烛的手，不知歪斜到什么程度。

屏着呼吸，我把鱼从地板上拾起来，再慢慢把它放到水里，好像亲手让我完成一件丧仪。沉重的悲哀压住了我的头，我的手也颤抖了。

短命的小鱼死了！是谁把你摧残死的？你还那样幼小，来到世界——说你来到鱼群吧，在鱼群中你还是幼芽一般正应该生长的，可是你死了！

郎华出去了，把空漠的屋子留给我。他回来时正在开门，我就赶上去说：“小鱼没死，小鱼又活啦！”我一面拍着手，眼泪就要流出来。我到桌子上去取蜡烛。他敲着盆沿，没有动，鱼又不动了。

“怎么又不会动了？”手到水里去把鱼立起来，可是它又横过去。

“站起来吧。你看蜡油啊！……”他拉我离开盆边。

小鱼这回是真死了！可是过一会又活了。这回我们相信小鱼绝对不会死，离水的时间太长，复一复原就会好的。

半夜郎华起来看，说它一点也不动了，但是不怕，那一定是又在休息。我招呼郎华不要动它，小鱼在养病，不要搅扰它。

亮天看它还在休息，吃过早饭看它还在休息。又把饭粒丢到盆中。我的脚踏起地板来也放轻些，只怕把它惊醒，我说小鱼是在睡觉。

这睡觉就再没有醒。我用报纸包它起来，鱼鳞沁着血，一只眼睛一定是在地板上挣跳时弄破的。

就这样吧，我送它到垃圾箱去。

春意挂上了树梢

三月花还没有开，人们嗅不到花香，只是马路上融化了积雪的泥泞干起来。天空打起朦胧的多有春意的云彩；暖风和轻纱一般浮动在街道上，院子里。春末了，关外的人们才知道春来。春是来了，街头的白杨树蹿着芽，拖马车的马冒着气，马车夫们的大毡靴也不见了，行人道上外国女人的脚又从长统套鞋里显现出来。笑声，见面打招呼声，又复活在行人道上。商店为着快快地传播春天的感觉，橱窗里的花已经开了，草也绿了，那是布置着公园的夏景。我看得很凝神的时候，有人撞了我一下，是汪林，她也戴着那样小檐的帽子。

“天真暖啦！走路都有点热。”

看着她转过“商市街”，我们才来到另一家店铺，并不是买什么，只是看看，同时晒晒太阳。这样好的行人道，有树，也有椅子，坐在椅子上，把眼睛闭起，一切春的梦，春的谜，春的暖力……这一切把自己完全陷进去。听着，听着吧！春在歌唱……

“大爷，大奶奶……帮帮吧！……”这是什么歌呢，从背后来的？这不是春天的歌吧！

那个叫花子嘴里吃着个烂梨，一条腿和一只脚肿得把另一只显得好像不存在似的。“我的腿冻坏啦！大爷，帮帮吧！唉唉……！”

有谁还记得冬天？阳光这样暖了！街树蹿着芽！

手风琴在隔道唱起来，这也不是春天的调，只要一看那个瞎人为着拉琴而挪歪的头，就觉得很残忍。瞎人他摸不到春天，他没有。坏了腿的人，他走不到春天，他有腿也等于无腿。

世界上这一些不幸的人，存在着也等于不存在，倒不如赶早把他们消灭掉，免得在春天他们会唱这样难听的歌。

汪林在院心吸着一支烟卷，她又换一套衣裳。那是淡绿色的，和树枝发出的芽一样的颜色。她腋下夹着一封信，看见我们，赶忙把信送进衣袋去。

“大概又是情书吧！”郎华随便说着玩笑话。

她跑进屋去了。香烟的烟缕在门外打了一下旋卷才消灭。

夜，春夜，中央大街充满了音乐的夜。流浪人的音乐，日本舞场的音乐，外国饭店的音乐……七点钟以后。中央大街的中段，在一条横口，那个很响的扩音机哇哇地叫起来，这歌声差不多响彻全街。若站在商店的玻璃窗前，会疑心是从玻璃发着震响。一条完全在风雪里寂寞的大街，今天第一次又嚎叫起来。

外国人！绅士样的，流氓样的，老婆子，少女们，跑了满街……有的连起人排来封闭住商店的窗子，但这只限于年轻人。也有的同唱机一样唱起来，但这也只限于年轻人。这好像特有的年轻人的集会。他们和姑娘们一道说笑，和姑娘们连起排来走。中国人来混在这些卷发人中间，少得只有七分之一，或八分之一。但是汪林在其中，我们又遇到她。她和另一个也和她同样打扮漂亮的、白脸的女人同走……卷发的人用俄国话说她漂亮。她也用俄国话和他们笑了一阵。

中央大街的南端，人渐渐稀疏了。

墙根，转角，都发现着哀哭，老头子，孩子，母亲们……哀哭着的是永久被人间遗弃的人们！那边，还望得见那边快乐的人群。还听得见那边快乐的声音。

三月，花还没有，人们嗅不到花香。

夜的街，树枝上嫩绿的芽子看不见，是冬天吧？是秋天吧？但快乐的人们，不问四季总是快乐；哀哭的人们，不问四季也总是哀哭！

册　子

永远不安定下来的洋烛的火光，使眼睛痛了。抄写，抄写……

“几千字了？”

“才三千多。”

“不手疼吗？休息休息吧，别弄坏了眼睛。”郎华打着呵欠到床边，两只手相交着依在头后，背脊靠着铁床的钢骨。我还没停下来，笔尖在纸上作出响声……

纱窗外阵阵起着狗叫，很响的皮鞋，人们的脚步从大门道来近。不自禁的恐怖落在我的心上。

“谁来了，你出去看看。”

郎华开了门，李和陈成进来。他们是剧团的同志，带来的一定是剧本。我没接过来看，让他们随便坐在床边。

“吟真忙，又在写什么？”

“没有写，抄一点什么。”我又拿起笔来抄。

他们的谈话，我一句半句地听到一点，我的神经开始不能统一，时时写出错字来，或是丢掉字，或是写重字。

蚊虫啄着我的脚面，后来在灯下也嗡嗡叫，我才放下不写。

呵呀呀，蚊虫满屋了！门扇仍大开着。一个小狗崽溜走进来，又卷着尾巴跑出去。关起门来，蚊虫仍是飞……我用手搔着作痒的耳，搔着腿和脚……手指的骨节搔得肿胀起来，这些中了蚊毒的地方，使我已经发酸的手腕不得不停下。我的嘴唇肿得很高，眼边也感到发热和紧胀。这里搔搔，那里搔搔，我的手感到不够用了。

“册子怎么样啦？”李的烟卷在嘴上冒烟。

“只剩这一篇。”郎华回答。

“封面是什么样子？”

“就是等着封面呢……”

第二天，我也跟着跑到印刷局去。使我特别高兴，折得很整齐的一帖一帖的都是要完成的册子，比儿时母亲为我制一件新衣裳更觉欢喜。……我又到排铅字的工人旁边，他手下按住的正是一个题目，很大的铅字，方的，带来无限的感情，那正是我的那篇《夜风》。

那天预先吃了一顿外国包子，郎华说他为着册子来敬祝我，所以到柜台前叫那人倒了两小杯“伏特克”酒。我说这是为着册子敬祝他。

被大欢喜追逐着，我们变成孩子了！走进公园，在大树下乘了一刻凉，觉得公园是满足的地方。望着树梢顶边的天。外国孩子们在地面弄着沙土。因为还是上午，游园的人不多，日本女人撑着伞走。卖“冰淇淋”的小板房洗刷着杯子。我忽然觉得渴了，但那一排排的透明的汽水瓶子，并不引诱我们。我还没有养成那样的习惯，在公园还没喝过一次那样东西。

“我们回家去喝水吧。”只有回家去喝冷水，家里的冷水才不要钱。

拉开第一扇门，大草帽被震落下来。喝完了水，我提议戴上大草帽到江边走走。

赤着脚，郎华穿的是短裤，我穿的是小短裙子，向江边出发了。

两个人渔翁似的，时时在沿街玻璃窗上反映着。

“划小船吧，多么好的天气！”到了江边我又提议。

“就剩两毛钱……但也可以划，都花了吧！”

择一个船底铺着青草的、有两副桨的船。和船夫说明，一点钟一角五分。并没打算洗澡，连洗澡的衣裳也没有穿。船夫给推开了船，我们向江心去了。两副桨翻着，顺水下流，好像江岸在退走。我们不是故意去寻，任意遇到了一个沙洲，有两方丈的沙滩突出江心，郎华勇敢地先跳上沙滩，我胆怯，迟疑着，怕沙洲会沉下江底。

最后洗澡了，就在沙洲上脱掉衣服。郎华是完全脱的。我看了看江沿洗衣人的面孔是辨不出来的，那么我借了船身的遮掩，才爬下水底把衣服脱掉。我时时靠沙滩，怕水流把我带走。江浪击撞着船底，我拉住船板，头在水上，身子在水里，水光，天光，离开了人间一般的。当我躺在沙滩晒太阳时，从北面来了一只小划船。我慌张起来，穿衣裳已经来不及，怎么好呢？爬下水去吧！船走过，我又爬上来。

我穿好衣服。郎华还没穿好。他找他的衬衫，他说他的衬衫洗完了就挂在船板上，结果找不到。远处有白色的东西浮着，他想一定是他的衬衫了。划船去追白色的东西，那白东西走得很慢，那是一条鱼，死掉的白色的鱼。

虽然丢掉了衬衫并不感到可惜，郎华赤着膀子大嚷大笑地把鱼捉上来，大概他觉得在江上能够捉到鱼是一件很有本领的事。

“晚饭就吃这条鱼，你给煎煎它。”

“死鱼不能吃，大概臭了。”

他赶快把鱼鳃掀给我看：“你看，你看，这样红就会臭的？”

直到上岸，他才静下去。

“我怎么办呢！光着膀子，在中央大街上可怎样走？”他完全静下去了，大概这时候忘了他的鱼。

我跑到家去拿了衣裳回来，满头流着汗。可是，他在江沿和码头夫们在一起喝茶了。在那个样的布棚下吹着江风。他第一句和我说的话，想来是：“你热吧？”

但他不是问我，他先问鱼：“你把鱼放在哪里啦？用凉水泡上没有？”

“五分钱给我！”我要买醋，煎鱼要用醋的。

“一个铜板也没剩，我喝了茶，你不知道？”

被大欢喜追逐着的两个人，把所有的钱用掉，把衬衣丢到大江，换得一条死鱼。

等到吃鱼的时候，郎华又说：“为着册子，我请你吃鱼。”

这是我们创作的一个阶段，最前的一个阶段，册子就是划分这个阶段的东西。

八月十四日，家家准备着过节的那天。我们到印刷局去，自己开始装订，装订了一整天。郎华用拳头打着背，我也感到背痛。

于是郎华跑出去叫来一部斗车，一百本册子提上车去。就在夕阳中，马脖子上颠动着很响的铃子，走在回家的道上。

家里，地板上摆着册子，朋友们手里拿着册子，谈论也是册子。同时关于册子出了谣言：没收啦！日本宪兵队逮捕啦！

逮捕可没有逮捕，没收是真的。送到书店去的书，没有几天就被禁止发卖了。

剧　团

册子带来了恐怖。黄昏时候，我们排完了剧，和剧团那些人出了“民众教育馆”，恐怖使我对于家有点不安。街灯亮起来，进院，那些人跟在我们后面。门扇，窗子，和每日一样安然地关着。我十分放心，知道家中没有来过什么恶物。

失望了，开门的钥匙由郎华带着，于是大家只好坐在窗下的楼梯口。李买的香瓜，大家就吃香瓜。

汪林照样吸着烟。她掀起纱窗帘向我们这边笑了笑。陈成把一个香瓜高举起来。

“不要。”她摇头，隔着玻璃窗说。

我一点趣味也感不到，一直到他们把公演的事情议论完，我想的事情还没停下来。我愿意他们快快走，我好收拾箱子，好像箱子里面藏着什么使我和郎华犯罪的东西。

那些人走了，郎华从床底把箱子拉出来，洋烛立在地板上，我们开始收拾了。弄了满地纸片，什么犯罪的东西也没有。但不敢自信，怕书页里边夹着骂“满洲国”的，或是骂什么的字迹，所以每册书都翻了一遍。一切收拾好，箱子是空空洞洞的了。一张高尔基的照片，也把它烧掉。大火炉烧得烤痛人的面。我烧得很快，日本宪兵就要来捉人似的。

当我们坐下来喝茶的时候，当然是十分定心了，十分有把握了。一张吸墨纸我无意地玩弄着，我把腰挺得很直，很大方的样子，我的心像被拉满的弓放了下来一般的松适。我细看红铅笔在吸墨纸上写的字，那字正是犯法的字：

——小日本子，走狗，他妈的“满洲国”……——

我连再看一遍也没有看，就送到火炉里边。

“吸墨纸啊！是吸墨纸！”郎华可惜得跺着脚。等他发觉那已开始烧起了：“那样大一张吸墨纸你烧掉它，烧花眼了？什么都烧，看用什么！”

他过于可惜那张吸墨纸。我看他那种样子也很生气。吸墨纸重要，还是拿生命去开玩笑重要？

“为着一个虱子烧掉一件棉袄！”郎华骂我，“那你就不会把字剪掉？”

我哪想起来这样做！真傻，为着一块疮疤丢掉一个苹果！

我们把“满洲国”建国纪念明信片摆到桌上，那是朋友送给的，很厚的一打。还有两本上面写着“满洲国”字样的不知是什么书，连看也没有看也摆起来。桌子上面很有意思：《离骚》，《李后主词》，《石达开日记》，他当家庭教师用的小学算术教本。一本《世界各国革命史》也从桌子抽下去，郎华说那上面载着日本怎样压迫朝鲜的历史，所以不能摆在外面。我一听说有这种重要性，马上就要去烧掉，我已经站起来了，郎华把我按下：“疯了吗？你疯了吗？”

我就一声不响了，一直到灭了灯睡下，连呼吸也不能呼吸似的。在黑暗中我把眼睛张得很大。院中的狗叫声也多起来。大门扇响得也厉害了。总之，一切能发声的东西都比平常发的声音要高，平常不会响的东西也被我新发现着，棚顶发着响，洋瓦房盖被风吹着也响，响，响……

郎华按住我的胸口……我的不会说话的胸口。铁大门震响了一下，我跳了一下。

“不要怕，我们有什么呢？什么也没有。谣传不要太认真。他妈的，哪天捉去哪天算！睡吧，睡不足，明天要头疼的……”

他按住我的胸口。好像给噩梦惊醒的孩子似的，心在母亲的手下大跳着。

有一天，到一家影戏院去试剧，散散杂杂的这一些人，从我们的小房出发。

全体都到齐，只少了徐志，他一次也没有不到过，要试演他就不到，大家以为他病了。

很大的舞台，很漂亮的垂幕。我扮演的是一个老太婆的角色，还要我哭，还要我生病。把四个椅子拼成一张床，试一试倒下去，我的腰部触得很疼。

先试给影戏院老板看的，是郎华饰的《小偷》中的杰姆和李饰的律师夫人对话的那一幕。我是另外一个剧本，还没挨到我，大家就退出影戏院了。

因为条件不合，没能公演。大家等待机会，同时每个人发着疑问：公演不成吧?

三个剧排了三个月，若说演不出，总有点可惜。

“关于你们册子的风声怎么样？”

“没有什么。怕狼，怕虎是不行的。这年头只得碰上什么算什么……”郎华是刚强的。

白面孔

恐怖压到剧团的头上，陈成的白面孔在月光下更白了。这种白色使人感到事件的严重。落过秋雨的街道，脚在街石上发着“巴巴”的声音，李，郎华，我们四个人走过很长的一条街。李说：“徐志，我们那天去试演，他不是没有到吗？被捕一个礼拜了！我们还不知道……”

“不要说。在街上不要说。”我撞动她的肩头。

鬼祟的样子，郎华和陈成一队，我和李一队。假如有人走在后面，还不等那人注意我，我就先注意他，好像人人都知道我们这回事。街灯也变了颜色，其实我们没有注意到街灯，只是紧张地走着。

李和陈成是来给我们报信，听说剧团人老柏已经三天不敢回家，有密探等在他的门口，他在准备逃跑。

我们去找胖朋友，胖朋友又有什么办法？他说：“××科里面的事情非常秘密，我不知道这事，我还没有听说。”他在屋里转着弯子。

回到家锁了门，又在收拾书箱，明知道没有什么可收拾的，但本能的要收拾。后来，也把那一些册子从过道拿到后面栏子房去。看到册子并不喜欢，反而感到累了！

老秦的面孔也白起来，那是在街上第二天遇见他。我们没说什么，因为郎华早已通知他这事件。

没有什么办法，逃，没有路费，逃又逃到什么地方去？不安定的生活又重新开始。从前是闹饿，刚能弄得饭吃，又闹着恐。好像从来未遇过的恶的传闻和事实，都在这时来到：日本宪兵队前夜捉去了谁，昨夜捉去了谁……听昨天被捉去的人与剧团又有关系……

耳孔里塞满了这一些，走在街上也是非常不安。在中央大街的中段，竟有这样突然的事情——郎华被一个很瘦的高个子在肩上拍了一下，就带着他走了！转弯走向横街去，郎华也一声不响地就跟他走，也好像莫名其妙地脱开我就跟他去……起先我的视线被电影院门前的人们遮断，但我并不怎样心跳，那人和郎华很密切的样子，肩贴着肩，踱过来，但一点感情也没有，又踱过去……这次走了许多工夫就没再转回来。我想这是用的什么计策吧？把他弄上圈套。

结果不是要捉他，那是他的一个熟人，多么可笑的熟人呀！太突然了！神经衰弱的人会吓出神经病来。——唉呀危险，你们剧团里人捕去了两个了……在街上他竟弄出这样一个奇特的样子来，他不断地说："你们应该预备预备。"

"我预备什么？怕也不成，遇上算。"郎华的肩连摇也不摇地说。

这几天发生的事情极多，做编辑的朋友陵也跑掉了。汪林喝过酒的白面孔也出现在院心。她说她醉了一夜，她说陵前夜怎样送她到家门，怎样要去了她一把削瓜皮的小刀……她一面说着，一面幻想，脸也是白的。好像不好的事情都一起发生，朋友们变了样。汪林在院子里走来走去，也变了样。

只失掉了剧员徐志，剧团的事就在恐怖中不再提起了。

欧罗巴旅馆

楼梯是那样长，好像让我顺着一条小道爬上天顶。其实只是三层楼，也实在无力了。手扶着楼栏，努力拔着两条颤颤的，不属于我的腿，升上几步，手也开始和腿一般颤。

等我走进那个房间的时候，和受辱的孩子似的偎上床去，用袖口慢慢擦着脸。他——郎华，我的情人，那时候他还是我的情人，他问我了："你哭了吗？"

"为什么哭呢？我擦的是汗呀，不是眼泪呀！"

不知是几分钟过后，我才发现这个房间是如此的白，棚顶是斜坡的棚顶，除了一张床，地下有一张桌子，一围藤椅。离开床沿用不到两步可以摸到桌子和椅子。开门时，那更方便，一张门扇躺在床上可以打开。住在这白色的小室，我好像住在幔帐中一般。我口渴，我说："我应该喝一点水吧！"

他要为我倒水时，他非常着慌，两条眉毛好像要连接起来，在鼻子的上端扭动了好几下："怎样喝呢？用什么喝？"

桌子上除了一块洁白的桌布，干净得连灰尘都不存在。

我有点昏迷，躺在床上听他和茶房在过道说了些时，又听到门响，他来到床边。我想他一定举着杯子在床边，却不，他的手两面却分张着：

"用什么喝？可以吧？用脸盆来喝吧！"

他去拿藤椅上放着才带来的脸盆时，毛巾下面刷牙缸被他发现，于是拿着刷牙缸走去。

旅馆的过道是那样寂静，我听他踏着地板来了。

正在喝着水，一只手指抵在白床单上，我用发颤的手指抚来抚去。他说：

“你躺下吧！太累了。”

我躺下也是用手指抚来抚去，床单有突起的花纹，并且白得有些闪我的眼睛，心想：不错的，自己正是没有床单。我心想的话他却说出了！

“我想我们是要睡空床板的，现在连枕头都有。”说着，他拍打我枕在头下的枕头。

“咯咯——”有人打门，进来一个高大的俄国女茶房，身后又进来一个中国茶房：

“也租铺盖吗？”

“租的。”

“五角钱一天。”

“不租。”“不租。”我也说不租，郎华也说不租。

那女人动手去收拾：软枕，床单，就连桌布她也从桌子扯下去。床单夹在她的腋下。一切都夹在她的腋下。一秒钟，这洁白的小室跟随她花色的包头巾一同消失去。

我虽然是腿颤，虽然肚子饿得那样空，我也要站起来，打开柳条箱去拿自己的被子。

小室被劫了一样，床上一张肿胀的草褥赤现在那里，破木桌一些黑点和白圈显露出来，大藤椅也好像跟着变了颜色。

晚饭以前，我们就在草褥上吻着抱着过的。

晚饭就在桌子上摆着，黑“列巴”和白盐。

晚饭以后，事件就开始了：

开门进来三四个人，黑衣裳，挂着枪，挂着刀。进来先拿住郎华的两臂，他正赤着胸膛在洗脸，两手还是湿着。他们那些人，把箱子弄开，翻扬了一阵：

“旅馆报告你带枪，没带吗？”那个挂刀的人问。随后那人在床下扒得了一个长纸卷，里面卷的是一支剑。他打开，抖着剑柄的红穗头：

“你哪里来的这个？”

停在门口那个去报告的俄国管事，挥着手，急得涨红了脸。

警察要带郎华到局子里去。他也预备跟他们去，嘴里不住地说：“为什么单独用这种方式检查我？妨碍我？”

最后警察温和下来，他的两臂被放开，可是他忘记了穿衣裳，他湿水的手也干了。

原因日间那白俄来取房钱，一日两元，一月六十元。我们只有五元钱。马车钱来时去掉五角。那白俄说：

“你的房钱，给！”他好像知道我们没有钱似的，他好像是很着忙，怕是我们跑走一样。他拿到手中两元票子又说：“六十元一月，明天给！”原来包租一月三十元，为了松花江涨水才有这样的房价。如此，他摇手瞪眼地说：“你的明天搬走，你的明天走！”

郎华说：“不走，不走……”

“不走不行，我是经理。”

郎华从床下取出剑来，指着白俄：

“你快给我走开，不然，我宰了你。”

他慌张着跑出去了，去报告警察，说我们带着凶器，其实剑裹在纸里，那人以为是大枪，而不知是一支剑。

结果警察带剑走了，他说：“日本宪兵若是发现你有剑，那你非吃亏不可，了不得的，说你是大刀会。我替你寄存一夜，明天你来取。”

警察走了以后，闭了灯，锁上门，街灯的光亮从小窗口跑下来，凄凄淡淡的，我们睡了。在睡中不住想：警察是中国人，倒比日本宪兵强得多啊！

天明了，是第二天，从朋友处被逐出来是第二天了。

拍卖家具

似乎带着伤心，我们到厨房检查一下，水壶，水桶，小锅这一些都要卖掉，但是并不是第一次检查，从想走那天起，我就跑到厨房来计算，三角二角，不知道这样计算多少回，总之一提起“走”字来便去计算，现在可真的要出卖了。

旧货商人就等在门外。

他估着价：水壶，面板，水桶，蓝瓷锅，三只饭碗，酱油瓶子，豆油瓶子，一共值五角钱。

我们没有答话，意思是不想卖了。

“五毛钱不少。你看，这锅漏啦！水桶是旧水桶，买这东西也不过几毛钱，面板这块板子，我买它没有用，饭碗也不值钱……”他一只手向上摇着，另一只手翻着摆在地上的东西，他很看不起这东西：“这还值钱？这还值钱？”

“不值钱，我也不卖。你走吧！”

“这锅漏啦！漏锅……”他的手来回地推动锅底，嘭响一声，再嘭响一声。

我怕他把锅底给弄掉下来，我很不愿意：“不卖了，你走吧！”

“你看这是废货，我买它卖不出钱来。”

我说：“天天烧饭，哪里漏呢？”

“不漏，眼看就要漏，你摸摸这锅底有多么薄？”最后，他又在小锅底上很留恋地敲了两下。

小锅第二天早晨又用它烧了一次饭吃，这是最后的一次。我伤心，明天它就要离开我们到别人家去了！永远不会再遇见，我们的小锅。没有钱买米的时候，我们用它盛着开水来喝；有米太少的时候，就用它煮稀饭给我们吃。现在它要去了！

共患难的小锅呀！与我们别开，伤心不伤心?

旧棉被、旧鞋和袜子，卖空了！空了……

还有一只剑，我也想起拍卖它，郎华说：

“送给我的学生吧！因为剑上刻着我的名字，卖是不方便的。”

前天，他的学生听说老师要走，哭了。

正是练武术的时候，那孩子手举着大刀，流着眼泪。

最后的一个星期

刚下过雨，我们踏着水淋的街道，在中央大街上徘徊，到江边去呢？还是到哪里去呢？

天空的云还没有散，街头的行人还是那样稀疏，任意走，但是再不能走了。

“郎华，我们应该规定个日子，哪天走呢？”

“现在三号，十三号吧！还有十天，怎么样？”

我突然站住，受惊一般地，哈尔滨要与我们别离了！还有十天，十天以后的日子，我们要过在车上，海上，看不见松花江了，只要“满洲国”存在一天，我们是不能来到这块土地。

李和陈成也来了，好像我们走，是应该走。

“还有七天，走了好啊！”陈成说。

为着我们走，老张请我们吃饭。吃过饭以后，又去逛公园。在公园又吃冰淇淋，无论怎样总感到另一种滋味，公园的大树，公园夏日的风，沙土，花草，水池，假山，山顶的凉亭，……这一切和往日两样，我没有像往日那样到公园里乱跑，我是安安静静地走，脚下的沙土慢慢地在响。

夜晚屋中又剩了我一个人，郎华的学生跑到窗前。他偷偷观察着我，他在窗前走来走去，假装着闲走来观察我，来观察这屋中的事情，观察不足，于是问了：

“我老师上哪里去了？”

“找他做什么？”

“找我老师上课。”

其实那孩子平日就不愿意上课，他觉得老师这屋有个景况：怎么这些日子卖起东西来，旧棉花，破皮褥子……

要搬家吧？那孩子不能确定是怎么回事。他跑回去又把小菊也找出来，那女孩和他一般大，当然也觉得其中有个景况。我把灯闭上了，要收拾的东西，暂时也不收拾了！

躺在床上，摸摸墙壁，又摸摸床边，现在这还是我所接触的，再过七天，这一些都别开了。

小锅，小水壶，终归被旧货商人所提走，在商人手里发着响，闪着光，走出门去！那是前年冬天，郎华从破烂市买回来的。现在又将回到破烂市去。

卖掉小水壶，我的心情更不能压制住。不是用的自己的腿似的，到木柈房去看看许多木柈还没有烧尽，是卖呢？是送朋友？门后还有个电炉，还有双破鞋。

大炉台上失掉了锅，失掉了壶，不像个厨房样。

一个星期已经过去四天，心情随着时间更烦乱起来。也不能在家烧饭吃，到外面去吃，到朋友家去吃。

看到别人家的小锅，吃饭也不能安定。后来，睡觉也不能安定。

“明早六点钟就起来拉床，要早点起来。”

郎华说这话，觉得走是逼近了！必定得走了。好像郎华如不说，就不走了似的。

夜里想睡也睡不安。太阳还没出来，铁大门就响起来，我怕着，这声音要夺去我的心似的，昏茫地坐起来。郎华就跳下床去，两个人从床上往下拉着被子、褥子。枕头摔在脚上，忙忙乱乱，有人打着门，院子里的狗乱咬着。

马颈的铃铛就响在窗外，这样的早晨已经过去，我们遭了恶祸一般，屋子空空的了。

我把行李铺了铺，就睡在地板上。为了多日的病和不安，身体弱的快要支持不住的样子。郎华跑到江边去洗他的衬衫，他回来看到我还没有起来，他就生气：

“不管什么时候，总是懒。起来，收拾收拾，该随手拿走的东西，就先把它拿走。”

“有什么收拾的，都已收拾好。我再睡一会，天还早，昨夜我失眠了。”我的腿痛，腰痛，又要犯病的样子。

“要睡，收拾干净再睡，起来！”

铺在地板上的小行李也卷起来了。墙壁从四面直垂下来，棚顶一块块发着微黑的地方，是长时间点蜡烛被烛烟所熏黑的。说话的声音有些轰响。空了！在屋子里边走起来很旷荡……

还吃最后的一次早餐——面包和肠子。

我手提个包袱。郎华说：

“走吧！”他推开了门。

这正像乍搬到这房子郎华说“进去吧”一样，门开着我出来了，我腿发抖，心往下沉坠，忍不住这从没有落下来的眼泪，是哭的时候了！应该流一流眼泪。

我没有回转一次头走出大门，别了家屋！街车，行人，小店铺，行人道旁的杨树。转角了！

别了，“商市街”！

小包袱在手上挎着。我们顺了中央大街南去。

1935年5月15日　上海。

女子装饰的心理

装饰本来不仅限于女子一方面的，古代氏族的社会，男子的装饰不但极讲究，且更较女子而过。古代一切狩猎氏族，他们的装饰较衣服更为华丽，他们甘愿裸体，但对于装饰不肯忽视。所以装饰之于原始人，正如现在衣服之于我们一样重要。现在我们先讲讲原始人的装饰，然后由此推知女子装饰之由来。

原始人的装饰有两种，一种是固定的为黥创文身，穿耳，穿鼻，穿唇等；一种是活动的，就是连系在身体上暂时应用的，为带缨，钮子之类，他们装饰的颜色主要的是红色，他们身上的涂彩多半以赤色条绘饰，因为血是红的，红色表示热烈，具有高度的兴奋力。就是很多的动物，对于赤色，也和人类一样容易感觉，有强烈的情绪的联系。其次是黄色，也有相当的美感，也为原始人所采用，再是白色和黑色，但较少采用。他们装饰所选用的颜色，颇受他们的皮肤的颜色所影响，如白色和赤色对于黑色的澳洲人颇为采用，他们所采用的颜色是要与他们皮肤的颜色有截然分别的。

至于原始人对于装饰的观念怎样呢？他们究竟为什么要装饰？又为什么要这样装饰呢？这就谈到了他们装饰的心理问题了。

我们大概会惊异于他们这种重视装饰的心理罢，如鲸身是他们身体装饰中最痛苦的，用刀或铁箭在身上刺成各种花纹，有的且刺满全身，他们竟于忍受痛苦而为其人的勇敢毅力的表示。而这种忍受，大都是为了装饰美观，极少含有其他作用。少年男女到了相当年龄，便执行着这种苦刑，而以为荣。以为假如身上没能刺刻的花纹，则将来很难找到爱侣。至于活动的装饰，如各种环缨之类的佩戴物，则一方面表示他们勇敢善战，不懦怯，一方面是引起异性的爱悦，因为他们都以勇敢善斗为荣。身上所佩戴的许多珍贵的装饰物，表示他们的富有，是以勇敢夺得或猎取来的。总之，原始人装饰的用意，一方是引起异性爱悦，一方是引起他人的敬畏。事实上，各种装饰是兼具此两意义的，这实在是生存竞争中不可少和有效的工具。由这些情形看来，在原始社会中男子的装饰较女子讲究，也是因为原始社会的人民，没有确定的婚姻制度，无恒久的配偶，而女子在任何情形中都有结婚的机会，男子要得到伴侣，比较困难，故必须用种种手段以满足其欲望。

但在文明社会中，男女关系与此完全相反，男子处处站在优越地位，社会上一切法律权利都握在男子手中，女子全居于被动地位。虽然近年来有男女平等的法律，但在父权制度之下，女子仍然是受动的。因此，男子可以行动自由，女子至少要受相当的约制。这样一来，女子为达到其获得伴侣的欲望，因此也要借种种手段以取悦异性了。这种手段，便是装饰。

装饰主要的用意，大都是一方以取悦于男性，一方足以表示自己的高贵。脸上敷着白粉，红脂，口红，蔻丹等。刚才说过红色是原始人用作装饰的主要颜色，红白相称特别鲜明，不独引人注目，亦以表示其不亲劳动的身份。故牙齿既然是白的，口唇必须涂红。西洋妇女脸上涂橘黄色的粉，这是表示她们的富有，因为夏天海滨避暑为海风吹拂脸颊成黄色。白色最能显示脸部和身体的轮廓，原始人跳舞往往在夜间昏昏的灯光和月色之下，用的色在身体验成条纹，使身体轮廓显明，易为人注目。妇女用红白二色饰脸部，也是利用其颜色鲜明，且色其热烈性，易使人感动。中国少女结婚时多穿红衣红裙，大概不外这个意义。

女子装饰亦随社会习惯而变迁。昔人的观念，以柔弱娇小为美，故女子束腰裹脚之行盛行，有“楚王好细腰，宫中多饿死”者的惨事。近来体育发达，国人观念改变，重健康，好运动，女子以体格壮健肤色红黑为美。现在一班新进的女子，大都不饰脂粉，以太阳光下的红黑色肤色的天然风致为美了。黑色太阳镜之盛行，不外表示其常常外出的习惯而已。

雪　天

我直直是睡了一个整天，这使我不能再睡。小屋子渐渐从灰色变做黑色。

睡得背很痛，肩也很痛，并且也饿了。我下床开了灯，在床沿坐了坐，到椅子上坐了坐，扒一扒头发，揉擦两下眼睛，心中感到幽长和无底，好像把我放下一个煤洞去，并且没有灯笼，使我一个人走沉下去。屋子虽然小，在我觉得和一个荒凉的广场样，屋子墙壁离我比天还远，那是说一切不和我发生关系；那是说我的肚子太空了！

一切街车街声在小窗外闹着。可是三层楼的过道非常寂静。每走过一个人，我留意他的脚步声，那是非常响亮的，硬底皮鞋踏过去，女人的高跟鞋更响亮而且焦急，有时成群的响声，男男女女穿插着过了一阵。我听遍了过道上一切引诱我的声音，可是不用开门看，我知道郎华还没回来。

小窗那样高，囚犯住的屋子一般，我仰起头来，看见那一些纷飞的雪花从天空忙乱地跌落，有的也打在玻璃窗片上，即刻就消融了，变成水珠滚动爬行着，玻璃窗被它画成没有意义、无组织的条纹。

我想：雪花为什么要翩飞呢？多么没有意义！忽然我又想：我不也是和雪花一般没有意义吗？坐在椅子里，两手空着，什么也不做；口张着，可是什么也不吃。我十分和一架完全停止了的机器相像。

过道一响，我的心就非常跳，那该不是郎华的脚步？一种穿软底鞋的声音，嚓嚓来近门口，我仿佛是跳起来，我心害怕：他冻得可怜了吧？他没有带回面包来吧？

开门看时，茶房站在那里：

“包夜饭吗？”

“多少钱？”

“每份六角。包月十五元。”

“……”我一点都不迟疑地摇着头，怕是他把饭送进来强迫我吃似的，怕他强迫向我要钱似的。茶房走出，门又严肃地关起来。一切别的房中的笑声，饭菜的香气都断绝了，就这样用一道门，我与人间隔离着。

一直到郎华回来，他的胶皮底鞋擦在门槛，我才止住幻想。茶房手上的托盘，盛着肉饼、炸黄的番薯、切成大片有弹力的面包……

郎华的夹衣上那样湿了，已湿的裤管拖着泥。鞋底通了孔，使得袜也湿了。

他上床暖一暖，脚伸在被子外面，我给他用一张破布擦着脚上冰凉的黑圈。

当他问我时，他和呆人一般，直直的腰也不弯：

“饿了吧？”

我几乎是哭了。我说：“不饿。”为了低头，我的脸几乎接触到他冰凉的脚掌。

他的衣服完全湿透，所以我到马路旁去买馒头。就在光身的木桌上，刷牙缸冒着气，刷牙缸伴着我们把馒头吃完。馒头既然吃完，桌上的铜板也要被吃掉似的。他问我：

“够不够？”

我说：“够了。”我问他：“够不够？”

他也说：“够了。”

隔壁的手风琴唱起来，它唱的是生活的痛苦吗？手风琴凄凄凉凉地唱呀！

登上桌子，把小窗打开。这小窗是通过人间的孔道：楼顶，烟囱，飞着雪沉重而浓黑的天空，路灯，警察，街车，小贩，乞丐，一切显现在这小孔道，繁繁忙忙的市街发着响。

隔壁的手风琴在我们耳里不存在了。

他去追求职业

他是一条受冻受饿的犬呀！

在楼梯尽端，在过道的那边，他着湿的帽子被墙角隔住，他着湿的鞋子踏过发光的地板，一个一个排着脚踵的印泥。

这还是清早，过道的光线还不充足。可是有的房间门上已经挂好“列巴圈”了！

送牛奶的人，轻轻带着白色的、发热的瓶子，排在房间的门外。这非常引诱我，好像我已嗅到“列巴圈”的麦香，好像那成串肥胖的圆形的点心，已经挂在我的鼻头了。几天没有饱食，我是怎样的需要啊！胃口在胸膛里面收缩，没有钱买，让那“列巴圈”们白白在虐待我。

过道渐渐响起来。他们呼唤着茶房，关门开门，倒脸水。外国女人清早便高声说笑。可是我的小室，没有光线，连灰尘都看不见飞扬，静得桌子在墙角欲睡了，藤椅在地板上伴着桌子睡，静得棚顶和天空一般高，一切离得我远远的，一切都厌烦我。

下午，郎华还不回来。我到过道口站了好几次。外国女人红色的袜子，蓝色的裙子……一张张笑着的骄傲的脸庞，走下楼梯，她们的高跟鞋打得楼梯清脆发响。圆胖而生着大胡子的男人，那样不相称地捉着长耳环、黑脸的和小鸡一般瘦小的“吉卜赛”女人上楼来。茶房在前面去给打开一个房间，长时间以后，又上来一群外国孩子，他们嘴上嗑着瓜子儿，多冰的鞋底在过道上噼噼啪啪地留下痕迹过去了。

看遍了这些人，郎华总是不回来。我开始打旋子，经过每个房间，轻轻荡来踱去，别人已当我是个偷儿，或是讨乞的老婆，但我自己并不感觉。仍是带着我苍白的脸，褪了色的蓝布宽大的单衫踱荡着。

忽然楼梯口跑上两个一般高的外国姑娘。

“啊呀！”指点着向我说，“你的……真好看！”

另一个样子像是为了我倒退了一步，并且那两个不住翻着衣襟给我看：

“你的……真好看！”

我没有理她们。心想：她们帽子上有水滴，不是又落雪？

跑回房间，看一看窗子究竟落雪不？郎华是穿着昨晚潮湿的衣裳走的。一开窗，雪花便满窗倒倾下来。

郎华回来，他的帽檐滴着水，我接过来帽子，问他：

“外面上冻了吗？”

他把裤口摆给我看，我用手摸时，半截裤管又凉又硬。他抓住我的摸裤管的手说：

“小孩子，饿坏了吧！”

我说：“不饿。”我怎能呢！为了追求食物，他的衣服都结冰了。

过一会，他拿出二十元票子给我看。忽然使我痴呆了一刻，这是哪里来的呢？

来 客

打过门，随后进来一个胖子，穿的绸大衫，他也说他来念书，这使我很诧异。他四五十岁的样子，又是个买卖人，怎么要念书呢？过了好些时候，他说要念庄子。白话文他说不用念，一看就明白，那不算学问。

郎华该怎么办呢？郎华说："念庄子也可以。"

那胖子又说，每一星期要做一篇文章，要请先生改。郎华说，也可以。郎华为了钱，为了一点点的学费，这都可以。

另一天早晨，又来一个年轻人，郎华不在家，他就坐在草褥上等着，他好像有肺病，一面看床上的旧报纸，一面问我：

"门外那张纸贴上写着打武术，每月五元，不能少点吗？"

"等一等再讲吧！"我说。

他规规矩矩，很无聊地坐着。大约十分钟又过去了！郎华怎么还不回来，我很着急。得一点教书钱，好像做一笔买卖似的。我想这笔买卖是做不成了，那人直要走。

"你等一等，就回来的，就回来的。"

结果不能等，临走时向我告诉：

"我有肺病，我是从'大罗新'（商店）下来的，一年了，病也不好，医生叫我运动运动。吃药花钱太多，也不能吃了！运动总比挺着强。昨天我看报上有广告，才知道这里教武术。先生回来，请向先生说说，学费少一点。”

从家庭教师广告登出去，就有人到这里治病，念庄子，还有人要练“飞檐走壁”，问先生会不会“飞檐走壁”。

那天，又是郎华不在家，来一个人，还没有坐定，他就走了。他看一看床上就是一张光身的草褥，被子卷在床头，灰色的棉花从破孔流出来，我想去折一下，又来不及。那人对准地下两只破鞋打量着。他的手杖和眼镜都闪着光，在他看来，教武术的先生不用问是个讨饭的家伙。

提篮者

提篮人，他的大篮子，长形面包，圆面包……每天早晨他带来诱人的麦香，等在过道。

我数着……三个，五个，十个……把所有的铜板给了他。一块黑面包摆在桌子上。郎华回来第一件事，他在面包上掘了一个洞，连帽子也没脱，就嘴里嚼着，又去找白盐。他从外面带进来的冷空气发着腥味。他吃面包，鼻子时时滴下清水滴。

“来吃啊！”

“就来。”我拿了刷牙缸，跑下楼去倒开水。回来时，面包差不多只剩硬壳在那里。他紧忙说：

“我吃得真快，怎么吃得这样快？真自私，男人真自私。”只端起牙缸来喝水，他再不吃了！我再叫他吃他也不吃。只说：

“饱了，饱了！吃去你的一半还不够吗？男人不好，只顾自己。你的病刚好，一定要吃饱的。”

他给我讲他怎样要开一个“学社”，教武术，还教什么什么……这时候，他的手已凑到面包壳上去，并且另一只手也来了！扭了一块下去，已经送到嘴里，已经咽下他也没有发觉；第二次又来扭，可是说了：

“我不应该再吃，我已经吃饱。”

他的帽子仍没有脱掉，我替他脱了去，同时送一块面包皮到他的嘴上。

喝开水，他也是一直喝，等我向他要，他才给我。

“晚上，我领你到饭馆去吃。”我觉得很奇怪，没钱怎么可以到饭馆去吃呢！

“吃完就走，这年头不吃还饿死？”他说完，又去倒开水。

第二天，挤满面包的大篮子已等在过道。我始终没推开门。门外有别人在买，即使不开门，我也好像嗅到麦香。对面包，我害怕起来，不是我想吃面包，怕是面包要吞了我。

“列巴，列巴！”哈尔滨叫面包做“列巴”，卖面包的人打着我们的门在招呼。带着心惊，买完了说：

“明天给你钱吧，没有零钱。”

星期日，家庭教师也休息。只有休息，连早饭也没有。提篮人在打门，郎华跳下床去，比猫跳得更得法，轻快，无声。我一动不动。“列巴”就摆在门口。郎华光着脚，只穿一件短裤，衬衣搭在肩上，胸膛露在外面。

一块黑面包，一角钱。我还要五分钱的“列巴圈”，那人用绳穿起来。我还说：“不用，不用。”我打算就要吃了！我伏在床上，把头抬起来，正像见了桑叶而抬头的蚕一样。

可是，立刻受了打击，我眼看着那人从郎华的手上把面包夺回去，五个“列巴圈”也夺回去。

“明早一起取钱不行吗？”

“不行，昨天那半角也给我吧！”

我充满口涎的舌头向嘴唇舐了几下，不但“列巴圈”没有吃到，把所有的铜板又都带走了。

“早饭吃什么呀？”

“你说吃什么？”锁好门，他回到床上时，冰冷的身子贴住我。

搬　家

搬家！什么叫搬家？移了一个窝就是罢！

一辆马车，载了两个人，一个条箱，行李也在条箱里。车行在街口了，街车，行人道上的行人，店铺大玻璃窗里的“模特儿”……汽车驰过去了，别人的马车赶过我们急跑，马车上面似乎坐着一对情人，女人的卷发在帽檐外跳舞，男人的长臂没有什么用处一般，只为着一种表示，才遮在女人的背后。马车驰过去了，那一定是一对情人在兜风……只有我们是搬家。天空有水状的和雪融化春冰状的白云，我仰望着白云，风从我的耳边吹过，使我的耳朵鸣响。

到了：商市街××号。

他夹着条箱，我端着脸盆，通过很长的院子，在尽那头，第一下拉开门的是郎华，他说：“进去吧！”

“家”就这样的搬来，这就是“家”。

一个男孩，穿着一双很大的马靴，跑着跳着喊：“妈……我老师搬来啦！”

这就是他教武术的徒弟。

借来的那张铁床，从门也抬不进来，从窗也抬不进来。抬不进来，真的就要睡地板吗？光着身子睡吗？铺什么？

“老师，用斧子打吧。”穿长靴的孩子去找到一柄斧子。

铁床已经站起，塞在门口，正是想抬出去也不能够的时候，郎华就用斧子打，铁击打着铁发出震鸣，门顶的玻璃碎了两块，结果床搬进来了，光身子放在地板中央。又向房东借一张桌子和两把椅子。

郎华走了，说他去买水桶、菜刀、饭碗……

我的肚子因为冷，也许因为累，又在作痛。走到厨房去看，炉中的火熄了。未搬之前，也许什么人在烤火，所以炉中尚有木炭在燃。

铁床露着骨，玻璃窗渐渐结上冰来。下午了，阳光失去了暖力，风渐渐卷着沙泥来吹打窗子……用冷水擦着地板，擦着窗台……等到这一切做完，再没有别的事可做的时候，我感到手有点痛，脚也有点痛。

这里不像旅馆那样静，有狗叫，有鸡鸣……有人吵嚷。

把手放在铁炉板上也不能暖了，炉中连一颗火星也灭掉。肚子痛，要上床去躺一躺，哪里是床！冰一样的铁条，怎么敢去接近！

我饿了，冷了，我肚痛，郎华还不回来，有多么不耐烦！连一只表也没有，连时间也不知道。多么无趣，多么寂寞的家呀！我好像落下井的鸭子一般寂寞并且隔绝。肚痛，寒冷和饥饿伴着我，……什么家？简直是夜的广场，没有阳光，没有暖。

门扇大声哐啷哐啷地响，是郎华回来，他打开小水桶的盖给我看：小刀，筷子，碗，水壶，他把这些都摆出来，纸包里的白米也倒出来。

只要他在我身旁，饿也不难忍了，肚痛也轻了。买回来的草褥放在门外，我还不知道，我问他：

“是买的吗？”

“不是买的，是哪里来的！”

“钱，还剩多少？”

“还剩！怕是不够哩！”

等他买木炭回来，我就开始点火。站在火炉边，居然也和小主妇一样调着晚餐。油菜烧焦了，白米饭是半生就吃了，说它是粥，比粥还硬一点；说它是饭，比饭还黏一点。这是说我做了“妇人”，不做妇人，哪里会烧饭？不做妇人，哪里懂得烧饭？

晚上，房主人来时，大概是取着拜访先生的意义来的！房主人就是穿马靴那个孩子的父亲。

“我三姐来啦！”过一刻，那孩子又打门。

我一点也不能认识她。她说她在学校时每天差不多都看见我，不管在操场或是礼堂。我的名字她还记得很熟。

“也不过三年，就忘得这样厉害……你在哪一班？”我问。

“第九班。”

“第九班，和郭小娴一班吗？郭小娴每天打球，我倒认识她。”

“对啦，我也打篮球。”

但无论如何我也想不起来，坐在我对面的简直是一个从未见过的面孔。

“那个时候，你十几岁呢？”

“十五岁吧！”

“你太小啊，学校是多半不注意小同学的。”我想了一下，我笑了。

她卷皱的头发，挂胭脂的嘴，比我好像还大一点，因为回忆完全把我带回往昔的境地去。其实，我是二十二了，比起她来怕是已经老了。尤其是在蜡烛光里，假若有镜子让我照下，我一定惨败得比三十岁更老。

“三姐！你老师来啦。”

“我去学俄文。”她弟弟在外边一叫她，她就站起来说。

很爽快，完全是少女风度，长身材，细腰，闪出门去。

黑“列巴”和白盐

玻璃窗子又慢慢结起霜来，不管人和狗经过窗前，都辨认不清楚。

“我们不是新婚吗？”他这话说得很响，他唇下的开水杯起一个小圆波浪。他放下杯子，在黑面包上涂一点白盐送下喉去。大概是面包已不在喉中，他又说：

“这不正是度蜜月吗！”

“对的，对的。”我笑了。

他连忙又取一片黑面包，涂上一点白盐，学着电影上那样度蜜月，把涂盐的“列巴”先送上我的嘴，我咬了一下，而后他才去吃。一定盐太多了，舌尖感到不愉快，他连忙去喝水：

“不行不行，再这样度蜜月，把人咸死了。”

盐毕竟不是奶油，带给人的感觉一点也不甜，一点也不香。我坐在旁边笑。

光线完全不能透进屋来，四面是墙，窗子已经无用，像封闭了的洞门似的，与外界绝对隔离开。天天就生活在这里边。素食，有时候不食，好像传说上要成仙的人在这地方苦修苦炼。很有成绩，修炼得倒是不错了，脸也黄了，骨头也瘦了。我的眼睛越来越扩大，他的颊骨和木块一样突在腮边。这些工夫都做到，只是还没成仙。

“借钱”，“借钱”，郎华每日出去“借钱”。他借回来的钱总是很少，三角，五角，借到一元，那是很稀有的事。

黑“列巴”和白盐，许多日子成了我们惟一的生命线。

度　日

天色连日阴沉下去，一点光也没有，完全灰色，灰得怎样程度呢？那和墨汁混到水盆中一样。

火炉台擦得很亮了，碗、筷子、小刀摆在格子上。清早起第一件事点起火炉来，而后擦地板，铺床。

炉铁板烧得很热时，我便站到火炉旁烧饭，刀子、匙子弄得很响。炉火在炉腔里起着小的爆炸，饭锅腾着气，葱花炸到油里，发出很香的烹调的气味。我细看葱花在油边滚着，渐渐变黄起来。……小洋刀好像剥着梨皮一样，把土豆刮得很白，很好看，去了皮的地豆呈乳黄色，柔和而有弹力。炉台上铺好一张纸，把土豆再切成薄片。饭已熟，土豆煎好。打开小窗望了望，院心几条小狗在戏耍。

家庭教师还没有下课，菜和米香引我回到炉前再吃两口，用匙子调一下饭，再调一下菜，很忙的样子像在偷吃。在地板上走了又走，一个钟头的课程还不到吗？于是再打开锅盖吞下几口。再从小窗望一望。我快要吃饱的时候，他才回来。习惯上知道一定是他，他都是在院心大声弄着嗓子响。我藏在门后等他，有时候我不等他寻到，就做着怪声跳出来。

早饭吃完以后，就是洗碗，刷锅，擦炉台，摆好木格子。假如有表，怕是十一点还多了！

再过三四个钟头，又是烧晚饭。他出去找职业，我在家里烧饭，我在家里等他。火炉台，我开始围着它转走起来。每天吃饭，睡觉，愁柴，愁米……

这一切给我一个印象：这不是孩子时候了，是在过日子，开始过日子。

飞　雪

是晚间，正在吃饭的时候，管门人来告诉：

“外面有人找。”

踏着雪，看到铁栅栏外我不认识的一个人，他说他是来找武术教师。那么这人就跟我来到房中，在门口他找擦鞋的东西，可是没有预备那样完备。表示着很对不住的样子，他怕是地板会弄脏的。厨房没有灯，经过厨房时，那人为了脚下的雪差不多没有跌倒。

一个钟头过去了吧！我们的面条在碗中完全凉透，他还没有走，可是他也不说“武术”究竟是学不学，只是在那里用手帕擦一擦嘴，揉一揉眼睛，他是要睡着了！我一面用筷子调一调快凝住的面条，一面看他把外衣的领子轻轻地竖起来，我想这回他一定是要走。然而没有走，或者是他的耳朵怕受冻，用皮领来取一下暖，其实，无论如何在屋里也不会冻耳朵，那么他是想坐在椅子上睡觉吗？这里是睡觉的地方？

结果他也没有说“武术”是学不学，临走时他才说：

“想一想……想一想……”

常常有人跑到这里来想一想，也有人第二次他再来想一想。立刻就决定的人一个也没有，或者是学或者是不学。看样子当面说不学，怕人不好意思，说学，又觉得学费不能再少一点吗？总希望武术教师把学费自动减少一点。

我吃饭时很不安定，替他挑碗面，替自己挑碗面，一会又剪一剪灯花，不然蜡烛颤嗦得使人很不安。

两个人一句话也不说，对着蜡烛吃着冷面。雪落得很大了！出去倒脏水回来，头发就是混合的。从门口望出去，借了灯光，大雪白茫茫，一刻就要倾满人间似的。

郎华披起才借来的夹外衣，到对面的屋子教武术。他的两只空袖口没进大雪片中去了。我听他开着对面那房子的门。那间客厅光亮起来。我向着窗子，雪片翻倒倾忙着，寂寞并且严肃的夜，围临着我，终于起着咳嗽关了小窗。找到一本书，读不上几页，又打开小窗，雪大了呢？还是小了？人在无聊的时候，风雨，总之一切天象会引起注意来。雪飞得更忙迫，雪片和雪片交织在一起。

很响的鞋底打着大门过道，走在天井里，鞋底就减轻了声音。我知道是汪林回来了。那个旧日的同学，我没能看见她穿的是中国衣裳或是外国衣裳，她停在门外的木阶上在按铃。小使女，也就是小丫环开了门，一面问：

“谁？谁？”

“是我，你还听不出来！谁！谁！”她有点不耐烦，小姐们有了青春更骄傲，可是做丫环的一点也不知道这个。假若不是落雪，一定能看到那女孩是怎样无知的把头缩回去。

又去读读书。又来看看雪，读了很多页了，但什么意思呢？我也不知道。因为我心里只记得：落大雪，天就转寒。那么从此我不能出屋了吧？郎华没有皮帽，他的衣裳没有皮领，耳朵一定要冻伤的吧？

在屋里，只要火炉生着火，我就站在炉边，或者更冷的时候，我还能坐到铁炉板上去把自己煎一煎。若没有火，我就披着被坐在床上，一天不离床，一夜不离床，但到外边可怎么能去呢？披着被上街吗？那还可以吗？

我把两只脚伸到炉腔里去，两腿伸得笔直，就这样在椅子上对着门看书；哪里看书，假看，无心看。

郎华一进门就说：“你在烤火腿吗？”

我问他："雪大小？"

"你看这衣裳！"他用面巾打着外套。

雪，带给我不安，带给我恐怖，带给我终夜各种不舒适的梦……一大群小猪沉下雪坑去……麻雀冻死在电线上，麻雀虽然死了，仍挂在电线上。行人在旷野白色的大树里，一排一排地僵直着，还有一些把四肢都冻丢了。

这样的梦以后，但总不能知道这是梦，渐渐明白些时，才紧抱住郎华，但总不能相信这不是真事。我说：

"为什么要做这样的梦？照迷信来说，这可不知怎样？"

"真糊涂，一切要用科学方法来解释，你觉得这梦是一种心理，心理是从哪里来的？是物质的反映。你摸摸你这肩膀，冻得这样凉，你觉到肩膀冷，所以，你做那样的梦！"很快地他又睡去。留下我觉得风从棚顶，从床底都会吹来，冻鼻头，又冻耳朵。

夜间，大雪又不知落得怎样了！早晨起来，一定会推不开门吧！记得爷爷说过：大雪的年头，小孩站在雪里露不出头顶……风不住扫打窗子，狗在房后哽哽地叫……

从冻又想到饿，明天没有米了。

他的上唇挂霜了

他夜夜出去在寒月的清光下，到五里路远一条僻街上去教两个人读国文课本。这是新找到的职业，不能说是职业，只能说新找到十五元钱。

秃着耳朵，夹外套的领子还不能遮住下巴，就这样夜夜出去，一夜比一夜冷了！听得见人们踏着雪地的响声也更大。他带着雪花回来，裤子下口全是白色，鞋也被雪浸了一半。

“又下雪吗？”

他一直没有回答，像是同我生气。把袜子脱下来，雪积满他的袜口，我拿他的袜子在门扇上打着，只有一小部分雪星是震落下来，袜子的大部分全是潮湿了的。等我在火炉上烘袜子的时候，一种很难忍的气味满屋散布着。

“明天早晨晚些吃饭，南岗有一个要学武术的。等我回来吃。”他说这话，完全没有声色，把声音弄得很低很低……或者他想要严肃一点，也或者他把这事故意看作平凡的事。总之，我不能猜到了！

他赤了脚，穿上鞋，去到对门上武术课。

“你等一等，袜子就要烘干的。”

“我不穿。”

“怎么不穿，汪家有小姐的。”

“有小姐，管什么？”

“不是不好看吗？”

“什么好看不好看！”他光着脚去，也不怕小姐们看，汪家有两个很漂亮的小姐。

他很忙，早晨起来，就跑到南岗去，吃过饭，又要给他的小徒弟上国文课。一切忙完了，又跑出去借钱。晚饭后，又是教武术，又是去教中学课本。

夜间，他睡觉醒也不醒转来，我感到非常孤独了！白昼使我对着一些家俱默坐，我虽生着嘴，也不言语；我虽生着腿，也不能走动；我虽生着手，而也没有什么做，和一个废人一般，有多么寂寞！连视线都被墙壁截止住，连看一看窗前的麻雀也不能够，什么也不能够，玻璃生满厚的和绒毛一般的霜雪。这就是“家”，没有阳光，没有暖，没有声，没有色，寂寞的家，穷的家，不生毛草荒凉的广场。

我站在小过道窗口等郎华，我的肚子很饿。

铁门扇响了一下，我的神经便要震荡一下，铁门响了无数次，来来往往都是和我无关的人。汪林她很大的皮领子和她很响的高跟鞋相配称，她摇摇晃晃，满满足足，她的肚子想来很饱很饱，向我笑了笑，滑稽的样子用手指点我一下：

“啊！又在等你的郎华……”她快走到门前的木阶，还说着：“他出去，你天天等他，真是怪好的一对！”

她的声音在冷空气里来得很脆，也许是少女们特有的喉咙。对于她，我立刻把她忘记，也许原来就没把她看见，没把她听见。假若我是个男人，怕是也只有这样。肚子响叫起来。

汪家厨房传出来炒酱的气味，隔得远我也会嗅到，他家吃炸酱面吧！炒酱的铁勺子一响，都像说：炸酱，炸酱面……

在过道站着，脚冻得很痛，鼻子流着鼻涕。我回到屋里，关好二层门，不知是想什么，默坐了好久。

汪林的二姐到冷屋去取食物，我去倒脏水见她，平日不很说话，很生疏，今天她却说：

“没去看电影吗？这个片子不错，胡蝶主演。”她蓝色的大耳环永远吊荡着不能停止。

“没去看。”我的袍子冷透骨了！

“这个片很好，煞尾是结了婚，看这片子的人都猜想，假若演下去，那是怎么美满的……”

她热心地来到门缝边，在门缝我也看到她太长的耳环在摆动。

“进来玩玩吧！”

“不进去，要吃饭啦！”

郎华回来了，他的上唇挂霜了！汪二小姐走得很远时，她的耳环和她的话声仍震荡着：“和你度蜜月的人回来啦，他来了。”

好寂寞的，好荒凉的家呀！他从口袋取出烧饼来给我吃。他又走了，说有一家招请电影广告员，他要去试试。

“什么时候回来？什么时候回来？”我追赶到门外问他，好像很久捉不到的鸟儿，捉到又飞了！失望和寂寞，虽然吃着烧饼，也好像饿倒下来。

小姐们的耳环，对比着郎华的上唇挂着的霜。对门居着，他家的女儿看电影，戴耳环；我家呢？我家……

当　铺

“你去当吧！你去当吧，我不去！”

“好，我去，我就愿意进当铺，进当铺我一点也不怕，理直气壮。”

新做起来的我的棉袍，一次还没有穿，就跟着我进当铺去了！在当铺门口稍微徘徊了一下，想起出门时郎华要的价目——非两元不当。

包袱送到柜台上，我是仰着脸，伸着腰，用脚尖站起来送上去的，真不晓得当铺为什么摆起这么高的柜台！

那戴帽头的人翻着衣裳看，还不等他问，我就说了：

“两块钱。”

他一定觉得我太不合理，不然怎么连看我一眼也没看，就把东西卷起来，他把包袱仿佛要丢在我的头上，他十分不耐烦的样子。

“两块钱不行，那么，多少钱呢？”

“多少钱不要。”他摇摇像长西瓜形的脑袋，小帽头顶尖的红帽球，也跟着摇了摇。

我伸手去接包袱，我一点也不怕，我理直气壮，我明明知道他故意作难，正想把包袱接过来就走。猜得对对的，他并不把包袱真给我。

“五毛钱！这件衣服袖子太瘦，卖不出钱来……”

“不当。”我说。

“那么一块钱，……再可不能多了，就是这个数目。”他把腰微微向后弯一点，柜台太高，看不出他突出的肚囊……一只大手指，就比在和他太阳穴一般高低的地方。

带着一元票子和一张当票，我快快地走，走起路来感到很爽快，默认自己是很有钱的人。菜市，米店我都去过，臂上抱了很多东西，感到非常愿意抱这些东西，手冻得很痛，觉得这是应该，对于手一点也不感到可惜，本来手就应该给我服务，好像冻掉了也不可惜。走在一家包子铺门前，又买了十个包子，看一看自己带着这些东西，很骄傲，心血时时激动，至于手冻得怎样痛，一点也不可惜。路旁遇见一个老叫花子，又停下来给他一个大铜板，我想我有饭吃，他也是应该吃啊！然而没有多给，只给一个大铜板，那些我自己还要用呢！又摸一摸当票也没有丢，这才重新走，手痛得什么心思也没有了，快到家吧！快到家吧。但是，背上流了汗，腿觉得很软，眼睛有些刺痛，走到大门口，才想起来从搬家还没有出过一次街，走路腿也无力，太阳光也怕起来。

又摸一摸当票才走进院去。郎华仍躺在床上，和我出来的时候一样，他还不习惯于进当铺。他是在想什么。拿包子给他看，他跳起来了：

“我都饿啦，等你也不回来。”

十个包子吃去一大半，他才细问：“当多少钱？当铺没欺负你？”

把当票给他，他瞧着那样少的数目：

“才一元，太少。”

虽然说当得的钱少，可是又愿意吃包子，那么结果很满足。他在吃包子的嘴，看起来比包子还大，一个跟着一个，包子消失尽了。

借

“女子中学”的门前，那是三年前在里边读书的学校。和三年前一样，楼窗，窗前的树；短板墙，墙外的马路，每块石砖我踏过它。墙里墙外的每棵树，尚存着我温馨的记忆；附近的家屋．唤起我往日的情绪。

我记不了这一切啊！管它是温馨的，是痛苦的，我记不了这一切啊！我在那楼上，正是我有着青春的时候。

现在已经黄昏了，是冬的黄昏。我踏上水门汀的阶石，轻轻地迈着步子。三年前，曾按过的门铃又按在我的手中。出来开门的那个校役，他还认识我。楼梯上下跑走的那一些同学，却咬着耳说：“这是找谁的？”

一切全不生疏，事务牌，信箱，电话室，就是挂衣架子，三年也没有搬动，仍是摆在传达室的门外。

我不能立刻上楼，这对于我是一种侮辱似的。旧同学虽有，怕是教室已经改换了；宿舍，我不知道在楼上还是在楼下。“梁先生——国文梁先生在校吗？”我对校役说。

“在校是在校的，正开教务会议。”

“什么时候开完？”

“那怕到七点钟吧！”

墙上的钟还不到五点，等也是无望，我走出校门来了！这一刻，我完全没有来时的感觉，什么街石，什么树，这对我发生什么关系？

“吟——在这里。”郎华在很远的路灯下打着招呼。

“回去吧！走吧！”我走到他身边，再不说别的。

顺着那条斜坡的直道，走得很远的我才告诉他：

“梁先生开教务会议，开到七点，我们等得了吗？”

“那么你能走吗？肚子还疼不疼？”

“不疼，不疼。”

圆月从东边一小片林梢透过来，暗红色的圆月，很大很混浊的样子，好像老人昏花的眼睛，垂到天边去。脚下的雪不住在滑着，响着，走了许多时候，一个行人没有遇见，来到火车站了！大时钟在暗红色的空中发着光，火车的汽笛震鸣着冰寒的空气，电车，汽车，马车，人力车，车站前忙着这一切。

顺着电车道走，电车响着铃子从我们身边一辆一辆地过去。没有借到钱，电车就上不去。走吧，挨着走，肚痛我也不能说。走在桥上，大概是东行的火车，冒着烟从桥下经过，震得人会耳鸣起来，索链一般的爬向市街去。从岗上望下来，最远处，商店的红绿电灯不住地闪烁；在夜里的人家，好像在烟里一般；若没有灯光从窗子流出来，那么所有的楼房就该变成幽寂的、没有钟声的大教堂了！站在岗上望下去，“许公路”的电灯，好像扯在太阳下的长串的黄色铜铃，越远，那些铜铃越增加着密度，渐渐数不过来了！

挨着走，昏昏茫茫地走，什么夜，什么市街，全是阴沟，我们滚在沟中。携着手吧！相牵着走吧！天气那样冷，道路那样滑，我时时要滑倒的样子，脚下不稳起来，不自主起来，在一家电影院门前，我终于跌倒了，坐在冰上，因为道上无处不是冰。膝盖的关节一定受了伤害，他虽拉着我，走起来也十分困难。“肚子跌痛了没有？你实在不能走了吧？”

到家把剩下来的一点米煮成稀饭，没有盐，没有油，没有菜，暖一暖肚子算了。吃饭，肚子仍不能暖，饼干盒子盛了热水，盒子漏了。郎华又拿一个空玻璃瓶要盛热水给我暖肚子，瓶底炸掉下来，满地流着水。他拿起没有底的瓶子当号筒来吹。在那呜呜的响声里边，我躺到冰冷的床上。

买皮帽

“破烂市”上打起着阴棚，很大一块地盘全然被阴棚连络起来，不断地摆着摊子：鞋、袜、帽子、面巾，这都是应用的东西。摆出来最多的，是男人的裤子和衬衫。我打量了郎华一下，这裤子他应该买一条。我正想问价钱的时候，忽然又被那些大大小小的皮外套吸引住。仰起头，看那些挂得很高的、一排一排的外套，宽大的领子，黑色毛皮的领子，虽是马夫穿的外套，郎华穿不也很好吗？又正想问价钱，郎华在那边叫我：

“你来。这个帽子怎么样？”他拳头上顶着一个四个耳朵的帽子，正在转着弯看。我一见那和猫头一样的帽就笑了，我还没有走到他近边，我就说：“不行。”

“我小的时候，在家乡尽戴这个样帽子。”他赶快顶在头上试一试。立刻他就变成个小猫样，“这真暖和。”他又把左右的两个耳朵放下来，立刻我又看他像个小狗——因为小时候爷爷给我买过这样“叭狗帽”，爷爷叫它“叭狗帽”。

“这帽子暖和得很！”他又顶在拳头上，转着弯，摇了两下。

脚在阴棚里冻得难忍，在小的行人道跑了几个弯子，许多“飞机帽”，这个那个，他都试过。黑色的比黄色的价钱便宜两角，他喜欢黄色的，同时又喜欢少花两角钱，于是走遍阴棚在寻找。

“你的……什么的要？”出摊子的人这样问着。同是中国人，却把中国人当作日本或是高丽人。

我们不能买他的东西，很快地跑了过去。

郎华带上飞机帽了！两个大皮耳朵上面长两个小耳朵。

“快走啊，快走。”

绕过不少路，才走出阴棚。若不是他喊我，我真被那些衣裳和裤子恋住了，尤其是马车夫们穿的羊皮外套。

重见天日时，我慌忙着跟上郎华去！

“还剩多少钱？”

“五毛。”

走过菜市，从前吃饭那个小饭馆，我想提议进去吃包子，一想到五角钱，只好硬着心肠，背了自己的愿望走过饭馆。五角钱要吃三天，哪能进饭馆子？

街旁许多卖花生、瓜子的。

“有铜板吗？”我拉了他一下。

“没有，一个没有。”

“没有，就完事。”

“你要买什么？”

“不买什么！”

“要买什么，这不是有票子吗？”他停下来不走。

“我想买点瓜子，没有铜板就不买。”

大概他想：爱人要买几个铜板瓜子的愿望都不能满足！于是慷慨地摸着他的衣袋。这不是给爱人买瓜子的时候，吃饭比瓜子更要紧；饿比爱人更要紧。

风雪吹着，我们走回家来了，手疼，脚疼，我白白地跟着跑了一趟。

新　识

太寂寞了，“北国”人人感到寂寞。一群人组织一个画会，大概是我提议的吧！又组织一个剧团，第一次参加讨论剧团事务的人有十几个，是借民众教育馆阅报室讨论的。其中有一个脸色很白，多少有一点像政客的人，下午就到他家去继续讲座。许久没有到过这样暖的屋子，壁炉很热，阳光晒在我的头上；明亮而暖和的屋子使我感到热了！第二天是个假日，大家又到他家去。那是夜了，在窗子外边透过玻璃的白霜，晃晃荡荡的一些人在屋里闪动，同时阵阵起着高笑。我们打门的声音几乎没有人听到，后来把手放重一些，但是仍没有人听到，后来敲玻璃窗片，这回立刻从纱窗帘现出一个灰色的影子，那影子用手指在窗子上抹了一下，黑色的眼睛出现在小洞。于是声音同人一起来在过道了。

“郎华来了，郎华来了！”开了门，一面笑着一面握手。虽然是新识，但非常熟识了！我们在客厅门外除了外套，差不多挂衣服的钩子都将挂满。

“我们来得晚了吧！”

“不算晚，不算晚，还有没到的呢！”

客厅的台灯也开起来，几个人围在灯下读剧本。还有一个从前的同学也在读剧本，她的背靠着炉壁，淡黄色有点闪光的炉壁衬在背后，她黑的做着曲卷的头发就要散到肩上去。她演剧一般地在读剧本。她波状的头发和充分做着圆形的肩，停在淡黄色的壁炉前，是一幅完成的少妇美丽的剪影。

她一看到我就在读剧本了！我们两个靠着墙，无秩序地谈了些话。研究着壁上嵌在大框子里的油画。我受冻的脚遇到了热，在鞋里面作痒。这是我自己的事，努力忍着好了！

客厅中那么许多人都是生人。大家一起喝茶，吃瓜子。这家的主人来来往往地走，他很像一个主人的样子，他讲话的姿式很温和，面孔带着敬意，并且他时时整理他的上衣，挺一挺胸，直一直胳臂，他的领结不知整理多少次，这一切表示一个主人的样子。

客厅每一个角落有一张门，可以通到三个另外的小屋去，其余的一张门是通过道的。就从一个门中走出一个穿皮外套的女人，转了一个弯，她走出客厅去了。

我正在台灯下读着一个剧本时，听到郎华和什么人静悄悄在讲话，看去是一个胖军官样的人和郎华对面立着。他们走到客厅中央圆桌的地方坐下来。他们的谈话我听不懂，什么“炮二队”“第九期，第八期”，又是什么人，我从未听见过的名字郎华说出来，那人也说，总之很稀奇。不但我感到稀奇，为着这样生疏的术语，所有客厅中的人都静肃了一下。

从右角的门扇走出一个小女人来，虽然穿的高跟鞋，但她像个小“蒙古”。胖人站起来说：

“这是我的女人！”

郎华也把我叫过去，照样也说给他们。这样一来，我就可以坐在旁边细听他们的讲话了！

走在回家的路上，郎华告诉我：

“那个是我的同学啊！”

电车不住地响着铃子，冒着绿火。半面月亮升起在西天，街角卖豆浆的灯火好像个小萤火虫，卖浆人守着他渐渐冷却的浆锅，默默打转。夜深了！夜深了。

“牵牛房”

还不到三天，剧团就完结了！很高的一堆剧本剩在桌子上面。感到这屋子广大了一些，冷了一些。

“他们也来过，我对他们说这个地方常常有一大群人出来进去是不行啊！日本人这几天在道外捕去很多工人。像我们这剧团……不管我们是剧团还是什么，日本人知道那就不好办……”

结果是什么意思呢？就说剧团是完了！我们站起来要走，觉得剧团都完了，再没有什么停留的必要，很伤心似的。后来郎华的胖友人出去买瓜子，我们才坐下来吃着瓜子。

厨房有家具响，大概这是吃夜饭的时候。我们站起来快快地走了。他们说：

“也来吃饭吧！不要走，不要客气。”

我们说：“不客气，不客气。”其实，才是客气呢！胖朋友的女人，就是那个我所说的小“蒙古”，她几乎来拉我。

“吃过了，吃过了！”欺骗着自己的肚子跑出来，感到非常空虚，剧团也没有了，走路也无力了。

“真没意思，跑了这些次，我头疼了咧！”

“你快点走，走得这样慢！”郎华说。

使我不耐烦的倒不十分是剧团的事情，因为是饿了！我一定知道家里一点什么吃的东西也没有。

因为没有去处，以后常到那地方闲坐，第四次到他家去闲坐，正是新年的前夜，主人约我们到他家过年。其余新识的那一群也都欢迎我们在一起玩玩。有的说：

“‘牵牛房’又牵来两条牛！”

有人无理由地大笑起来，“牵牛房”是什么意思，我不能解释。

“夏天窗前满种着牵牛花，种得太多啦！爬满了窗门，因为这个叫‘牵牛房’！”主人大声笑着给我们讲了一遍。

“那么把人为什么称做牛呢？”还太生疏，我没有说这话。

不管怎样玩，怎样闹，总是各人有各人的立场。女仆出去买松子，拿着三角钱，这钱好像是我的一样，非常觉得可惜，我急得要颤栗了！就像那女仆把钱去丢掉一样。

“多余呀！多余呀！吃松子做什么！不要吃吧！不要吃那样没用的东西吧！”这话我都没有说，我知道说这话还不是地方。等一会虽然我也吃着，但我一定不同别人那样感到趣味；别人是吃着玩，我是吃着充饥！所以一个跟着一个咽下它，毫没有留在舌头上尝一尝滋味的时间。

回到家来才把这可笑的话告诉郎华。他也说他不觉的吃了很多松子，他也说他像吃饭一样吃松子。

起先我很奇怪，两人的感觉怎么这样相同呢？其实一点也不奇怪，因为饿才把两个人的感觉弄得一致的。

十元钞票

在绿色的灯下，人们跳着舞狂欢着，有的抱着椅子跳。胖朋友他也丢开风琴，从角落扭转出来，他扭到混杂的一堆人去，但并不消失在人中。因为他胖，同时也因为他跳舞做着怪样，他十分不协调的在跳，两腿扭颤得发着疯。他故意妨碍别人，最终他把别人都弄散开去，地板中央只留下一个流汗的胖子。人们怎样大笑，他不管。

“老牛跳得好！”人们向他招呼。

他不听这些，他不是跳舞，他是乱跳瞎跳，他完全胡闹，他蠢得和猪、和蟹子那般。

红灯开起来，扭扭转转的那一些绿色的人变红起来。红灯带来另一种趣味，红灯带给人们更热心的胡闹。瘦高的老桐扮了一个女相，和胖朋友跳舞。女人们笑流泪了！直不起腰了！但是胖朋友仍是一拐一拐。他的“女舞伴”在他的手臂中也是谐和地把头一扭一拐，扭得太丑，太愚蠢，几乎要把头扭掉，要把腰扭断，但是他还扭，好像很不要脸似的，一点也不知羞似的，那满脸的红胭脂呵！那满脸丑恶得到妙处的笑容！

第二次老桐又跑去化装，出来时，头上包一张红布，脖子后拖着很硬的但有点颤动的棍状的东西，那是用红布扎起来的、扫帚把柄的样子，生在他的脑后。又是跳舞，每跳一下，脑后的小尾巴就随着颤动一下。

跳舞结束了，人们开始吃苹果，吃糖，吃茶。就是吃也没有个吃的样子！有人说：

“我能整吞一个苹果。”

“你不能，你若能整吞个苹果，我就能整吞一个活猪！”另一个说。

自然，苹果也没有吞，猪也没有吞。

外面对门那家锁着的大狗，锁链子在响动。腊月开始严寒起来，狗冻得小声吼叫着。

带颜色的灯闭起来，因为没有颜色的刺激，人们暂时安定了一刻。因为过于兴奋的缘故，我感到疲乏，也许人人感到疲乏大家都安定下来，都像恢复了人的本性。

小“电驴子”从马路笃笃地跑过，又是日本宪兵在巡逻吧！可是没有人害怕，人们对于日本宪兵的印象还浅。

“玩呀！乐呀！”第一个站起的人说。

“不乐白不乐，今朝有酒今朝醉……”大个子老桐也说。

胖朋友的女人拿一封信，送到我的手里：

“这信你到家去看好啦！”

郎华来到我的身边。也不知道这是什么意思，我就把信放到衣袋中。

只要一走出屋门，寒风立刻刮到人们的脸，外衣的领子竖起来，显然郎华的夹外套是感到冷，但是他说：“不冷。”

一同出来的人，都讲着过旧年时比这更有趣味，那一些趣味早从我们跳开去。我想我有点饿，回家可吃什么？于是别的人再讲什么，我听不到了？！郎华也冷了吧，他拉着我走向前面，越走越快了，使我们和那些人远远地分开。

在蜡烛旁忍着脚痛看那封信，信里边十元钞票露出来。

夜是如此静了，小狗在房后吼叫。

第二天，一些朋友来约我们到“牵牛房”去吃夜饭。果然吃很好，这样的饱餐，非常觉得不多得，有鱼，有肉，有很好滋味的汤。又是玩到半夜才回来。这次我走路时很起劲，饿了也不怕，在家有十元票子在等我。我特别充实地迈着大步，寒风不能打击我。“新城大街”，“中央大街，”行人很稀少了！人走在行人道，好像没有挂掌的马走在冰面，很小心的，然而时时要跌倒。店铺的铁门关得紧紧，里面无光了，街灯和警察还存在，警察和垃圾箱似的失去了威权，他背上的枪提醒着他的职务，若不然他会依着电线柱睡着的。再走就快到“商市街”了！然而今夜我还没有走够，“马迭尔”旅馆门前的大时钟孤独挂着。向北望去，松花江就是这条街的尽头。

我的勇气一直到“商市街”口还没消灭，脑中，心中，脊背上，腿上，似乎各处有一张十元票子，我被十元票子鼓励得肤浅得可笑了。

是叫花子吧！起着哼声，在街的那边在移动。我想他没有十元票子吧！

铁门用钥匙打开，我们走进院去，但，我仍听得到叫花子的哼声……

几个欢快的日子

人们跳着舞，“牵牛房”那一些人们每夜跳着舞。过旧年那夜，他们就在茶桌上摆起大红蜡烛，他们摹仿着供财神，拜祖宗。灵秋穿起紫红绸袍，黄马褂，腰中配着黄腰带，他第一个跑到神桌前。老桐又是他那一套，穿起灵秋太太瘦小的旗袍，长短到膝盖以上，大红的脸，脑后又是用红布包起笤帚把柄样的东西，他跑到灵秋旁边，他们俩是一致的，每磕一下头，口里就自己喊一声口号：一、二、三……不倒翁样不能自主地倒下又起来。后来就在地板上烘起火来，说是过年都是烧纸的……这套把戏玩得熟了，惯了！不是过年，也每天来这一套，人们看得厌了！对于这事冷淡下来，没有人去大笑，于是又变一套把戏：捉迷藏。

客厅是个捉迷藏的地盘，四下窜走，桌子底下蹲着人，椅子倒过来扣在头上顶着跑，电灯泡碎了一个。蒙住眼睛的人受着大家的玩戏，在那昏庸的头上摸一下，在那分张的两手上打一下。有各种各样的叫声，蛤蟆叫，狗叫，猪叫还有人在装哭。要想捉住一个很不容易，从客厅的四个门会跑到那些小屋去。有时瞎子就摸到小屋去，从门后扯出一个来，也有时误捉了灵秋的小孩。虽然说不准向小屋跑，但总是跑。后一次瞎子摸到王女士的门扇。

“那门不好进去。”有人要告诉他。

“看着，看着不要吵嚷！”又有人说。

全屋静下来，人们觉得有什么奇迹要发生。瞎子的手接触到门扇，他触到门上的铜环响，眼看他就要进去把王女士捉出来，每人心里都想着这个：看他怎样捉啊！

“谁呀！谁？请进来！”跟着很脆的声音开门来迎接客人了！以为她的朋友来访她。

小浪一般冲过去的笑声，使摸门的人脸上的罩布脱掉了，红了脸。王女士笑着关了门。

玩得厌了！大家就坐下喝茶，不知从什么瞎话上又拉到正经问题上。于是“做人”这个问题使大家都兴奋起来。

——怎样是“人”，怎样不是“人”？

“没有感情的人不是人。”

“没有勇气的人不是人。”

“冷血动物不是人。”

“残忍的人不是人。”

“有人性的人才是人。”

“……’

每个人都会规定怎样做人。有的人他要说出两种不同做人的标准。起首是坐着说，后来站起来说，有的也要跳起来说。

“人是情感的动物，没有情感就不能生出同情，没有同情那就是自私，为己……结果是互相杀害，那就不是人。”那人的眼睛睁得很圆，表示他的理由充足，表示他把人的定义下得准确。

“你说的不对，什么同情不同情，就没有同情，中国人就是冷血动物，中国人就不是人。”第一个又站了起来，这个人他不常说话，偶然说一句使人很注意。

说完了，他自己先红了脸，他是山东人，老桐学着他的山东调：

“老猛（孟），你使（是）人不使人？”

许多人爱和老孟开玩笑，因为他老实，人们说他像个大姑娘。

“浪漫诗人”，是老桐的绰号。他好喝酒，让他作诗不用笔就能一套连着一套，连想也不用想一下。他看到什么就给什么作个诗；朋友来了他也作诗：

“梆梆梆敲门响，呀！何人来了？”

总之，就是猫和狗打架，你若问他，他也有诗，他不喜欢谈论什么人啦！社会啦！他躲开正在为了“人”而吵叫的茶桌，摸到一本唐诗在读：

“昨日之……日不可留……今日之日……多……烦……忧，”读得有腔有调，他用意就在打搅吵叫的一群。郎华正在高叫着：

“不剥削人，不被人剥削的就是人。”

老桐读诗也感到无味。

“走！走啊！我们喝酒去。”

他看一看只有灵秋同意他，所以他又说：

“走，走，喝酒去。我请客……”

客请完了！差不多都是醉着回来。郎华反反复复地唱着半段歌，是维特别离绿蒂的故事人人喜欢听，也学着唱。

听到哭声了！正像绿蒂一般年轻的姑娘被歌声引动着，哪能不哭？是谁哭？就是王女士。单身的男人在客厅中也被感动了，倒不是被歌声感动，而是被少女的明脆而好听的哭声所感动，在地心不住地打着转。尤其是老桐，他贪婪的耳朵几乎竖起来，脖子一定更长了点，他到门边去听，他故意说：

“哭什么？真没意思！”

其实老桐感到很有意思，所以他听了又听，说了又说：“没意思。”

不到几天，老桐和那女士恋爱了！那女士也和大家熟识了！也到客厅来和大家一道跳舞。从那时起，老桐的胡闹也是高等的胡闹了！

在王女士面前，他耻于再把红布包在头上，当灵秋叫他去跳滑稽舞的时候，他说：

“我不跳啦！”一点兴致也不表示。

等王女士从箱子里把粉红色的面纱取出来：

“谁来当小姑娘，我给他化装。”

“我来，我……我来……”老桐他怎能像个小姑娘？他像个长颈鹿似的跑过去。

他自己觉得很好的样子，虽然是胡闹，也总算是高等的胡闹。头上顶着面纱，规规矩矩地、平平静静地在地板上动着步。但给人的感觉无异于他脑后的颤动着红扫帚柄的感觉。

别的单身汉，就开始羡慕幸福的老桐。可是老桐的幸福还没十分摸到，那女士已经和别人恋爱了！

所以“浪漫诗人”就开始作诗。正是这时候他失一次盗：丢掉他的毛毯，所以他就作诗“哭毛毯”。哭毛毯的诗作得很多，过几天来一套，过几天又来一套。朋友们看到他就问：

“你的毛毯哭得怎样了？”

一个南方的姑娘

郎华告诉我一件新的事情，他去学开汽车回来的第一句话说：

“新认识一个朋友，她从上海来，是中学生。过两天还要到家里来。”

第三天，外面打着门了！我先看到的是她头上扎着漂亮的红带，她说她来访我。老王在前面引着她。大家谈起来，差不多我没有说话，我听着别人说。

“我到此地四十天了！我的北方话还说不好，大概听得懂吧！老王是我到此地才认识的。那天巧得很，我看报上为着戏剧在开着笔战，署名郎华的我同情他……我同朋友们说：这位郎华先生是谁？论文作得很好。因为老王的介绍，上次，见到郎华……”

我点着头，遇到生人，我一向是不会说什么话。她又去拿桌上的报纸，她寻找笔战继续的论文。我慢慢地看着她，大概她也慢慢地看着我吧！她很漂亮，很素净，脸上不涂粉，头发没有卷起来，只是扎了一条红绸带，这更显得特别风味，又美又净，葡萄灰色的袍子上面，有黄色的花，只是这件袍子我看不很美，但也无损于美。到晚上，这美人似的人就在我们家里吃晚饭。在吃饭以前，汪林也来了！汪林是来约郎华去滑冰，她从小孔窗看了一下：

“郎华不在家吗？”她接着“唔”了一声。

“你怎么到这里来？”汪林进来了。

“我怎么就不许到这里来？”

我看得她们这样很熟的样子，更奇怪。我说：

“你们怎么也认识呢？”

“我们在舞场里认识的。”汪林走了以后她告诉我。

从这句话当然也知道程女士也是常常进舞场的人了！汪林是漂亮的小姐，当然程女士也是，所以我就不再留意程女士了。

环境和我不同的人来和我做朋友，我感不到兴味。

郎华肩着冰鞋回来，汪林大概在院中也看到了他，所以也跟进来。这屋子就热闹了！汪林的胡琴口琴都跑去拿过来。郎华唱：“杨延辉坐宫院。”

“哈呀呀，怎么唱这个？这是‘奴心未死’！”汪林嘲笑他。

在报纸上就是因为旧剧才开笔战。郎华自己明明写着，唱旧戏是奴心未死。

并且汪林耸起肩来笑得背脊靠住暖墙，她带着西洋少妇的风情。程女士很黑，是个黑姑娘。

又过几天，郎华为我借一双滑冰鞋来，我也到冰场上去。程女士常到我们这里来，她是来借冰鞋，有时候我们就一起去，同时新人当然一天比一天熟起来。她渐渐对郎华比对我更熟，她给郎华写信了，虽然常见，但是要写信的。

又过些日 ，程女士要在我们这里吃面条，我到厨房去调面条。

“……喳……喳……”等我走进屋，他们又在谈别的了！女士只吃一小碗面就说：“饱了。”

我看她近些日子更黑一点，好像她的“愁”更多了！她不仅仅是“愁”，因为愁并不兴奋，可是程女士有点兴奋。

我忙着收拾家具，她走时我没有送她，郎华送她出门。

我听得清清楚楚的是在门口：“有信吗？”

或者不是这么说，总之跟着一声“喳喳”之后，郎华很响的：“没有。”

又过了些日子，程女士就不常来了，大概是她怕见我。

程女士要回南方，她到我们这里来辞行，有我做障碍，她没有把要诉说出来的“愁”尽量诉说给郎华。她终于带着“愁”回南方去了。

又是春天

太阳带来了暖意，松花江靠岸的江冰坍下去，融成水了，江上用人支走的爬犁渐少起来。汽车更没有一辆在江上行走了。松花江失去了它冬天的威严，江上的雪已经不是闪眼的白色，变成灰的了。又过几天，江冰顺着水慢慢流动起来，那是很好看的，有意流动，也像无意流动，大块冰和小块冰轻轻地互相击撞发着响，唧唧着。这种响声，像是瓷器相碰的响声似的，也像玻璃相碰的响声似的。立在江边，我起了许多幻想：这些冰块流到哪里去？流到海去吧！也怕是到不了海，阳光在半路上就会全数把它们消灭尽……

然而它们是走的，幽游一般，也像有生命似的，看起来比人更快活。

那天在江边遇到一些朋友，于是大家同意去走江桥。我和郎华走得最快，松花江在脚下东流，铁轨在江空发啸，满江面的冰块，满天空的白云。走到尽头，那里并不是郊野，看不见绿绒绒的草地，看不见绿树，“塞外”的春来得这样迟啊！我们想吃酒，于是沿着土堤走下去，然而寻不到酒馆，江北完全是破落人家，用泥土盖成的房子，用柴草织成的短墙。

“怎么听不到鸡鸣？”

“要听鸡鸣做什么？”人们坐在土堤上揩着面，走得热了。

后来，我们去看一个战舰，那是一九二九年和苏俄作战时被打沉在江底的，名字是“利捷”。每个人用自己所有的思想来研究这战舰，但那完全是瞎说，有的说汽锅被打碎了才沉江的，有的说把驾船人打死才沉江的。一个洞又一个洞。这样的军舰使人感到残忍，正相同在街上遇见的在战场上丢了腿的人一样，他残废了，别人称他是个废人。

这个破战舰停在船坞里完全发霉了。

患　病

我在准备早饭，同时打开了窗子，春朝特有的气息充满了屋子。在大炉台上摆着已经去了皮的地豆，小洋刀在手中仍是不断地转着……浅黄色带着面性似的地豆，个个在炉台上摆好，稀饭在旁边冒着泡，我一面切着地豆，一面想着：江上连一块冰也融尽了吧！公园的榆树怕是发了芽吧！已经三天不到公园去，吃过饭非去看看不可。

“郎华呀！你在外边尽做什么？也来帮我提一桶水去……”

“我不管，你自己去提吧。”他在院子来回走，又是在想什么文章。于是我跑着，为着高兴。把水桶翻得很响，斜着身子从汪家厨房出来，差不多是横走，水桶在腿边左摇荡一下，右摇荡一下……

菜烧好，饭也烧好。吃过饭就要去江边，去公园。春天就要在头上飞，在心上过，然而我不能吃早饭了，肚子偶然疼起来。

我喊郎华进来，他很惊讶！但越痛越不可耐了。

他去请医生，请来一个治喉病的医生。

“你是患着盲肠炎吧？”医生问我。

我疼得那个样子，还晓得什么盲肠炎不盲肠炎的？眼睛发黑了，喉医生在我的臂上打了止痛药针。

“张医生，车费先请自备吧！过几天和药费一起送去。”郎华对医生说。

一角钱也没有了，我又不能说再请医生，白打了止痛药针，一点痛也不能止。

郎华又跑出去，我不知他跑出去做什么，说不出怀着怎样的心情在等他回来。

一个星期过去，我还不能从床上坐起来。第九天，郎华从外面举着鲜花回来，插在瓶子里，摆在桌上。

“花开了？”

“不但花开，树还绿了呢！”

我听说树绿了！我对于“春”不知怀着多少意义。我想立刻起来去看看，但是什么也不能做，腿软得好像没有腿了，我还站不住。

头痛减轻一些，夜里睡得很熟。有朋友告诉郎华：在什么地方有一个市立的公共医院，为贫民而设，不收药费。

当然我挣扎着也要去的。那天是晴天，换好干净衣服，一步一步走出大门，坐上了人力车，郎华在车旁走，起先他是扶着车走，后来，就走在行人道上了。街树不是发着芽的时候，已长好绿叶了！

进了诊闻所，到挂号处挂了名，很长的堂屋，排着长椅子，那里已经开始诊断。穿白衣裳的俄国女人，跑来跑去唤着名字，六七个人一起闯进病室去，过一刻就放出来，第一批人再被呼进去。到这里来的病人，都是穷人，愁眉苦脸的一个，愁眉苦脸的一个。撑着木棍的跛子，脚上生疮缚着白布的肿脚人，肺痨病的女人，白布包住眼睛的盲人，包住眼睛的盲小孩，头上生疮的小孩。对面坐着老外国女人，闭着眼睛，把头靠住椅子，好似睡着，然而她的嘴不住地收缩，她的包头巾在下巴上慢慢牵动……

小孩治疗室有孩子大大地哭叫。内科治疗室门口。外国女人又闯出来，又叫着外国名字；一会又有中国人从外科治疗室闯出来，又喊着中国名字……拐脚子和胖脸人都一起走进去……

因为我来得最晚。大概最后才能够叫到我，等得背痛，头痛。

“我们回去吧！明天再来。”坐在人力车上，我已无心再看街树，这样去投医，病象不但没有减轻，好像更加重了些。

不能不去，因为不要钱。第二次去，也被唤着名字走进妇科治疗室。虽等了两点钟，到底进了妇科治疗室。既然进了治疗室，那该说怎样治疗法。

把我引到一个屏风后面，那里摆着一张很宽、很高、很短的台子，台子的两边还立了两支叉形的东西，叫我爬上这台子。当时我可有些害怕了，爬上去做什么呢？莫非要用刀割吗？

我坚决地不爬上去。于是那肥胖的外国女人先上去了，没有什么，并不动刀。换着次序我也被治疗了一回，经过这样的治疗，并不用吃药，只在肚子上按了按，或是一面按着，一面问两句。

我的俄文又不好，所以医生问的，我并不全懂，马马虎虎的就走出治疗室。医生告诉我，明天再来一次，好把药给我。

以后我就没有再去，因为那天我出了诊断所的时候，我是问过一个重病人的，他哼着，他的家属哭着。我以为病人病到不可治的程度，“他们不给药吃，说药贵，让自己去买，哪里有钱买？”是这样说向我的。

去了两天诊疗所，等了几个钟头。怕是再去两天，再去等几个钟头，病人就会自然而然地好起来！可惜我没有那样的忍耐性。

十三天

“用不到一个月我们就要走的。你想想吧，去吧！不要闹孩子脾气，三两天我就去看你一次……”郎华说。

为着病，我要到朋友家去休养几天。我本不愿去，那是郎华的意思，非去不可，又因为病象又要重似的，全身失去了力量，骨节酸痛。于是冒着雨，跟着朋友就到朋友家去。

汽车在斜纹的雨中前行。大雨和冒着烟一般。我想：开汽车的人怎能认清路呢！但车行的更快起来。在这样大的雨中，人好像坐在房间里，这是多么有趣！汽车走出市街，接近乡村的时候。立刻有一种感觉，好像赴战场似的英勇。我是有病，我并没喊一声“美景”。汽车颠动着，我按紧着肚子，病会使一切厌烦。

当夜还不到九点钟，我就睡了。原来没有睡，来到乡村，那一种落寞的心情浸透了我。又是雨夜，窗子上淅沥地打着雨点。好像是做梦把我惊醒，全身沁着汗，这一刻又冷起来，从骨节发出一种冷的滋味，发着疟疾似的，一刻热了，又寒了！

要解体的样子，我哭出来吧！没有妈妈哭向谁去？

第二天夜又是这样过的，第三夜又是这样过的。没有哭，不能哭，和一个害着病的猫儿一般，自己的痛苦自己担当着吧！整整是一个星期，都是用被子盖着坐在炕上，或是躺在炕上。

窗外的梨树开花了，看着树上白白的花儿。

到端阳节还有二十天，节前就要走的。

眼望着窗外梨树上的白花落了！有小果子长起来，病也渐好，拿椅子到树下去看看小果子。

第八天郎华才来看我，好像父亲来了似的，好像母亲来了似的，我发羞一般的，没有和他打招呼，只是让他坐在我的近边。我明明知道生病是平常的事，谁能不生病呢？可是总要酸心，眼泪虽然没有落下来，我却耐过一个长时间酸心的滋味。好像谁虐待了我一般。那样风雨的夜，那样忽寒忽热、独自幻想着的夜。

第二次郎华又来看我，我决定要跟他回家。

“你不能回家。回家你就要劳动，你的病非休息不可，还没有两个星期我们就得走。刚好起来再累病了，我可没有办法。”

“回去，我回去……”

“好，你回家吧！没有一点理智的人，不能克服自己的人还有什么办法！你回家好啦！病犯了可不要再问我！”

我又被留下，窗外梨树上的果子渐渐大起来。我又不住地乱想：穷人是没有家的，生了病被赶到朋友家去。

已是十三天了！

永远的憧憬和追求

一九一一年，在一个小县城里边，我生在一个小地主的家里。那县城差不多就是中国的最东最北部——黑龙江省——所以一年之中，倒有四个月飘着白雪。

父亲常常为着贪婪而失掉了人性。他对待仆人，对待自己的儿女，以及对待我的祖父都是同样的吝啬而疏远，甚至于无情。

有一次，为着房屋租金的事情，父亲把房客的全套的马车赶了过来。房客的家属们哭着诉说着，向我的祖父跪了下来，于是祖父把两匹棕色的马从车上解下来还了回去。

为着这匹马，父亲向祖父起着终夜的争吵。“两匹马，咱们是算不了什么的，穷人，这匹马就是命根。”祖父这样说着，而父亲还是争吵。九岁时，母亲死去。父亲也就更变了样，偶然打碎了一只杯子，他就要骂到使人发抖的程度。后来就连父亲的眼睛也转了弯，每从他的身边经过，我就像自己的身上生了针刺一样；他斜视着你，他那高傲的眼光从鼻梁经过嘴角而后往下流着。

所以每每在大雪中的黄昏里，围着暖炉，围着祖父，听着祖父读着诗篇，看着祖父读着诗篇时微红的嘴唇。

父亲打了我的时候，我就在祖父的房里，一直面向着窗子，从黄昏到深夜——窗外的白雪，好像白棉花一样飘着；而暖炉上水壶的盖子，则像伴奏的乐器似的振动着。

祖父时时把多纹的两手放在我的肩上，而后又放在我的头上，我的耳边便响着这样的声音：

“快快长吧！长大就好了。”

二十岁那年，我就逃出了父亲的家庭。直到现在还是过着流浪的生活。

“长大”是“长大”了，而没有“好”。

可是从祖父那里，知道了人生除掉了冰冷和憎恶而外，还有温暖和爱。

所以我就向这“温暖”和“爱”的方面，怀着永久的憧憬和追求。

1936年12月12日

来信

坐在上海的租界里，我们是看不到那真实的斗争，所知道的也就是报纸上或朋友们的信件上所说的。若来发些个不自由的议论，或是写些个有限度的感想，倒不如把这身所直受的人的话语抄写在这里：

××：

这里的事件直至现在仍是很混沌，在“人家”大军从四面八方包围来了的声中，当局还不断的放出和平有望的空气。前几天交通都断绝了，人们逃也无处逃，跑也跑不了，于是大家都觉得人们很能“镇静”，自从平津恢复通车后，情形也不同了，搬家的车，络绎不断的向车站涌，我到站上去看过，行李堆积到屋梁了。

一般汉奸走狗们活动的非常有劲，和平解决的侧面折冲还在天津进行。双方所折冲的是什么，虽有种种传说，但都不能信实，不过前几天，当局发表的谈话和布告，说这次事件是局部的问题，拒绝慰劳，禁止募捐，不许有爱国的组织与行动等看来，也很看出我们当局的意向了。可惜的是，我们虽具“和平”（！）诚意，却不能遏止“人家”占领的决心！等到大军配备好了的时候，“哀的美顿”书会立刻提出来了。

那时日也不会再延到多久。

昨天又听到这样的谣言，是汉奸们向二十九军宣传的：

一、不受共产党的挑拨。

二、不为东北人利用。

三、不做十九路军第二。

他们的理由是中日邦交本不坏，只因共党从中捣鬼而弄坏了；东北人年来高喊“打回老家去”，一旦打回去也只是东北人回到故乡，别人得不到好处；看到十九路军单独抗战的结果，只是单独牺牲。特别是第三项，好似很能打动当局的心。

不过他们所恐惧的，终将不能避免。

我这些天生活很沉闷，天天日间睡午觉，夜间听炮声，在思量着，一旦战争爆发了，应当取怎样的行动。……

吟借给我的两部书，因为担心它们的命运，今天寄出给你们了，和土地比起来，书自然很微小，但我们能保卫的，总不要失去。好，再见！

××七月十九日于北平

天空的点缀

用了我有点苍白的手，卷起纱窗来，在那灰色的云的后面，我看不到我所要看的东西（这东西是常常见的，但它们真的载着炮弹飞起来的时候，这在我还是生疏的事情，也还是理想着的事情）。正在我踌躇的时候，我看见了，那飞机的翅子好像不是和平常的飞机的翅子一样——它们有大的也有小的——好像还带着轮子，飞得很慢，只在云彩的缝际出现了一下，云彩又赶上来把它遮没了。不，那不是一只，那是两只，以后又来了几只。它们都是银白色的，并且又都叫着呜呜的声音，它们每个都在叫着吗？这个，我分不清楚。或者它们每个在叫着的，节拍像唱歌的，是有一定的调子，也或者那在云幕当中撒下来的声音就是一片。好像在夜里听着海涛的声音似的，那就是一片了。

过去了！过去了！心也有点平静下来。午饭时用过的家具，我要去洗一洗。刚一经过走廊，又被我看见了，又是两只。这次是在南边，前面一个，后面一个，银白色的，远看有点发黑，于是我听到了我的邻家在说：

“这是去轰炸虹桥飞机场。”

我只知道这是下午两点钟，从昨夜就开始的这战争。至于飞机我就不能够分别了，日本的呢？还是中国的呢？大概是日本的吧！因为是从北边来的，到南边去的，战地是在北边中国虹桥飞机场是真的，于是我又起了很多想头：是日本打胜了吧！所以安闲地去炸中国的后方，是……一定是，那么这是很坏的事情，他们没止境的屠杀，一定要像大风里的火焰似的那么没有止境……

很快我批驳了我自己的这念头，很快我就被我这没有把握的不正确的热望压倒了，中国，一定是中国占着一点胜利，日本遭了些挫伤。假若是日本占着优势，他一定要冲过了中国的阵地而追上去，哪里有工夫用飞机来这边扩大战线呢？

风很大，在游廊上，我拿在手里的家具，感到了点沉重而动摇，一个小白铝锅的盖子，啪啦啪啦地掉下来了，并且在游廊上啪啦啪啦地跑着，我追住了它，就带着它到厨房去。

至于飞机上的炸弹，落了还是没落呢？我看不见，而且我也听不见，因为东北方面和西北方面炮弹都在开裂着。甚至于那炮弹真正从哪方面出发，因着回音的关系，我也说不定了。

但那飞机的奇怪的翅子，我是看见了的，我是含着眼泪而看着它们，不，我若真的含着眼泪而看着它们，那就相同遇到了魔鬼而想教导魔鬼那般没有道理。

但在我的窗外，飞着，飞着，飞去又飞来了的，飞得那么高，好像有一分钟那飞机也没离开我的窗口。因为灰色的云层的掠过，真切了，朦胧了，消失了，又出现了，一个来了，一个又来了。看着这些东西，实在的我的胸口有些疼痛。

一个钟头看着这样我从来没有看过的天空，看得疲乏了，于是，我看着桌上的台灯，台灯的绿色的伞罩上还画着菊花，又看到了箱子上散乱的衣裳，平日弹着的六条弦的大琴，依旧是站在墙角上。一样，什么都是和平常一样，只有窗外的云，和平日有点不一样，还有桌上的短刀和平日有点不一样，紫檀色的刀柄上镶着两块黄铜，而且不装在红牛皮色的套子里。对于它我看了又看，我相信我自己绝不是拿着这短刀而赴前线。

1937年8月14日

失眠之夜

为什么要失眠呢！烦躁，恶心，心跳，胆小，并且想要哭泣。我想想，也许就是故乡的思虑罢。

窗子外面的天空高远了，和白棉一样绵软的云彩低近了，吹来的风好像带点草原的气味，这就是说已经是秋天了。

在家乡那边，秋天最可爱。

蓝天蓝得有点发黑，白云就像银子做成一样，就像白色的大花朵似的点缀在天上；就又像沉重得快要脱离开天空而坠了下来似的，而那天空就越显得高了，高得再没有那么高的。

昨天我到朋友们的地方走了一遭，听来了好多的心愿——那许多心愿综合起来，又都是一个心愿——这回若真的打回满洲去，有的说，煮一锅高粱米粥喝；有的说，咱家那地豆多么大！说着就用手比量着，这么碗大；珍珠米，老的一煮就开了花的，一尺来长的；还有的说，高粱米粥、咸盐豆。还有的说，若真的打回满洲去，三天二夜不吃饭，打着大旗往家跑。跑到家去自然也免不了先吃高粱米粥或咸盐豆。

比方高粱米那东西，平常我就不愿吃，很硬，有点发涩（也许因为我有胃病的关系），可是经他们这一说，也觉得非吃不可了。

但是什么时候吃呢？那我就不知道了。而况我到底是不怎样热烈的，所以关于这一方面，我终究不怎样亲切。

但我想我们那门前的蒿草，我想我们那后园里开着的茄子的紫色的小花，黄瓜爬上了架。而那清早，朝阳带着露珠一齐来了！

我一说到蒿草或黄瓜，三郎就向我摆手或摇头："不，我们家，门前是两棵柳树，树荫交织着做成门形。再前面是菜园，过了菜园就是门。那金字塔形的山峰正向着我们家的门口，而两边像蝙蝠的翅膀似的向着村子的东方和西方伸展开去。而后园黄瓜、茄子也种着，最好看的是牵牛花在石头桥的缝际爬遍了，早晨带着露水牵牛花开了……"

"我们家就不这样，没有高山，也没有柳树……只有……"我常常这样打断他。

有时候，他也不等我说完，他就接下去。我们讲的故事，彼此都好像是讲给自己听，而不是为着对方。

只有那么一天，买来了一张《东北富源图》挂在墙上了，染着黄色的平原上站着小马，小羊，还有骆驼，还有牵着骆驼的小人；海上就是些小鱼，大鱼，黄色的鱼，红色的好像小瓶似的大肚的鱼，还有黑色的大鲸鱼；而兴安岭和辽宁一带画着许多和海涛似的绿色的山脉。

他的家就在离着渤海不远的山脉中，他的指甲在山脉爬着："这是大凌河……这是小凌河……哼……没有，这个地图是个不完全的，是个略图……"

"好哇！天天说凌河，哪有凌河呢！"我不知为什么一提到家乡，常常愿意给他扫兴一点。

"你不相信！我给你看。"他去翻他的书橱去了，"这不是大凌河……小凌河……小孩的时候在凌河沿上捉小鱼，拿到山上去，在石头上用火烤着吃……这边就是沈家台，离我们家二里路……"因为是把地图摊在地板上看的缘故，一面说着，他一面用手扫着他已经垂在前额的发梢。

《东北富源图》就挂在床头，所以第二天早晨，我一张开了眼睛，他就抓住了我的手：

“我想将来我回家的时候，先买两匹驴，一匹你骑着，一匹我骑着……先到我姑姑家，再到我姐姐家……顺便也许看看我的舅舅去……我姐姐很爱我……她出嫁以后，每回来一次就哭一次，姐姐一哭，我也哭……这有七八年不见了！也都老了。”

那地图上的小鱼，红的，黑的，都能够看清，我一边看着，一边听着，这一次我没有打断他，或给他扫一点兴。

“买黑色的驴，挂着铃子，走起来……铛啷啷啷啷啷啷……”他形容着铃音的时候，就像他的嘴里边含着铃子似的在响。

“我带你到沈家台去赶集。那赶集的日子，热闹！驴身上挂着烧酒瓶……我们那边，羊肉非常便宜……羊肉炖片粉……真有味道！唉呀！这有多少年没吃那羊肉啦！”他的眉毛和额头上起着很多皱纹。

我在大镜子里边看了他，他的手从我的手上抽回去，放在他自己的胸上，而后又背着放在枕头下面去，但很快地又抽出来。只理一理他自己的发梢又放在枕头上去。

而我，我想：

“你们家对于外来的所谓‘媳妇’也一样吗？”我想着这样说了。

这失眠大概也许不是因为这个。但买驴子的买驴子，吃咸盐豆的吃咸盐豆，而我呢？坐在驴子上，所去的仍是生疏的地方，我停着的仍然是别人的家乡。

家乡这个观念，在我本不甚切的，但当别人说起来的时候，我也就心慌了！虽然那块土地在没有成为日本的之前，“家”在我就等于没有了。

这失眠一直继续到黎明之前，在高射炮的声中，我也听到了一声声和家乡一样的震抖在原野上的鸡鸣。

1937年8月23日

火线外（二章）

窗　边

M站在窗口，他的白色的裤带上的环子发着一点小亮，而他前额上的头发和脸就压在窗框上，就这样，很久很久地。同时那机关枪的声音似乎紧急了，一排一排地爆发，一阵一阵地裂散着，好像听到了在大火中坍下来的家屋。

“这是哪方面的机关枪呢？”

“这枪一开……在电影上我看见过，人就一排一排地倒下去……”

“这不是吗……炮也响了……”

我在地上走着，就这样散散杂杂地问着M，而他回答我的却很少。

“这大概是日本方面的机关枪，因为今夜他们的援军必要上岸，也许这是在抢岸……也许……”

他说第二个“也许”的时候，我明白了这“也许”一定是他又复现了他曾做过军人的经验。

于是那在街上我所看到的伤兵，又完全遮没了我的视线；他们在搬运货物的汽车上，汽车的四周插着绿草，车在跑着的时候，那红十字旗在车厢上火苗似地跳动着。那车沿着金神父路向南去了。远处有一个白色的救急车厢上画着一个很大的红十字，就在那地方，那飘蓬着的伤兵车停下，行路的人是跟着拥了去。那车子只停了一下，又倒退着回来了。退到最接近的路口，向着一个与金神父路交叉着的街开去，这条街就是莫利哀路。这时候我也正来到了莫利哀路，在行人道上走着。那插着草的载重车，就停在我的前面，那是一个医院，门前挂着红十字的牌匾。

两个穿着黑色云纱大衫的女子跳下车来。她们一定是临时救护员，臂上包着红十字。这时候，我就走近了。

跟着那女救护员，就有一个手按着胸口的士兵站起来了，大概他是受的轻伤，全身没有血痕，只是脸色特别白。还有一个，他的腿部扎着白色的绷带，还有一个很直地躺在车板上，而他的手就和虫子的脚爪般攀住了树木那样紧抓着车厢的板条。

这部车子载着七八个伤兵，其中有一个，他绿色的军衣在肩头染着血的部分好像被水浸着那么湿，但他也站起来了，他用另一只健康的手去扶着别的一只受伤的手。

女救护员爬上车来了，我想一定是这医院已经人满，不能再收的缘故。所以这载重车又动摇着，响着，倒退着，冲开着围观的人，又向金神父路退去。就是那肩头受伤的人，他也从原来的地方坐下去。

他们的脸色有的是黑的，有的是白的，有的是黄色的，除掉这个，从他们什么也得不到，呼叫，哼声，一点也没有，好像正在受着创痛的不是人类，不是动物……静静地；静得好像是一棵树木。

人们拥挤着招呼着，抱着孩子，拖着拖鞋，使我感到了人们就像在看“出大差”那种热闹的感觉。

停在我们脚尖前面的这飘蓬的人类，是应该受着无限深沉的致敬的呀！

于是第二部插着绿草的汽车也来到了，就在人们拥挤围观的当中，两部车子一起退去了。

M的腰间仍旧是闪着那带子上的一点小亮，那困恼的头发仍旧是切在窗子的边上。宁静，这深夜的宁静，微风也不来摆动这桌子上的书篇……只在那北方枪炮的世界中，高冲起来的火光中，把M的头部烘托出来一个圆大沉重而安宁的黑影在窗子上。

我想他也和我一样，战争是要战争的，而枪声是并不爱的。

八月十七日

小生命和战士

“你看那兵士腰间的刀子，总有点凶残的意味，可是他也爱那么小的孩子。”我这样小声地把嘴唇接近着L的耳边。

其实渡轮正在进行中的声音，也绝对使那兵士不会听到我的话语的。

其中第一个被我注意的，不是那个抱着孩子的，而是另外的一个，他一走上来，就停在船栏的旁边。他那么小，使我立刻想到了小老鼠。两颊从颧骨以下是完全陷下来的，因此嘴有点突出。耳朵在帽子的边下，显得贫薄和孤独，和那过大的帽遮一样，对于他都起着一种不配称的感觉。从帽遮我一直望到他黑色的胶底鞋，左手上受了伤，被一条挂在颈间的白布带吊在胸前，他穿着特为伤兵们赶制的过大的棉背心，而这件棉背心就把他装饰成一只小甲虫似的站在那里。等另外两个士兵走近前来的时候，他就让开了。

这两个之中的一个，在我看来是个军官，他并不怎样瘦，有点高大，他受伤的也是左手，同样被一只带子吊在胸前。在他慢慢地踱着的时候，那黑色皮鞋的后半部不时地被黄呢裤的边口埋没着。当他同另外的一个讲话的时候，那空着的，垂在左肩的军中黄呢上衣的袖子，显得过于多余地在摆荡——因为他隔一会就要抬一抬左肩的缘故。

我所说的挂着刀的兵士，始终没有给我看到他的正面，因为那受伤的军官和他谈话总是对立着，我所能看到的是他脚上的刺刀针，腰间的短刀，他的腰和肩都宽而且圆。那在怀中的孩子时时想要哭，于是他很小心地摇着他，把那包着孩子的军外套隔一会拉一拉，或是包紧一点。

不知为什么，我看他好像无论怎样也不能完全忘掉他腰边的短刀，孩子一安静下来，他的左手总是反背过来压在刀柄上。

渡轮走近一个停在江心的货船旁边的时候，因为那船完全熄了灯火，所以好像一座小城似的黑黑地睡在江心上，起重机上还有一个大皮囊似的东西高悬着。

我是背着锅炉站着的，背后的温暖已经增加到不能忍耐的程度，所以我稍稍离开一点，可是我的背后仍接近着温暖，而我的胸前却向着寒凉的江水。

那军官的烟火照红了他过高的鼻子，而后轻轻地好像从指尖上把它一弹，那烟火就掠过了船栏而向着月下的江水奔去了。

我一转身就看到了那第一个被我注意的伤兵就站在我的旁边，似乎在这船上并没有他的同伴，他带着衰弱或疲乏的样子在望着江水。他好像在寻找什么，也好像他要细听一听什么，或者不是，或者他的心思完全系在那只吊在胸前的左手上。

前边就是黄鹤楼，在停船之前，人们有的从座位上站起来，有的在移动着，船身和码头所激起来的水声，很响的在击撞着。即使那士兵的短刀的环子碰击得再响亮一点，我也不能听到，只有想象着：那紧贴在兵士胸前的孩子的心跳和那兵士的心跳，是不是他们彼此能够听到？

十月二十二日

一九二九底愚昧

前一篇文章已经说过，1928年为着吉敦路的叫喊，我也叫喊过了。接着就是1929年。于是根据着那第一次的经验，我感觉到又是光荣的任务降落到我的头上来。

这是一次佩花大会，进行得很顺利，学校当局并没有加以阻止，而且那个白脸的女校长在我们用绒线剪作着小花朵的时候，她还跑过来站在旁边指导着我们。一大堆蓝色的盾牌完全整理好了的时候，是佩花大会的前一夜。楼窗下的石头道上落着那么厚的雪。一些外国人家的小房和房子旁边的枯树都膨胀圆了，那笨重而粗钝的轮廓就和穿得饱满的孩子一样臃肿。我背着远近的从各种颜色的窗帘透出来的灯光，而看着这些盾牌。盾牌上插着那些蓝色的小花，因着密度的关系，它们一个压着一个几乎是连成了排。那小小的黄色的花心蹲在蓝色花中央，好像小金点，又像小铜钉……

这不用说，对于我，我只盼想着明天，但有这一夜把我和明天隔离着，我是跳不过去的，还只得回到宿舍去睡觉。

这一次的佩花，我还对中国人起着不少的悲哀，他们差不多是绝对不肯佩上。有的已经为他们插在衣襟上了，他们又动手自己把它拔下来，他们一点礼节也不讲究，简直是蛮人！把花差不多是捏扁，弄得花心几乎是看不见了。结果不独整元的，竟连一枝铜板也看不见贴在他们的手心上。这一天，我是带着愤怒的，但也跑得最快，我们一小队的其余的三个人，常常是和我脱离开。

我的手套跑丢了一只，围巾上结着冰花，因为眼泪和鼻涕随时地流，想用手帕来揩擦，在这样的时候，在我是绝对顾不到的。等我的头顶在冒着气的时候，我们的那一小队的人说：

“你太热心啦，你看你的帽子已经被汗湿透啦！”

自己也觉得，我大概像是厨房里烤在炉旁的一张抹布那么冒气了吧？但还觉得不够。什么不够呢？那时候是不能够分析的。现在我想，一定是1928年游行和示威的时候，喊着“打倒日本帝国主义”，而这回只是给别人插了一朵小花而没有喊“帝国主义”的缘故。

我们这一小队是两个男同学和两个女同学。男同学是第三中学的，一个大个，一个小个。那个小个的，在我看来，他的鼻子有点发歪。另一个女同学是我的同班，她胖，她笨，穿了一件闪亮的黑皮大衣，走起路来和鸭子似的，只是鸭子没有全黑的。等到急的时候，我又看她像一只猪。

“来呀！快点呀，好多，好多……”我几乎要说：好多买卖让你们给耽误了。

等他们跑上来，我把已经打成皱褶，卷成一团的一元一元的钞票舒展开，放进用铁做的小箱子里去。那小箱子是在那个大个的男同学的胸前。小箱子一边接受这钞票，一边不安的在滚动。

“这是外围人的钱……这些完全是……是俄国人的……”往下我没有说，“外国人，外国人多么好哇，他们捐了钱去打他们本国为着‘正义’！”

我走在行人道上，我的鞋底起着很高的水锥，为着去追赶那个胖得好像行走的鸵鸟似的俄国老太婆。我几乎有几次要滑倒，等我把钱接过来，她已经走得很远，我还站在那里看着她帽子上插着的那棵颤抖着的大鸟毛，说不出是多么感激和多么佩服那黑色皮夹子因为开关而起的响声，那脸上因着微笑而起的皱折。那蓝色带着黄心的小花恰恰是插在她外衣的左领边上，而且还是我插的。不由得把自己也就高傲了起来。对于我们那小队的其余三个人，于是我就带着绝顶的侮蔑的眼光回头看着他们。他们是离得那么远，他们向我走来的时候，并不跑，而还是慢慢地走，他们对于国家这样缺乏热情，使我实在没有理由把他们看成我的“同志”。他们称赞着我，说我热情，说我勇敢，说我最爱国。但我并不能够因为这个，使我的心对他们宽容一点。

“打苏联，打苏联……”这话就是这么简单，在我觉得十分不够，想要给添上一个“帝国主义”吧，但是从学联会发下来的就没有这一个口号。

那么，苏联为什么就应该打呢？又不是帝国主义。

这个我没有思索过，虽然这中苏事件的一开端我就亲眼看过。

苏联大使馆被检查，这事情的发生是六月或者是七月。夜晚并不热，我只记住天空是很黑的，对面跑来的马车，因为感觉上凉爽的关系，车夫台两边挂着的灯头就像发现在秋天树林子里的灯火一样。我们这女子中学每晚在九点钟的时候，有一百人以上的脚步必须经过大直街的东段跑到吉林街去。我们的宿舍就在和大直街交叉着的那条吉林街上。

苏联大使馆也在吉林街上，隔着一条马路和我们的宿舍斜对着。

这天晚上，我们走到吉林街口就被拦住了。手电灯晃在这条街上，双轮的小卡车靠着街口停着好几辆，行人必得经过检查才能够通过。我们是经过了交涉才通过的。

苏联大使馆门前的卫兵没有了，从门口穿来穿往的人们，手中都拿着手电灯，他们行走得非常机械，忙乱的，不留心的用手电灯四处照着，以致行人道上的短杨树的叶子的闪光和玻璃似的一阵一阵的出现。大使馆楼顶那个圆形的里边闪着几个外国字母的电灯盘不见了，黑沉沉的楼顶上连红星旗子也看不见了，也许是被拔掉了。并且所有的楼窗好像埋下地窑那么昏黑。

关于苏联或者就叫俄国吧，虽然我的生地和它那么接近，但我怎么能够知道呢？我不知道。那还是在我小的时候，“买羌贴”，“买羌贴”，“羌贴”是旧俄的纸币（纸鲁布）。邻居们买它，亲戚们也买它，而我的母亲好像买得最多。夜里她有时候不睡觉，一听门响，她就跑出去开门，而后就是那个老厨子咳嗽着，也许是提着用纱布做的，过年的时候挂在门前的红灯笼，在厨房里他用什么东西打着他鞋底上结着的水锥。他和母亲说的是什么呢？微小得像什么也没有说。厨房好像并没有人，只是那些冰锥从鞋底打落下的声音。我能够听得到，有时候他就把红灯笼也提进内房来，站在炕沿旁边的小箱子上，母亲赶快就去装一袋烟，母亲从来对于老厨子没有这样做过。不止装烟，我还看见了给他烫酒，给他切了几片腊肉放在小碟心里。老厨子一边吃着腊肉，一边上唇的胡子流着水珠，母亲赶快在旁边拿了一块方手巾给他。我认识那方手巾就是我的。而后母亲说：

“天冷啊！三九天有胡子的年纪出门就是这手不容易。”

这一句话高于方才他们所说的那一大些话。什么“行市”啦！“涨”啦！“落”啦！应该卖啦吧！这些话我不知为什么他们说得那么严重而低小。

家里这些日子在我觉得好像闹鬼一样，灶王爷的香炉里整夜的烧着香。母亲夜里起来，洗手洗脸，半夜她还去再烧一次。有的时候，她还小声一个人在说着话。我问她的时候，她就说吟的是《金刚经》。而那香火的气味满屋子都是。并且她和父亲吵架。父亲骂她“受穷等不到天亮”，母亲骂他“愚顽不灵”。因为买“羌贴”这件事情父亲始终是不成的。父亲说：

“皇党和穷党是俄国的事情，谁胜谁败我们怎能够知道！”而祖父就不那么说，他和老厨子一样：

“那穷党啊！那是个胡子头，马粪蛋不进粪缸，走到哪儿不也还是个臭？”

有一夜，那老厨子回来了，并没有打鞋底的水锥，也没有说话。母亲和他在厨房里都像被消灭一样，而后我以为我是听到哭声，赶快爬起来去看，并没有谁在哭，是老厨子的鼻头流着清水的缘故。他的灯笼并不放下，拖得很低，几乎灯笼底就落在地上，好像随时他都要走。母亲和逃跑似的跑到内房来，她就把脸伏在我的小枕头上，我的小枕头就被母亲占据了一夜。

第二天他们都说“穷党”上台了。

所以这次佩花大会，我无论做得怎样吃力，也觉得我是没有中心思想。“苏联”就是“苏联”，它怎么就不是“帝国主义”呢？同时在我宣传的时候，就感到种种的困难。困难也照样做了。比方我向着一个“苦力”狂追过去，我拦断了他的行路，我把花给他，他不要，只是把几个铜板托在手心上，说：“先生，这花像我们做苦力的戴不得，我们这穿着，就是戴上也不好看，还是给别人去戴吧！”

还有比这个现在想起来使我脸皮更发烧的事情：我募捐竟募到了一分邮票和一盒火柴。那小烟纸店的老板无论如何摆脱不了我的缠绕之后，竟把一盒火柴摔在柜台上。火柴在柜台上花喇喇地滚到我的旁边，我立刻替国家感到一种侮辱。并不把火柴收起来，照旧向他讲演，接着又捐给我一分邮票。我虽然像一个叫花子似的被人接待着，但在精神上我相信是绝对高的。火柴没有要，邮票到底收了。

我们的女校，到后来竟公开的领导我们，把一个苏联的也不知道是什么“子弟学校”给占过来，做我们的宿舍。那真阔气，和席子纹一样的拼花地板，玻璃窗子好像商店的窗子那么明朗。

在那时节我读着辛克莱的《屠场》，本来非常苦闷，于是对于这本小说用了一百二十分的热情读下去的。在那么明朗的玻璃窗下读。因为起早到学校去读，路上时常遇到戒严期的兵士们的审问和刺刀的闪光。结果恰恰相反，这本小说和中苏战争同时启发着我，是越启发越坏的。

正在那时候，就是佩花大会上我们同组那个大个的，鼻子有点发歪的男同学还给我来一封信，说我勇敢，说我可钦佩，这样的女子他从前没有见过。而后是要和我交朋友。那时候我想不出什么理由来，现在想：他和我原来是一样混蛋。

一九三七年十二月十三日

《大地的女儿》与《动乱时代》

对于流血这件事我是憎恶的，断腿、断臂，还有因为流血过多而患着贫血症的蜡黄的脸孔们。我一看到，我必要想：丑恶，丑恶，丑恶的人类！

史沫特烈的《大地的女儿》和丽洛琳克的《动乱时代》，当我读完第一本的时候，我就想把这本书作一个介绍。可总是没有作，怕是自己心里所想的意思，因为说不好，就说错了。这种念头当我读着《动乱时代》的时候又来了，但也未能作，因为正是上海抗战的开始。我虽住在租界上，但高射炮的红绿灯在空中游着，就像在我的房顶上那么接近，并且每天夜里我总见过几次，有时候推开窗子，有时候也就躺在床上看。那个时候就只能够看高射炮和读读书了，要想谈论，是不可能的，一切刊物都停刊了。单就说读书这一层，也是糊里糊涂的读，《西洋文学史话》，荷马的《奥德赛》也是在那个时候读的。《西洋文学史话》上说，什么人发明了造纸，这“纸”对人类文化，有着多大的好处，后又经过某人发明了印刷机，这印刷机又对人类有多大的好处，于是也很用心读，感到人类生活的足迹是多么广泛啊！于是看着书中的插图和发明家们的画像，并且很吃力的想要记住那画像下面的人名。结果是越想求学问，学问越不得。也许就是现在学生们所要求的战时教育罢！不过在那时，我可没想到当游击队员。只是刚一开火，飞机、大炮、伤兵、流血，因为从前实在没有见过，无论如何我是吃不消的。

《动乱时代》的一开头就是：行李、箱子、盆子、罐子、老头、小孩、妇女和别的应该随身的家具。恶劣的空气，必要的哭闹外加打骂。买三等票的能坐到头等二等的车厢，买头等二等票的在三等车厢里得到一个位置就觉得满足。未满八岁的女孩——丽洛琳克——依着她母亲的膝头站在车厢的走廊上，从东普鲁士逃到柏林去。因为那时候，我也正要离开上海，所以合上了书本想了一想，火车上是不是也就这个样子呢？这书的一开头与我的生活就这样接近。她写的是，1914年欧战一开始的情形，从逃难起，一直写下去，写到二十几岁。这位作者在书中常常提到她自己长得不漂亮。对这不漂亮，她随时感到一种怨恨自己的情绪。她有点蛮强，有点不讲理，她小的时候常常欺侮她的弟弟。弟弟的小糖人放在高处，大概是放在衣箱的一面并且弟弟每天登着板凳向后面看他的小糖人。可是丽洛琳克也到底偷着给他吃了一半，剩下那小糖人的上身仍旧好好地站在那里。对于她这种行为我总觉得有点不当。因为我的哲学是："不受人家欺侮就得啦，为什么还去欺侮人呢？"仔细想一想，有道理。一个人要想站在边沿上，要想站得牢是不可能的。一定这边倒倒，那边倒倒，若不倒到别人那边去，就得常常倒到自己这边来——也就是常常要受人家欺侮的意思。所以"不受人家欺侮就得啦"这哲学是行不通的（将来的社会不在此例）。丽洛琳克的力量就绝不是从我的那哲学培养出来的，所以她张开了手臂接受1914年开始的战争，她勇敢的呼吸着那么痛苦的空气。她的父亲，她的母亲都很爱她，但都一点也不了解她。她差不多经过了十年政党斗争的生活，可是终归离开了把她当作惟一安慰的母亲，并且离开了德国。

书的最末页我翻完了的时候，我把它放在膝盖上，用手压着，静静地听着窗外树上的蝉叫。"很可以"，"很可以"——我反复着这样的字句，感到了一种酸鼻的滋味。

史沫特烈我是见过的，是前年，在上海。她穿一件小皮上衣，有点胖，其实不是胖，只是很大的一个人，笑声很响亮，笑得过分的时候是会流着眼泪的。她是美国人。

男权中心社会下的女子，她从她父亲那里就见到了，那就是她的母亲。我恍恍惚惚的记得，她父亲赶着马车来了，带回一张花绸子。这张绸子指明是给她母亲做衣裳的，母亲接过来，因为没有说一声感谢的话，她父亲就指问着：“你永远不会说一声好听的话吗？”男权社会中的女子就是这样的。她哭了，眼泪就落在那张花绸子上。女子连一点点东西都不能白得，哪管就不是自己所要的也得牺牲好话或眼泪。男子们要这眼泪一点用处也没有，但他们是要的。而流泪是痛苦的，因为泪腺的刺激，眼珠发胀，眼睑发酸发辣，可是非牺牲不可。

《大地的女儿》的全书是晴朗的，艺术的，有的地方会使人发抖那么真切。

前天是个愉快的早晨，我起得很早，生起火炉，室内的温度是摄氏表十五度，杯子是温暖的，桌面也是温暖的，凡是我的手所接触到的都是温暖的，虽然外边落着雨。间或落着雪花。昨天为着介绍这两本书而起的嘲笑的故事，我都要一笔一笔地记下来。当我借来了这两本书（要想重新翻一翻）被他们看见了。用那么苗细的手指彼此传过去，而后又怎样把它放在地板上：

“这就是你们女人的书吗？看一看！它在什么地方！”话也许不是这样说的，但就是这个意思。因为他们一边说着一边笑着，并且还唱着古乐谱：

“工车工车上……六工尺……”这唱古乐谱的手中还拿着中国毛笔杆，他脸用一本书遮上了上半段。他越反复越快，简直连成串了。

嗯！等他听到说道《大地的女儿》写得好，转了风头了。

他立刻停止了唱“工尺”，立刻笑着，叫着，并且用脚跺着地板，好像这样的喜事从前没有被他遇见过：“是呵！不好，不好……”

另一个也发狂啦！他的很细的指尖在指点着书封面：“这就是吗？《动乱时代》……这位女作家就是两匹马吗？”当然是笑得不亦乐乎：“《大地的女儿》就这样，不穿衣裳，看唉！看唉！”

这样新的刺激我也受不住了，我的胸骨笑得发痛。《大地的女儿》的封面画一个裸体的女子。她的周围：一条红，一条黄，一条黑，大概那表现的是地面的气圈，她就在这气圈里边像是飞着。

这故事虽然想一想，但并没有记一笔，我就出去了，打算到菜市去买一点菜回来。回来的时候在一家门楼下面，我看见了一堆草在动着。因为是小巷，行人非常稀少，我忽然有一种害怕的感觉。这是人吗？人会在这个地方吗？坐起来了，是个老头，一件棉袄是披着，赤裸的胸口跳动在草堆外面。

我把菜放在家里，拿了钱又转回来的时候，他的胸膛还跳动在草堆的外面。

“你接着啊！我给你东西。”

稀疏的落着雪花的小巷里，我的雨伞上同时也有雨点在啪啪的跳着。

“给你，给你东西呀！”

这个我听到他说了：

“我是瞎子。”

“你伸出手来！”

他周遭的碎草苏嘎的响着，是一只黄色的好像生了锈的黄铜的手和小爪子似的向前翻着。我跑上台阶去，于是那老头的手心上印着一个圆圆的闪亮的和银片似的小东西。

我憎恶打仗，我憎恶断腿、断臂。等我看到了人和猪似的睡在墙根上，我就什么都不憎恶了，打吧！流血吧！不然，这样猪似的，不是活遭罪吗？

有几位女同学到我家里过，在这抗战时期她们都感苦闷。到前方去工作呢？而又哪里收留她们工作呢？这种苦闷会引起一时的觉醒来。不是这觉醒不好，一时的也是好的，但我觉得应该更长一点。比方那老头明明是人不是猪，而睡在墙根上，这该作何讲解呢？比方女人明明也是人，为什么当她得到一块衣料的时候，也要哭泣一场呢？理解是应该理解的，做不到不要紧，准备是必需的。所以我对她们说：“应该多读书。”尤其是这两本书，非读不可。我也体验得到她们那种心情，急于要找实际的工作，她们的心已经悬了起来。不然是落不下来的，就像小麻雀已经长好了翅子，脚是不会沾地的。

这种苦闷是热烈的，应该同情的。但是长久了是不行的，抗战没有到来的时候，脑子里头是个白丸，抗战到来了脑子里是个苦闷，抗战过去了，脑子里又是个白丸。这是不行的，抗战是要建设新中国，而不是中国塌台。

又想起来了：我敢相信，那天晚上的嘲笑决不是真的，因为他们是知识分子，并且是维新的而不是复古的。那么说，这些话也只不过是玩玩，根据年轻好动的心理，大家说说笑笑，但为什么常常要取着女子做题材呢？

读读这两本书就知道一点了。

不是我把女子看得过于了不起，不是我把女子看得过于卑下；只是在现社会中，以女子出现造成这种斗争的记录，在我觉得她们是勇敢的，是最强的，把一切都变成了痛苦出卖而后得来的。

一九三八年一月三日　武昌

无　题

早晨一起来我就晓得我是住在湖边上了。

我对于这在雨天里的湖的感觉，虽然生疏，但并不像南方的朋友们到了北方，对于北方的风沙的迷漫，空气的干燥，大地的旷荡所起的那么不可动摇的厌恶和恐惧。由之于厌恶和恐惧，他们对于北方反而讴歌起来了。

沙土迷了他们的眼睛的时候，他们说："伟大的风沙啊！"黄河地带的土层遮漫了他们的视野的时候，他们说那是无边的使他们不能相信那也是大地。迎着风走去，大风塞住他们的呼吸的时候，他们说："这……这……这……"他们说不出来了，北方对于他们的讴歌也伟大到不能够容许了。

但，风一停住，他们的眼睛能够睁开的时候，他们仍旧是看，而嘴也就仍旧是说。

有一次我忽然感到是被侮辱着了，那位一路上对大风讴歌的朋友，一边擦着被风沙伤痛了的眼睛一边问着我：

"你们家乡那边就终年这样？"

"那里！那里！我们那边冬天是白雪，夏天是云、雨、蓝天和绿树……只是春天有几次大风，因为大风是季节的症候，所以人们也爱它。"是往山西去的路上，我就指着火车外边所有的黄土层："在我们家乡那边都是平原，夏天是青的，冬天是白的，春天大地被太阳蒸发着，好像冒烟一样从冬天活过来了，而秋天收割。”

而我看他似乎不很注意听的样子。

“东北还有不被采伐的煤矿，还有大森林……所以日本人……”

“唔！唔！”他完全没有注意听，他的拜佩完全是对着风沙和黄土。

我想这对于北方的讴歌就像对于原始的大兽的讴歌一样。

在西安和八路军残废兵是同院住着，所以朝夕所看到的都是他们。有一天我看到一个残废的女兵，我就向别人问：“也是战斗员吗？”

那回答我的人也非常含混，他说也许是战斗员，也许是女救护员，也说不定。

等我再看那腋下支着两根木棍，同时摆荡着一只空裤管的女人的时候，但是看不见了，她被一堵墙遮没住，留给我的只是那两根使她每走一步，那两肩不得安宁的新从木匠手里制作出来的白白木棍。

我面向着日本帝国主义，我要讴歌了！就像南方的朋友们去到了北方，对于那终年走在风沙里的瘦驴子，由于同情而要讴歌她了。

但这只是一刻的心情，对于蛮的东西所遗留下来的痕迹，憎恶在我是会破坏了我的艺术的心意的。

那女兵将来也要做母亲的，孩子若问她：“妈妈为什么你少了一条腿呢？”

妈妈回答是日本帝国主义给切断的。

成为一个母亲，当孩子指问到她的残缺点的时候，无论这残缺是光荣过，还是耻辱过，对于做母亲的都一齐会成为灼伤的。

被合理所影响的事物，人们认为是没有力量的——弱的——或者也就被说成生命力已经被损害了的——所谓生命力不强的——比方屠介涅夫[1]在作家里面，人们一提到他：好是好的，但，但……但怎么样呢？我就看到过很多对屠介涅夫摇头的人，这摇头是为什么呢？不能无所因。久了，同时也因为我对摇头的人过于

1　现多译为屠格涅夫。

琢磨的缘故，默默之中感到了，并且在我的灵感达到最高潮的时候，也就无恐惧起来，我就替摇头者们嚷着说：“他的生命力不强！”

屠介涅夫是合理的，幽美的，宁静的，正路的，他是从灵魂而后走到本能的作家。和他走同一道路的，还有法国的罗曼·罗兰。

别的作家们他们则不同，他们暴乱、邪狂、破碎，他们是先从本能出发——或者一切从本能出发——而后走到灵魂。有慢慢走到灵魂的，也有永久走不到灵魂的，那永久走不到灵魂的，他就永久站在他的本能上喊着：“我的生命力强啊！我的生命力强啊！”

但不要听错了，这可并不是他自己对自己的惋惜，一方面是在骄傲着生命力弱的，另一面是在招呼那些尚在向灵魂出发的在半途上感到吃力，正停在树下冒汗的朋友们。

听他这一招呼，可见生命力强的也是孤独的。于是我这佩服之感也就不完整了。

偏偏给我看到的生命力顶强的是日本帝国主义。人家都说日本帝国主义野蛮，是兽类，是爬虫类，是没有血液的东西。完全荒毛的呀！

所以这南方上的风景，看起来是比北方的风沙愉快的。

同时那位南方的朋友对于北方的讴歌，我也并不是讽刺他。去把捉完全隔离的东西，不管谁，大概都被吓住的。我对于南方的鉴赏，因为我已经住了几年的缘故，初来到南方也是不可能。

一九三八年五月十五日

记鹿地夫妇

池田在开仗的前夜，带着一匹小猫仔来到我家的门口，因为是夜静的时候，那鞋底拍着楼廊的声音非常响亮。

“谁呀！”

这声音并没有回答，我就看到是日本朋友池田，她的眼睛好像被水洗过的玻璃似的那么闪耀。

“她怎么这时候来的呢，她从北四川路来的……”这话在我的思想里边绕了一周。

“请进来呀！”

一时看不到她的全身，因为她只把门开了一个小缝。

“日本和中国要打仗。”

“什么时候？”

“今天夜里四点钟。”

“真的吗？”

“一定的。”

我看一看表，现在是十一点钟。“一、二、三、四、五——”我说还有五个钟头。

那夜我们又讲了些别的就睡了。军睡在外室的小床上，我和池田就睡在内室的大床上，这一夜没有睡好，好像很热，小猫仔又那么叫，从床上跳到地上，从地上又跳到椅子上，而后再去撕着窗帘。快到四点钟的时候，我好像听到了两下枪响。

“池田，是枪声吧！”

“大慨是。”

“你想鹿地怎么样，若真的今开仗，明天他能跑出来不能？”

“大概能，那就不知道啦！”

夜里开枪并不是事实。第二天我们吃完饭，三个人坐在地板的凉席上乘凉。这时候鹿地来了，穿一条黄色的短裤，白衬衫，黑色的卷卷头发，日本式的走法。走到席子旁边，很习惯的就脱掉鞋子坐在席子上。看起来他很快活，日本话也说，中国字也有。他赶快地吸纸烟，池田给他作翻译。他一着急就又加几个中国字在里面。转过脸来向我们说：

“是的，叭叭开枪啦……”

“是什么地方开的？”我问他。

“在陆战队……边上。”

“你看见了吗？”

“看见的……”

他说话十分喜欢用手势：“我，我，我看见啦……完全死啦！”而后他用手巾揩着汗。但是他非常快活，笑着，全身在轻松里边打着转。我看他像洗过羽毛的雀子似的振奋，因为他的眼光和嘴唇都像讲着与他不相干的，同时非常感到兴味的人一样。

夜晚快要到来，第一发的炮声过去了。而我们四个人——池田、鹿地、萧军和我——正在吃晚饭，池田的大眼睛对着我，萧军的耳向旁边歪着，我则感到心脏似乎在移动。但是我们合起声音来：

“哼！”彼此点了点头。

鹿地有点像西洋人的嘴唇，扣得很紧。

第二发炮弹发过去了。

池田仍旧用日本女人的跪法跪在席子上，我们大概是用一种假象把自己平定下来，所以仍旧吃着饭。鹿地的脸色自然变得很不好看了。若是我，我一定想到这炮声就使我脱离了祖国。但是他的感情一会就恢复了。他说：

“日本这回坏啦，一定坏啦……”这话的意思是日本要打败的，日本的老百姓要倒霉的，他把这战争并不看得怎样可怕，他说日本军阀早一天破坏早一天好。

第二天他们到S家去住的。我们这里不大方便；邻居都知道他们是日本人，还有一个白俄在法国捕房当巡捕。街上打间谍，日本警察到他们从前住过的地方找过他们。在两国夹攻之下，他们开始被陷进去。

第二天我们到S家去看他们的时候，他们住在三层楼上，尤其是鹿地很开心，俨俨乎和主人一样。两张大写字台靠着窗子，写字台这边坐着一个，那边坐着一个，嘴上都叼着香烟，白金龙香烟四五罐，堆成个小塔形在桌子头上。他请我吃烟的时候，我看到他已经开始工作。很讲究的黑封面的大本子摊开在他的面前，他说他写日记了，当然他写的是日文，我看了一下也看不懂。一抬头看到池田在那边也张开了一个大本子。我想这真不得了，这种克制自己的力量，中国人很少能够做到。无论怎样说，这战争对于他们比对于我们，总是更痛苦的。又过了两天，大概他们已经写了一些日记了。他们开始劝我们，为什么不参加团体工作呢？鹿地说：

“你们不认识救亡团体吗？我给介绍！”这样好的中国话是池田给修改的。

“应该工作了，要快工作，快工作，日本军阀快完啦……”

他们说现在写文章，以后翻成别国文字，有机会他们要到各国去宣传。

我看他们好像变成了中国人一样。

三二日之后去看他们，他们没有了。说他们昨天下午一起出去就没有回来。临走时说吃饭不要等他们，至于哪里去了呢？S说她也不知道。又过了几天，又问了好几次，仍旧不知道他们在哪里。

或者被日本警察捉去啦，送回国去啦！或者住在更安全的地方，大概不能有危险吧！

一个月以后的事：我拿刀子在桌子上切葱花，准备午饭，这时候，有人打门，走进来的人是认识的，可是他一向没有来过，这次的来不知有什么事。但很快就得到结果了：鹿地昨夜又来到S家。听到他们并没有出危险，很高兴。但他接着再说下去就是痛苦的了。他们躲在别人家里躲了一个月，那家非赶他们离开不可，因为住日本人，怕当汉奸看待。S家很不便，当时S做救亡工作，怕是日本探子注意到。

“那么住到哪里去呢？”我问。

“就是这个问题呀！他们要求你去送一封信，我来就是找你去送信，你立刻到S家去。”

我送信的地方是个德国医生，池田一个月前在那里治过病，当上海战事开始的时候，医生太太向池田说过：假若在别的地方住不方便，可以搬到她家去暂住。有一次我陪池田去看医生，池田问他：

“你喜欢希特勒吗？”

医生说：“唔……不喜欢。”并且说他不能够回德国。

根据这点，池田以为医生是很好的人，同时又受希特勒的压迫。

我送完了信，又回到S家去，我上楼说：

“可以啦，大概是可以。”

回信，我并没拆开读，因为我的英文不好。他们两个从地板上坐起来。打开这信：

“随时可来，我等候着……”池田说信上写着这样的话。

“我说对么！那医生当我临走的时候还说，把手伸给他，我知道他就了解了。”

这回鹿地并不怎样神气了，说话不敢大声，不敢站起来走动。晚饭就坐在地板的席子上吃的，台灯放在地上，灯头被蒙了一块黑纱布，就在这微黑的带着神秘的三层楼上，我也和他们一起吃的饭。我端碗来，再三的不能把饭咽下去，我看一看池田发亮的眼睛，好像她对她自己未知的命运还不如我对他们那样关心。

“吃鱼呀！”我记不得是他们谁把一段鱼尾摆在我的碗上来。

当着一个人，在他去试验他出险的道路前一刻，或者就正在出险之中，为什么还能够这样安宁呢！我实在对这晚餐不能够多吃。我为着我自己，我几次说着多余的闲间话：

“我们好像山寨们在树林里吃饭一样……”按着我还是说：“不是吗？看像不像？”

回答这话的没有人，我抬头看一看四壁，这是一间藏书房，四壁黑沉沉的站着书箱或书柜。

八点钟刚过，我就想去叫汽车，他们说，等一等，稍微晚一点更好。鹿地开始穿西装，白裤子，黑上衣，这是一个西洋朋友给他的旧衣裳（他自己的衣裳从北四路逃出来时丢掉了）。多么可笑啊！又像贾伯林又像日本人。

“这个不要紧！”指着他已经蔓延起来的胡子对我说：“像日本人不像？”

“不像。”但明明是像。

等汽车来了时，我告诉他：

“你绝对不能说话，中国话也不要说，不开口最好，若忘记了说出日本字来那是危险的。”

报纸上登载过法租界和英租界交界的地方，常常有小汽车被验查。假若没有人陪着他们，他们两个差不多就和哑子一样了。鹿地干脆就不能开口。至于池田一听就知道说的是日本的中国话。

那天晚上下着一点小雨，记得大概我是坐在他们两个人之间，有两小箱笼颠动在我们膝盖的前边。爱多亚路被指路灯所照，好像一条虹彩似的展开在我们的面前，柏油路被车轮所擦过的纹痕，在路警指管着的红绿灯下，变成一条红的，而后又变成一条绿的，我们都把眼睛看着这动乱交错的前方。同时司机人前面那块玻璃上有一根小棍来回地扫着那块扇形的地盘。

车子到了同孚路口了，我告诉车子左转，而后靠到马路的右边。

这座大楼本来是有电梯的，因为司机人不在，等不及了，就从扶梯跑上去。我们三个人都提着东西，而又都跑得快，好像这一路没有出险，多半是因为这最末的一跑才做到的。

医生在小客厅里接待着鹿地夫妇：

“弄错了啦，嗯！”

我所听到的，这是什么话呢？我看看鹿地，我看看池田，再看看胖医生。

“医生弄错啦，他以为是要来看病的人，所以随时可来。”

“那么房子呢？”

“房子他没有。”池田摆一摆手。

我想这回可成问题了，我知道S家绝对不能再回去。找房子立刻是可能的吗？而后我说到我家去可以吗？

池田说：“你们家那白俄呀！”

医生还不错，穿了雨衣去替他们找房子去了。在这中间，非常恐慌。他说房子就在旁边，可是他去了好多时候没有回来。

“箱子里边有写的文章啊！老医生不是去通知捕房？”池田的眼睛好像枭鸟的眼睛那么大。

过了半点钟的样子，医生回来了，医生又把我们送到那新房子。

走进去一看，就像个旅馆，茶房非常多，说中国话的，说法国话的，说俄国话的，说英国话的。

刚一开战，鹿地就说过要到国际上去宣传，我看那时候，他可差不多去到国际上了。

这地方危险是危险的，怎么办呢？只得住下了。

中国茶房问：“先生住几天呢？”

我说住一两天，但是鹿地说：“不！不！”只说了半截就回去了，大概是日本话又来到嘴边上。

池田有时说中国话，有时说英国话，茶房来了一个，去了，又来了一个。

鹿地静静地站在一边。

大床、大桌子、大沙发，棚顶垂着沉重的带着锁的大灯头。并且还有一个外室，好像阳台一样。

茶房都去了，鹿地仍旧站着，地心有一块花地毯，他就站在地毯的边上。

我告诉他不要说日本话，因为隔壁的房子说不定住的是中国人。

“好好的休息吧！把被子摊在床上，衣箱就不要动了，三两天就要搬的。我把这情况通知别的朋友……”往下我还有话要说，中国茶房进来了，手里端着一个大白铜盘子，上面站着两个汽水瓶。我想这个五块钱一天的旅馆还给汽水喝！问那茶房，那茶房说是白开水，这开水怎样卫生，怎样经过过滤，怎样多喝了不会生病。正在这时候，他却来讲卫生了。

向中国政府办理证明书的人说，再有三五天大概就替他们领到，可是到第七天还没有消息。他们在那房子里边，简直和小鼠似的，地板或什么东西有时格格地作响，至于讲话的声音，外边绝对听不到。

每次我去的时候，鹿地好像还是照旧的样子，不然就是变了点，也究竟没变了多少，喜欢讲笑话。不知怎么想起来的，他又说他怕女人：

“女人我害怕，别的我不怕……女人我最怕。”

“帝国主义你不怕？”我说。

“我不怕，我打死他。”

“日本警察捉你也不怕？”我和池田是站在一面的。

池田听了也笑，我也笑，池田在这几天的不安中也破例了。

“那么你就不用这里逃到那里，让日本警察捉去好啦！其实不对的，你还是最怕日本警察。我看女人并不绝顶的厉害，还是日本警察绝顶的厉害。”

我们都笑了，但是都没有高声。

最显现在我面前的是他们两个有点憔悴的颜面。

有一天下午，我陪着他们谈了两个多钟头，对于这一点点时间，他们是怎样的感激呀！我临走时说：

“明天有工夫，我早点来看你们，或者是上午。”

尤其是池田立刻说谢谢，并且立刻和我握握手。

第二天我又来迟了，池田不在房里。鹿地一看到我，就从桌上摸到一块白纸条。他摇一摇手而后他在纸条上写着：

今天下午有巡捕在门外偷听了，一下午英国巡捕（即印度巡捕）、中国巡捕，从一点钟起停到五点钟才走。

但最感动我的是他在纸条上出现着这样的字：——今天我决心被捕。

“这被捕不被捕，怎能是你决心不决心的呢？”这话我不能对他说，因为我知道他用的是日本文法。

我又问他打算怎样呢？他说没有办法，池田去到S家里。

那个时候经济也没有了，证明书还没有消息。租界上日本有追捕日本人或韩国人的自由。想要脱离租界，而又一步不能脱离。到中国地去，要被中国人误认作间谍。

他们的生命，就像系在一根线上脆弱。

那天晚上，我把他们的日记、文章和诗，包集起来带着离开他们。我说：

“假使日本人把你们捉回去，说你们帮助中国，总是没有证据的呀！”

我想我还是赶快走的好，把这些致命的东西快些带开。

临走时我和他握握手，我说不怕。至于怕不怕，下一秒钟谁都没有把握。但我是说了，就像说给站在狼洞里边的孩子一样。

以后再去看他们，他们就搬了，我们也就离开上海。

一九三八年二月廿日　临汾

我之读世界语

我一见到懂世界语的朋友们，我总向他们发出几个难题，而这几个难题又总是同样的。

当我第一次走进上海世界语协会的时候，我的希望很高。我打算在一年之内，我要翻译关于文学的书籍，在半年之内我能够读报纸。偏偏第一课没有上，只是教世界语的那位先生把世界语讲解了一番。听他这一讲我更胆壮了。他说每一个名词的尾音是“o”，每一个形容词的尾音是“a”……还有动词的尾音是什么，还有每一个单字的重音在最末的第二个母音上。而后读一读字母就下课了。

我想照他这样说还用得着半年吗？三个月我就要看短篇小说的。

那天我就在世界语协会买了一本《小彼得》出来，而别人有用世界语说着“再见！”我一听也就会了，真是没有什么难。第二天我也就用世界语说着“再见！”

现在算起，这“再见”已经说了三四年了，奇怪的是并没有比“再见”更会说一句完整的话。这次在青年会开纪念柴门史诞辰八十周年纪念的时候，钟宪民先生给每个人带来一本《东方呼声》，若不是旁边注着中国字，我哪里看得懂这刊物叫什么名字呢？但是按照着世界语的名字读出来我竟不能够，可见我连字母都忘了。

我为什么没有接着学呢？说起来可笑得很，就因为每一个名词的字尾都是

"o"，形容词的字尾都是"a"，一句话里总有几个"o"和"a"的若连着说起来，就只听得"oo""aa"，因为一ooaa就不好听，一不好听，我就不学了。

起初这理由我还不敢公开提出来，怕人家笑。但凡是下雨天我就不去世界语协会，后来连刮风我也不去，再后来就根本不去。那本《小彼得》总算勉勉强强读完了，一读完它就安安然然的不知睡到什么地方去了。

我一见到懂世界语的朋友们所提出来的难题，就是关于这"ooaa"，这理由怎么能够成立呢？完全是一种怕困难的假词。

世界语虽然容易，但也不能够容易得一读就可以会的呀！大家都说：为什么学世界语的人不少而能够读书能讲话的却不多呢？就是把它看得太容易的缘故。

初学的世界语者们！要把它看得稍微难一点。

放火者

从五月一号那天起，重庆就动了，在这个月份里，我们要纪念好几个日子，所以街上有多少人在游行，他们还准备着在夜里火炬游行。街上的人带着民族的信心，排成大队行列沉静地走着。

五三的中午日本飞机二十六架飞到重庆的上空，在人口最稠密的街道上投下燃烧弹和炸弹，那一天就有三条街起了带着硫磺气的火焰。

五四的那天，日本飞机又带了多量的炸弹，投到他们上次没有完全毁掉的街上和上次没可能毁掉的街道上。

大火的十天以后，那些断墙之下，瓦砾堆中仍冒着烟。人们走在街上用手帕掩着鼻子或者挂着口罩，因为有一种奇怪的气味满街散布着。那怪味并不十分浓厚，但随时都觉得吸得到。似乎每人都用过于细微的嗅觉存心嗅到那说不出的气味似的，就在十天以后发掘的人们，还在深厚的灰烬里寻出尸体来。断墙笔直的站着，在一群瓦砾当中，只有它那么高而又那么完整。设法拆掉它，拉倒它，但它站得非常坚强。段牌坊就站着这断墙，很远就可以听到几十人在喊着，好像拉着帆船的纤绳，又像抬着重物。

“唉呀……喔呵……唉呀……喔呵……”

走近了看到那里站着一队兵士，穿着绿色的衣裳，腰间挂着他们喝水的瓷杯，他们像出发到前线上去差不多。但他们手里挽着绳子的另一端系在离他们很远的单独的五六丈高站着一动也不动的那断墙上。他们喊着口号一起拉它不倒，连歪斜也不歪斜，它坚强地站着。步行的人停下了，车子走慢了，走过去的人回头了，用一种坚强的眼光，人们看住了它。

被那声音招引着，我也回过头去看它，可是它不倒，连动也不动。我就看到了这大瓦场的近边，那高坡上仍旧站着被烤干了的小树。有谁能够认得出那是什么树，完全脱掉了叶子，并且变了颜色，好像是用赭色的石头雕成的。靠着小树那一排房子窗上的玻璃掉了，只有三五块碎片，在夕阳中闪着金光。走廊的门开着，一切可以看得到，门帘扯掉了，墙上的镜框在斜垂着。显然在不久之前，他们是在这儿好好地生活着，那墙壁日历上还露着四号的“四”字。

街道是哑默的，一切店铺关了门，在黑大的门扇上贴着白帖或红帖，上面坐着一个苍白着脸色的恐吓的人，用水盆子在洗刷着弄脏了的胶皮鞋、汗背心……毛巾之类，这东西是从火中抢救出来的。

被炸过了的街道，飞尘卷着白沫扫着稀少的行人，行人挂着口罩，或用帕子掩着鼻子。街是哑然的，许多人生存的街毁掉了，生活秩序被破坏了，饭馆关起了门。

大瓦砾场一个接着一个，前边是一群人在拉着断墙，这使人一看上去就要低了头。无论你心胸怎样宽大，但你的心不能不跳，因为那摆在你面前的是荒凉的，是横遭不测的，千百个母亲和小孩子是吼叫着的，哭号着的，他们嫩弱的生命在火里边挣扎着，生命和火在斗争。但最后生命给谋杀了。那曾经狂喊过的母亲的嘴，曾经乱舞过的父亲的胳膊，曾经发疯对着火的祖母的眼睛，曾经依然偎在妈妈怀里吃乳的婴儿，这些最后都被火给杀死了。孩子和母亲，祖父和孙儿，猫和狗，都同他们凉台上的花盆一道倒在火里了。这倒下来的全家，他们没有一个是战斗员。

白洋铁壶成串地仍在那烧了一半的房子里挂着，显然是一家洋铁制器店被毁了。洋铁店的后边，单独一座三楼三底的房子站着，它两边都倒下去了，只有它还歪歪趔趔的支持着，楼梯分做好几段自己躺下去了，横睡在楼脚上。窗子整张的没有了，门扇也看不见了，墙壁穿着大洞，像被打破了腹部的人那样可怕的奇怪的站着。但那摆在二楼的木床，仍旧摆着，白色的床单还随着风飘着那只巾角，就在这二十个方丈大的火场上同时也有绳子在拉着一道断墙。

就在这火场的气味还没有停息，瓦砾还会烫手的时候，坐着飞机放火的日本人又要来了，这一天是五月十二号。

警报的笛子到处叫起，不论大街或深巷，不论听得到的听不到的，不论加以防备的或是没有知觉的都卷在这声浪里了。

那拉不倒的断墙也放手了，前一刻在街上走着的那一些行人，现在狂乱了，发疯了，开始跑了，开始喘着，还有拉着孩子的，还有拉着女人的，还有脸色变白的。街上像来了狂风一样，尘土都被这惊慌的人群带着声响卷起来了，沿街响着关窗和锁门的声音，街上什么也看不到，只看到跑。我想疯狂的日本法西斯刽子手们若看见这一刻的时候，他们一定会满足的吧，他们是何等可以骄傲呵，他们可以看见……

十几分钟之后，都安定下来了，该进防空洞的进去了，躲在墙根下的躲稳了。第二次警报（紧急警报）发了。

听得到一点声音，而越听越大。我就坐在公园石阶铁狮子附近，这铁狮子旁边坐着好几个老头，大概他们没有气力挤进防空洞去，而又跑也跑不远的缘故。

飞机的响声大起来，就有一个老头招呼着我：

“这边……到铁狮子下边来……”这话他并没有说，我想他是这个意思，因为他向我招手。

为了呼应他的亲切我去了，蹲在他的旁边。后边高坡上的树，那树叶遮着头顶的天空，致使想看飞机不大方便，但在树叶的空间看到飞机了，六架，六架。飞来飞去的总是六架，不知道为什么高射炮也未发，也不投弹。

穿蓝布衣裳的老头问我：“看见了吗？几架？”

我说：“六架。”

“向我们这边飞……”

“不，离我们很远。”

我说瞎话，我知道他很害怕，因为他刚说过了：“我们坐在这儿的都是善人，看面色没有做过恶事，我们良心都是正的……死不了的。”

大批的飞机在头上飞过了，那里三架三架的集着小堆，这些小堆在空中横排着，飞得不算顶高，一共四十几架。高射炮一串一串的发着，红色和黄色的火球像一条长绳似的扯在公园的上空。

那老头向着另外的人而又向着我说：

“看面色，我们都是没有做过恶的人，不带恶相，我们不会死……”

说着他就伏在地上了，他看不见飞机，他说他老了。大概他只能看见高射炮的连串的火球。

飞机像是低飞了似的，那声音沉重了，压下来了。守卫的宪兵喊了一声口令：“卧倒。”他自己也就挂着枪伏在水池子旁边了。四边的火光蹿起来，有沉重的爆击声，人们看见半天是红光。

公园在这一天并没有落弹。在两个钟头之后，我们离开公园的铁狮子，那个老头悲惨的向我点头，而且和我说了很多话。

下一次，五月二十五号那天，中央公园便炸了。水池子旁边连铁狮子都被炸碎了。在弹花飞溅时，那是混合着人的肢体，人的血，人的脑浆。这小小的公园，死了多少人？我不愿说出它的数目来，但我必须说出它的数目来：死伤×××人，而重庆在这一天，有多少人从此不会听见解除警报的声音了……

长安寺

接引殿里的佛前灯一排一排的，每个顶着一颗小灯花燃在案子上。敲钟的声音一到接近黄昏的时候就稀少下来，并且渐渐地简直一声不响了。因为烧香拜佛的人都回家去吃着晚饭。

大雄宝殿里，也同样哑默默地，每个塑像都站在自己的地盘上忧郁起来，因为黑暗开始挂在他们的脸上。长眉大仙，伏虎大仙，赤脚大仙，达摩，他们分不出哪个是牵着虎的，哪个是赤着脚的。他们通通安安静静地同叫着别的名字的许多塑像分站在大雄宝殿的两壁。

只有大肚弥勒佛还在笑眯眯的看着打扫殿堂的人，因为打扫殿堂的人把小灯放在弥勒佛脚前的缘故。

厚沉沉的圆圆的蒲团，被打扫殿堂的人一个一个地拾起来，高高地把它们靠着墙堆了起来。香火着在释迦牟尼的脚前，就要熄灭的样子，昏昏暗暗地，若不去寻找，简直看不见了似的，只不过香火的气息缭绕在灰暗的微光里。

接引殿前，石桥下边池里的小龟，不再像日里那样把头探在水面上。用胡芝麻磨着香油的小石磨也停止了转动。磨香油的人也在收拾着家具。庙前喝茶的都戴起了帽子，打算回家去。冲茶的红脸的那个老头，在小桌上自己吃着一碗素面，大概那就是他的晚餐了。

过年的时候，这庙就更温暖而热气腾腾的了，烧香拜佛的人东看看，西望望。用着他们特有的幽闲，摸一摸石桥的栏杆的花纹，而后研究着想多发现几个桥下的乌龟。有一个老太婆背着一个黄口袋，在右边的胯骨上，那口袋上写着“进香”两个黑字，她已经跨出了当门的殿堂的后门，她又急急忙忙地从那后门转回去。我很奇怪地看着她，以为她掉了东西。大家想想看吧！她一翻身就跪下，迎着殿堂的后门向前磕了一个头。看她的年岁，有六十多岁，但那磕头的动作，来得非常灵活，我看她走在石桥上也照样的精神而庄严。为着过年才做起来的新缎子帽，闪亮的向着接引殿去朝拜了。佛前钟在一个老和尚手里拿着的钟锤下当当地响了三声，那老太婆就跪在蒲团上安详地磕了三个头。这次磕头却并不像方才在前面殿堂的后门磕得那样热情而慌张。我想了半天才明白，方才，就是前一刻，一定是她觉得自己太疏忽了，怕是那尊面向着后门口的佛见她怪，而急急忙忙地请他恕罪的意思。

卖花生糖的肩上挂着一个小箱子，里边装了三四样糖，花生糖，炒米糖，还有胡桃糖。卖瓜子的提着一个长条的小竹篮，篮子的一头是白瓜籽，一头是盐花生。而这里不大流行难民卖的一包一包的“瓜籽大工”。青茶，素面，不加装饰的，一个铜板随手抓过一撮来就放在嘴上磕的白瓜籽，就已经十足了。所以这庙里吃茶的人，都觉得别有风味。

耳朵听的是梵钟和诵经的声音；眼睛看的是些悠闲而且自得的游庙或烧香的人；鼻子所闻到的，不用说是檀香和别的香料的气息。所以这种吃茶的地方确实使人喜欢，又可以吃茶，又可以观风景看游人。比起重庆的所有的吃茶店来都好。尤其是那冲茶的红脸的老头，他总是高高兴兴的，走路时喜欢把身子向两边摆着，好像他故意把重心一会放在左腿上，一会放在右腿上。每当他掀起茶盅的盖子时，他的话就来了，一串一串的，他说：我们这四川没有啥好的，若不是打日本，先生们请也请不到这地方。他再说下去，就不懂了，他谈的和诗句一样。这时候他要冲在茶盅开水从壶嘴如同一条水落进茶盅来。他拿起盖子来把茶盅扣住了，那里边上下游着的小鱼似的茶叶也被盖子扣住了，反正这地方是安静得可喜的，一切都是太平无事。

××坊的水龙就在石桥的旁边和佛堂斜对着面。里边放置着什么，我没有机会去看，但有一次重庆的防空演习我是看过的，用人推着哇哇的山响的水龙，一个水龙大概可装两桶水的样子，可是非常沉重，四五个人连推带挽。若着起火来，我看那水龙到不了火已经落了。那仿佛就写着什么××坊一类的字样。惟有这些东西，在庙里算是一个不调和的设备，而且也破坏了安静和统一。庙的墙壁上，不是大大的写着“观世音菩萨”吗？庄严静妙，这是一块没有受到外面侵扰的重庆的惟一的地方。他说，一花一世界，这是一个小世界，应作如是观。

但我突然神经过敏起来——可能有一天这上面会落下了敌人的一颗炸弹。而可能的那两条水龙也救不了这场大火。那时，那些喝茶的将没有着落了，假如他们不愿意茶摊埋在瓦砾场上。

我顿然地感到悲哀。

1939年4月　歌乐山

茶食店

黄桷树镇上开了两家茶食店，一家先开的，另一家稍稍晚了两天。第一家的买卖不怎样好，因为那吃饭用的刀叉虽然还是闪光闪亮的外来品，但是别的玩意不怎样全，就是说比方装胡椒粉那种小瓷狗之类都没有，酱油瓶是到临用的时候，从这张桌又拿到那张桌的乱拿。墙上什么画也没有，只有一张好似从糖盒子上掀下来的花纸似的那么一张外国美人图，有一尺长不到半尺宽那么大，就用一个图钉钉在墙上的，其余这屋里的装饰还有一棵大芭蕉。

这芭蕉第一天是绿的，第二天是黄的，第三天就腐烂了。

吃饭的人，第一天彼此说“还不错”，第二天就说苍蝇太多了一点，又过了一两天，人们就对着那白盘子里炸着的两块茄子，翻来覆去的看，用刀尖割一下，用叉子去叉一下。

“这是什么东西呢，两块茄子，两块洋山芋，这也算是一个菜吗？就这玩意也要四角五分钱？真是天晓得。”

这西餐馆只开了三五日，镇上的人都感到不大满意了。

第二家一开，那些镇上的从城里躲轰炸而来住在此地的人和一些设在这镇上学校或别的办公厅的一些职员，当天的晚饭就在这里吃的。

盘子、碗、桌布、茶杯、糖罐、酱醋瓶，连装烟灰的瓷碟，都聚了三四个人在那里抢着看，……这家与那家的确不同，是里外两间屋，厨房在什么地方，使人看不见，煎菜的油烟也闻不到，墙上挂着两张画像是老板自己画的，看起来老板颇懂艺术……并且刚一开业，就开了留声机，这留声机已经好几个月没有听过了。从五四轰炸起，人们来到了这镇上，过的就是乡下人的生活。这回一听好像这留声机非常好，唱片也好像是全新的，声音特别清楚。

一个汤上来了，“不错，真是味道……”

第二个是猪排，这猪排和木片似的，有的人就你看看我，我看看你，想要对这猪排讲点坏话。可是那唱着的是一个外国歌，很愉快，那调子带了不少高低的转弯，好像从来也未听过似的那样好听，所以便对这硬的味道也没有的猪排，大家也就吃下去了。

奶油和冰淇淋似的，又甜又凉，涂在面包上，很有一种清凉的气味，好像涂的是果子酱；那面包拿在手里不用动手去撕就往下掉着碎末，像用锯末做的似的。大概是和利华药皂放在一起运来的，但也还好吃，因为它终究是面包，终究不是别的什么馒头之类呀！

坐在这茶食店的里间里，那张长桌一端上的主人，从小白盘子里拿起账单看了一看。

共统请了八位客人，才八块多钱。

“这不多。”他说，从口袋里取出十元票子来。

别人把眼睛转过去，也说：

“这不多……不算贵。”

临出来时，推开门，还有一个顶愿意对什么东西都估价的，还回头看了看那摆在门口的痰盂。他说：“这家到底不错，就这一只痰盂吧，也要十几块钱。”（其实就是上海卖八角钱一个的）

这一次晚餐，一个主人和他的七八个客人都没吃饱，但彼此都不发表，都说：

“明天见，明天见。”

他们大家各自走散开了，一边走着一边有人从喉管往上冲着利华皂的气味，但是他们想：“这不贵的，这倒不是西餐吗！”而且那屋子多么像个西餐的样子，墙上有两张外国画，还有瓷痰盂，还有玻璃杯，那先开的那家还成吗？还像样子吗？那买卖还成吗？

他们脑筋闹得很忙乱回家去了。

八月廿八日

鲁迅先生记

鲁迅先生家里的花瓶，好像画上所见的西洋女子用以取水的瓶子，灰蓝色，有点从瓷釉而自然堆起的纹痕，瓶口的两边，还有两个瓶耳，瓶里种的是几棵万年青。

我第一次看到这花的时候，我就问过：

“这叫什么名字？屋里不生火炉，也不冻死？”

第一次，走进鲁迅家里去，那是近黄昏的时节，而且是个冬天，所以那楼下室稍微有一点暗，同时鲁迅先生的纸烟，当它离开嘴边而停在桌角的地方，那烟纹的疮痕一直升腾到他有一些白丝的发梢那么高。而且再升腾就看不见了。

“这花，叫‘万年青’，永久这样！”他在花瓶旁边的烟灰盒中，抖掉了纸烟上的灰烬，那红的烟火，就越红了，好像一朵小红花似的和他的袖口相距离着。

“这花不怕冻？”以后，我又问过，记不得是在什么时候了。

许先生说：“不怕的，最耐久！”而且她还拿着瓶口给我摇着。

我还看到了那花瓶的底边是一些圆石子，以后，因为熟识了的缘故，我就自己动手看过一两次，又加上这花瓶是常常摆在客厅的黑色长桌上；又加上自己是来在寒带的北方，对于这在四季里都不凋零的植物，总带着一点惊奇。

而现在这“万年青”依旧活着，每次到许先生家去，看到那花，有时仍站在那黑色的长桌子上，有时站在鲁迅先生照相的前面。

花瓶是换了，用一个玻璃瓶装着，看得到淡黄色的须根，站在瓶底。

有时候许先生一面和我们谈论着，一面检查着房中所有的花草。看一看叶子是不是黄了？该剪掉的剪掉；该洒水的洒水，因为不停地动作是她的习惯。有时候就检查着这“万年青”，有时候就谈鲁迅先生，就在他的照相前面谈着，但那感觉，却像谈着古人那么悠远了。

至于那花瓶呢？站在墓地的青草上面去了，而且瓶底已经丢失，虽然丢失了也就让它空空地站在墓边。我所看到的是从春天一直站到秋天；它一直站到邻旁墓头的石榴树开了花而后结成了石榴。

从开炮以后，只有许先生绕道去过一次，别人就没有去过。当然那墓草是长得很高了，而且荒了，还说什么花瓶，恐怕鲁迅先生的瓷半身像也要被荒了的草埋没到他的胸口。

我们在这边，只能写纪念鲁迅先生的文章，而谁去努力剪齐墓上的荒草？我们是越去越远了，但无论多么远，那荒草是总要记在心上的。

1938年

寄东北流亡者

沦落在异地的东北同胞们：

当每个秋天的月亮快圆的时候，你们的心总被悲哀装满。想起高粱油绿的叶子，想起白发的母亲或幼年的亲眷。

你们的希望曾随着秋天的满月，在幻想中赊取了七次，而每次都是月亮如期的圆了，而你们的希望却随着高粱叶子萎落。但是自从八一三之后，上海的炮火响了，中国政府积极抗战揭开，九一八的成了习惯的暗淡与愁惨却在炮火的交响里换成了激动、兴奋和感激。这时，你们一定也流泪了。这是感激的泪，兴奋的泪，激动的泪。

记得抗战以后，第一个九一八是怎样纪念的呢？

中国飞行员在这天作了突击的工作，他们对于出云舰的袭击做了出色的功绩。

那夜里，日本神经质的高射炮手，浪费的用红色的绿色的淡蓝色的炮弹把天空染红了。但是我们的飞行员仍然以精确的技巧和沉毅的态度来攻击这摧毁文化、摧毁和平的法西斯魔手。几百万市民都仰起头来寻觅，其实他们是什么也看不见的，但是他们一定要看。在那黑魆魆的天空里仿佛什么都找不到，而这里就隐藏着我们抗战的活动的每个角度。

第一个煽惑起东北同胞的思想的是：“我们就要回家去了！”

是的，家是可以回去的，而且家也是好的，土地是宽阔的，米粮是富足的。

是的，人类是何等的对着故乡寄注了强烈的怀念呵！黑人对着迪斯的痛苦的向往，爱尔兰的诗人夏芝想回到那有蜂房一窠，菜畦九畴的茵尼斯，做过水手的约翰·曼殊斐儿狂热的愿意回到海上。

但是等待了七年的同胞们，单纯的心急是没用的，感情的焦躁不但无价值，而常常是理智的降低。要把急切的心情放在工作的表现上才对。我们的位置就是永远站在别人的前边的那个位置。我们是应该第一个打开了门而是最末走进去的人。

抗战到现存已经遭遇到最艰苦的阶段，而且也就是最与胜利接近的阶段。在美国贾克·伦敦所写的一篇短篇小说上，描写两个拳师在冲击的斗争里，祇系于最后的一拳。而那个可怜的（老拳师）所以失败了的原因，也只在少吃了一块“牛扒”。假若事先他能在肚里装进一块“牛扒”，胜利一定属于他的。

东北流亡同胞，我们的地大物博，决定我们的沉着毅勇，正与敌人的急功切进相反，所以最后的一拳一定是谁最沉着的就是谁打得最有力。我们应该献身给祖国作前卫的工作，就如我们应该把失地收复一样。这是无可怀疑的。

东北流亡同胞们，为了失去的土地上的高粱、谷子，努力吧；为了失去的土地，年老的母亲，努力吧；为了失去的地面上的痛心的一切的记忆，努力吧！

而且我们要竭力克服残存的那种“小地主”意识和官僚主义的余毒，赶快的加入到生产的机构里，因为九一八以后的社会变更，已经使你们失去了大片土地的依存，要还是固守从前的生活方式，坐吃山空，那样你们的资产只剩了哀愁和苦闷。作个商人去，作个工人去，作一个能生产的人比作一个在幻想上满足自己的流浪人要对国家有利得多。

幻想不能泛滥，现实在残酷的抨击你的时候，逃避只会得到更坏的暗袭。

时值流亡在异乡的故友们，敬希珍重，拥护这个抗战和加强这个抗战，向前走去。

回忆鲁迅先生

鲁迅先生的笑声是明朗的，是从心里的欢喜。若有人说了什么可笑的话，鲁迅先生笑的连烟卷都拿不住了，常常是笑的咳嗽起来。

鲁迅先生走路很轻捷，尤其使人记得清楚的，是他刚抓起帽子来往头上一扣，同时左腿就伸出去了，仿佛不顾一切地走去。

鲁迅先生不大注意人的衣裳，他说："谁穿什么衣裳我看不见得……"

鲁迅先生生的病，刚好了一点，他坐在躺椅上，抽着烟，那天我穿着新奇的大红的上衣，很宽的袖子。

鲁迅先生说："这天气闷热起来，这就是梅雨天。"他把他装在象牙烟嘴上的香烟，又用手装得紧一点，往下又说了别的。

许先生忙着家务，跑来跑去，也没有对我的衣裳加以鉴赏。

于是我说："周先生，我的衣裳漂亮不漂亮？"

鲁迅先生从上往下看了一眼："不大漂亮。"

过了一会又接着说："你的裙子配的颜色不对，并不是红上衣不好看，各种颜色都是好看的，红上衣要配红裙子，不然就是黑裙子，咖啡色的就不行了；这两种颜色放在一起很浑浊……你没看到外国人在街上走的吗？绝没有下边穿一件绿裙子，上边穿一件紫上衣，也没有穿一件红裙子而后穿一件白上衣的……"

鲁迅先生就在躺椅上看着我："你这裙子是咖啡色的，还带格子，颜色浑浊得很，所以把红色衣裳也弄得不漂亮了。”

“……人瘦不要穿黑衣裳，人胖不要穿白衣裳；脚长的女人一定要穿黑鞋子，脚短就一定要穿白鞋子；方格子的衣裳胖人不能穿，但比横格子的还好；横格子的胖人穿上，就把胖子更往两边裂着，更横宽了，胖子要穿竖条子的，竖的把人显得长，横的把人显的宽……”

那天鲁迅先生很有兴致，把我一双短统靴子也略略批评一下，说我的短靴是军人穿的，因为靴子的前后都有一条线织的拉手，这拉手据鲁迅先生说是放在裤子下边的……

我说：“周先生，为什么那靴子我穿了多久了而不告诉我，怎么现在才想起来呢？现在我不是不穿了吗？我穿的这不是另外的鞋吗？”

“你不穿我才说的，你穿的时候，我一说你该不穿了。”

那天下午要赴一个筵会去，我要许先生给我找一点布条或绸条束一束头发。许先生拿了来米色的绿色的还有桃红色的。经我和许先生共同选定的是米色的。为着取美，把那桃红色的，许先生举起来放在我的头发上，并且许先生很开心地说着：

“好看吧！多漂亮！”

我也非常得意，很规矩又顽皮地在等着鲁迅先生往这边看我们。

鲁迅先生这一看，脸是严肃的，他的眼皮往下一放向着我们这边看着：

“不要那样装饰她……”

许先生有点窘了。

我也安静下来。

鲁迅先生在北平教书时，从不发脾气，但常常好用这种眼光看人，许先生常跟我讲。她在女师大读书时，周先生在课堂上，一生气就用眼睛往下一掠，看着他们，这种眼光是鲁迅先生在记范爱农先生的文字曾自己述说过，而谁曾接触过这种眼光的人就会感到一个时代的全智者的催逼。

我开始问：“周先生怎么也晓得女人穿衣裳的这些事情呢？”

“看过书的，关于美学的。”

“什么时候看的……”

“大概是在日本读书的时候……”

“买的书吗？”

“不一定是买的，也许是从什么地方抓到就看的……”

“看了有趣味吗？”

“随便看看……”

“周先生看这书做什么？”

“……”没有回答，好像很难回答。

许先生在旁说：“周先生什么书都看的。”

在鲁迅先生家里作客人，刚开始是从法租界来到虹口，搭电车也要差不多一个钟头的工夫，所以那时候来的次数比较少。记得有一次谈到半夜了，一过十二点电车就没有的，但那天不知讲了些什么，讲到一个段落就看看旁边小长桌上的圆钟，十一点半了，十一点四十五分了，电车没有了。

“反正已十二点，电车也没有，那么再坐一会。”许先生如此劝着。

鲁迅先生好像听了所讲的什么引起了幻想，安顿地举着象牙烟嘴在沉思着。

一点钟以后，送我（还有别的朋友）出来的是许先生，外边下着小雨，弄堂里灯光全然灭掉了，鲁迅先生嘱咐许先生一定让坐小汽车回去，并且一定嘱咐许先生付钱。

以后也住到北四川路来，就每夜饭后必到大陆新村来了，刮风的天，下雨的天，几乎没有间断的时候。

鲁迅先生很喜欢北方饭，还喜欢吃油炸的东西喜欢吃硬的东西，就是后来生病的时候，也不大吃牛奶。鸡汤端到旁边用调羹舀了一二下就算了事。

有一天约好我去包饺子吃，那还是住在法租界，所以带了外国酸菜和用绞肉机绞成的牛肉，就和许先生站在客厅后边的方桌边包起来。海婴公子围着闹的起劲，一会按成圆饼的面拿去了，他说做了一只船来，送在我们的眼前，我们不看他，转身他又做了一只小鸡。许先生和我都不去看他，对他竭力避免加以赞美，若一赞美起来，怕他更做的起劲。

客厅后边没到黄昏就先黑了，背上感到些微微的寒凉，知道衣裳不够了，但为着忙，没有加衣裳去。等把饺子包完了看看那数目并不多，这才知道许先生我们谈话谈得太多，误了工作。许先生怎样离开家的，怎样到天津读书的，在女师大读书时怎样做了家庭教师。她去考家庭教师的那一段描写，非常有趣，只取一名，可是考了好几十名，她之能够当选算是难的了。指望对于学费有点补助，冬天来了，北平又冷，那家离学校又远，每月除了车子钱之外，若伤风感冒还得自己拿出买阿司匹林的钱来，每月薪金十元要从西城跑到东城……

饺子煮好，一上楼梯，就听到楼上明朗的鲁迅先生的笑声冲下楼梯来，原来有几个朋友在楼上也正谈得热闹。那一天吃得是很好的。

以后我们又做过韭菜合子，又做过荷叶饼，我一提议鲁迅先生必然赞成，而我做的又不好，可是鲁迅先生还是在桌上举着筷子问许先生："我再吃几个吗？"

因为鲁迅先生胃不大好，每饭后必吃"脾自美"药丸一二粒。

有一天下午鲁迅先生正在校对着瞿秋白的《海上述林》，我一走进卧室去，从那圆转椅上鲁迅先生转过来了，向着我，还微微站起了一点。

"好久不见，好久不见。"一边说着一边向我点头。

刚刚我不是来过了吗？怎么会好久不见？就是上午我来的那次周先生忘记了，可是我也每天来呀……怎么都忘记了吗？

周先生转身坐在躺椅上才自己笑起来，他是在开着玩笑。

梅雨季，很少有晴天，一天的上午刚一放晴，我高兴极了，就到鲁迅先生家去了，跑得上楼还喘着。鲁迅先生说："来啦！"我说："来啦！"

我喘着连茶也喝不下。

鲁迅先生就问我：

“有什么事吗？”

我说：“天晴啦，太阳出来啦。”

许先生和鲁迅先生都笑着，一种对于冲破忧郁心境的崭然的会心的笑。

海婴一看到我非拉我到院子里和他一道玩不可，拉我的头发或拉我的衣裳。

为什么他不拉别人呢？据周先生说：“他看你梳着辫子，和他差不多，别人在他眼里都是大人，就看你小。”

许先生问着海婴：“你为什么喜欢她呢？不喜欢别人？”

“她有小辫子。”说着就来拉我的头发。

鲁迅先生家生客人很少，几乎没有，尤其是住在他家里的人更没有。一个礼拜六的晚上，在二楼上鲁迅先生的卧室里摆好了晚饭，围着桌子坐满了人。每逢礼拜六晚上都是这样的，周建人先生带着全家来拜访的。在桌子边坐着一个很瘦的很高的穿着中国小背心的人，鲁迅先生介绍说：“这是位同乡，是商人。”

初看似乎对的，穿着中国裤子，头发剃的很短。当吃饭时，他还让别人酒，也给我倒一盅，态度很活泼，不大像个商人；等吃完了饭，又谈到《伪自由书》及《二心集》。这个商人，开明得很，在中国不常见。没有见过的就总不大放心。

下一次是在楼下客厅后的方桌上吃晚饭，那天很晴，一阵阵的刮着热风，虽然黄昏了，客厅后还不昏黑。鲁迅先生是新剪的头发，还能记得桌上有一盘黄花鱼，大概是顺着鲁迅先生的口味，是用油煎的。鲁迅先生前面摆着一碗酒，酒碗是扁扁的，好像用做吃饭的饭碗。那位商人先生也能喝酒，酒瓶就站在他的旁边。他说蒙古人什么样，苗人什么样，从西藏经过时，那西藏女人见了男人追她，她就如何如何。

这商人可真怪，怎么专门走地方，而不做买卖？并且鲁迅先生的书他也全读过，一开口这个，一开口那个。并且海婴叫他×先生，我一听那×字就明白他是谁了。×先生常常回来得很迟，从鲁迅先生家里出来，在弄堂里遇到了几次。

有一天晚上×先生从三楼下来，手里提着小箱子，身上穿着长袍子，站在鲁迅先生的面前，他说他要搬了。他告了辞，许先生送他下楼去了。这时候周先生在地板上绕了两个圈子，问我说：

“你看他到底是商人吗？”

“是的。”我说。

鲁迅先生很有意思的在地板上走几步，而后向我说：“他是贩卖私货的商人，是贩卖精神上的……”

×先生走过二万五千里回来的。

青年人写信，写得太草率，鲁迅先生是深恶痛绝之的。

“字不一定要写得好，但必须得使人一看了就认识，年青人现在都太忙了……他自己赶快胡乱写完了事，别人看了三遍五遍看不明白，这费了多少工夫，他不管。反正这费了工夫不是他的。这存心是不太好的。”

但他还是展读着每封由不同角落里投来的青年的信，眼睛不济时，便戴起眼镜来看，常常看到夜里很深的时光。

鲁迅先生坐在××电影院楼上的第一排，那片名忘记了，新闻片是苏联纪念五一节的红场。

“这个我怕看不到的……你们将来可以看得到。”鲁迅先生向我们周围的人说。

珂勒惠支的画，鲁迅先生最佩服，同时也很佩服她的做人。珂勒惠支受希特拉的压迫，不准她做教授，不准她画画，鲁迅先生常讲到她。

史沫特烈，鲁迅先生也讲到，她是美国女子，帮助印度独立运动，现在又在援助中国。

鲁迅先生介绍人去看的电影：《夏伯阳》，《复仇艳遇》……其余的如《人猿泰山》……或者非洲的怪兽这一类的影片，也常介绍给人的。鲁迅先生说："电影没有什么好的，看看鸟兽之类倒可以增加些对于动物的知识。"

鲁迅先生不游公园，住在上海十年，兆丰公园没有进过。虹口公园这么近也没有进过。春天一到了，我常告诉周先生，我说公园里的土松软了，公园里的风多么柔和。周先生答应选个晴好的天气，选个礼拜日，海婴休假日，好一道去，坐一乘小汽车一直开到兆丰公园，也算是短途旅行。但这只是想着而未有做到，并且把公园给下了定义。鲁迅先生说："公园的样子我知道的……一进门分做两条路，一条通左边，一条通右边，沿着路种着点柳树什么树的，树下摆着几张长椅子，再远一点有个水池子。"

我是去过兆丰公园的，也去过虹口公园或是法国公园的，仿佛这个定义适用在任何国度的公园设计者。

鲁迅先生不戴手套，不围围巾，冬天穿着黑士蓝的棉布袍子，头上戴着灰色毡帽，脚穿黑帆布胶皮底鞋。

胶皮底鞋夏天特别热，冬天又凉又湿，鲁迅先生的身体不算好，大家都提议把这鞋子换掉。鲁迅先生不肯，他说胶皮底鞋子走路方便。

"周先生一天走多少路呢？也不就一转弯到×××书店走一趟吗？"

鲁迅先生笑而不答。

"周先生不是很好伤风吗？不围巾子，风一吹不就伤风了吗？"

鲁迅先生这些个都不习惯，他说：

"从小就没戴过手套围巾，戴不惯。"

鲁迅先生一推开门从家里出来时，两只手露在外边，很宽的袖口冲着风就向前走，腋下夹着个黑绸子印花的包袱，里边包着书或者是信，到老靶子路书店去了。

那包袱每天出去必带出去，回来必带回来。出去时带着给青年们的信，回来又从书店带来新的信和青年请鲁迅先生看的稿子。

鲁迅先生抱着印花包袱从外边回来，还提着一把伞，一进门客厅早坐着客人，把伞挂在衣架上就陪客人谈起话来。谈了很久了，伞上的水滴顺着伞杆在地板上已经聚了一堆水。

鲁迅先生上楼去拿香烟，抱着印花包袱，而那把伞也没有忘记，顺手也带到楼上去。

鲁迅先生的记忆力非常之强，他的东西从不随便散置在任何地方。鲁迅先生很喜欢北方口味。许先生想请一个北方厨子，鲁迅先生以为开销太大，请不得的，男佣人，至少要十五元钱的工钱。

所以买米买炭都是许先生下手。我问许先生为什么用两个女佣人都是年老的，都是六七十岁的？许先生说她们做惯了，海婴的保姆，海婴几个月时就在这里。

正说着那矮胖胖的保姆走下楼梯来了，和我们打了个迎面。

“先生，没吃茶吗？”她赶快拿了杯子去倒茶，那刚刚下楼时气喘的声音还在喉管里咕噜咕噜的，她确实年老了。

来了客人，许先生没有不下厨房的，菜食很丰富，鱼，肉……都是用大碗装着，起码四五碗，多则七八碗。可是平常就只三碗菜：一碗素炒豌豆苗，一碗笋炒咸菜，再一碗黄花鱼。

这菜简单到极点。

鲁迅先生的原稿，在拉都路一家炸油条的那里用着包油条，我得到了一张，是译《死魂灵》的原稿，写信告诉了鲁迅先生。鲁迅先生不以为希奇，许先生倒很生气。

鲁迅先生出书的校样，都用来揩桌，或做什么的。请客人在家里吃饭，吃到半道，鲁迅先生回身去拿来校样给大家分着。客人接到手里一看，这怎么可以？鲁迅先生说：

“擦一擦，拿着鸡吃，手是腻的。”

到洗澡间去，那边也摆着校样纸。

许先生从早晨忙到晚上，在楼下陪客人，一边还手里打着毛线。不然就是一边谈着话一边站起来用手摘掉花盆里花上已干枯了的叶子。许先生每送一个客人，都要送到楼下门口，替客人把门开开，客人走出去而后轻轻地关了门再上楼来。

来了客人还到街上去买鱼或买鸡，买回来还要到厨房里去工作。

鲁迅先生临时要寄一封信，就得许先生换起皮鞋子来到邮局或者大陆新村旁边信筒那里去。落着雨天，许先生就打起伞来。

许先生是忙的，许先生的笑是愉快的，但是头发有一些是白了的。

夜里去看电影，施高塔路的汽车房只有一辆车，鲁迅先生一定不坐，一定让我们坐。许先生，周建人夫人……海婴，周建人先生的三位女公子。我们上车了。

鲁迅先生和周建人先生，还有别的一二位朋友在后边。

看完了电影出来，又只叫到一部汽车，鲁迅先生又一定不肯坐，让周建人先生的全家坐着先走了。

鲁迅先生旁边走着海婴，过了苏州河的大桥去等电车去了。等了二三十分钟电车还没有来，鲁迅先生依着沿苏州河的铁栏杆坐在桥边的石围上了，并且拿出香烟来，装上烟嘴，悠然地吸着烟。

海婴不安地来回地乱跑，鲁迅先生还招呼他和自己并排坐下。

鲁迅先生坐在那和一个乡下的安静老人一样。

鲁迅先生吃的是清茶，其余不吃别的饮料。咖啡、可可、牛奶、汽水之类，家里都不预备。

鲁迅先生陪客人到深夜，必同客人一道吃些点心。那饼干就是从铺子里买来的，装在饼干盒子里，到夜深许先生拿着碟子取出来，摆在鲁迅先生的书桌上。吃完了，许先生打开立柜再取一碟。还有向日葵子差不多每来客人必不可少。鲁迅先生一边抽着烟，一边剥着瓜子吃，吃完了一碟鲁迅先生必请许先生再拿一碟来。

鲁迅先生备有两种纸烟，一种价钱贵的，一种便宜的。便宜的是绿听子的，我不认识那是什么牌子，只记得烟头上带着黄纸的嘴，每五十支的价钱大概是四角到五角，是鲁迅先生自己平日用的。另一种是白听子的，是前门烟，用来招待客人的，白听烟放在鲁迅先生书桌的抽屉里。来客人鲁迅先生下楼，把它带到楼下去，客人走了，又带回楼上来照样放存抽屉里。而绿听子的永远放在书桌上，是鲁迅先生随时吸着的。

鲁迅先生的休息，不听留声机，不出去散步，也不倒在床上睡觉，鲁迅先生自己说：

“坐在椅子上翻一翻书就是休息了。”

鲁迅先生从下午二三点钟起就陪客人，陪到五点钟，陪到六点钟．客人若在家吃饭，吃完饭又必要在一起喝茶，或者刚刚吃完茶走了，或者还没走又来了客人，于是又陪下去，陪到八点钟，十点钟，常常陪到十二点钟。从下午三点钟起，陪到夜里十二点，这么长的时间，鲁迅先生都是坐在藤躺椅上，不断地吸着烟。

客人一走，已经是下半夜了，本来已经是睡觉的时候了，可是鲁迅先生正要开始工作。

在工作之前，他稍微阖一阖眼睛，燃起一支烟来，躺在床边上，这一支烟还没有吸完，许先生差不多就在床里边睡着了。（许先生为什么睡得这样快？因为第二天早晨六七点钟就要来管理家务。）海婴这时在三楼和保姆一道睡着了。

全楼都寂静下去，窗外也一点声音没有了，鲁迅先生站起来，坐到书桌边，在那绿色的台灯下开始写文章了。许先生说鸡鸣的时候，鲁迅先生还是坐着，街上的汽车嘟嘟地叫起来了，鲁迅先生还是坐着。

有时许先生醒了，看着玻璃窗白萨萨的了，灯光也不显得怎么亮了，鲁迅先生的背影不像夜里那样高大。

鲁迅先生的背影是灰黑色的，仍旧坐在那里。

人家都起来了，鲁迅先生才睡下。

海婴从三楼下来了，背着书包，保姆送他到学校去，经过鲁迅先生的门前，保姆总是吩咐他说：

“轻一点走，轻一点走。”

鲁迅先生刚一睡下，太阳就高起来了，太阳照着隔院子的人家，明亮亮的，照着鲁迅先生花园的夹竹桃，明亮亮的。

鲁迅先生的书桌整整齐齐的，写好的文章压在书下边，毛笔在烧瓷的小龟背上站着。

一双拖鞋停在床下，鲁迅先生在枕头上边睡着了。

鲁迅先生喜欢吃一点酒，但是不多吃，吃半小碗或一碗。鲁迅先生吃的是中国酒，多半是花雕。

老靶子路有一家小吃茶店，只有门面一间，在门面里边设座，座少，安静，光线不充足，有些冷落。鲁迅先生常到这里吃茶店来，有约会多半是在这里边，老板是犹太也许是白俄，胖胖的，中国话大概他听不懂。

鲁迅先生这一位老人，穿着布袍子，有时到这里来，泡一壶红茶，和青年人坐在一道谈了一两个钟头。

有一天鲁迅先生的背后那茶座里边坐着一位摩登女子，身穿紫裙子黄衣裳，头戴花帽子……那女子临走时，鲁迅先生一看她，用眼瞪着她，很生气地看了她半天。而后说：

“是做什么的呢？”

鲁迅先生对于穿着紫裙子黄衣裳，花帽子的人就是这样看法的。

鬼到底是有的没有的？传说上有人见过，还跟鬼说过话，还有人被鬼在后边追赶过，吊死鬼一见了人就贴在墙上。但没有一个人捉住一个鬼给大家看看。

鲁迅先生讲了他看见过鬼的故事给大家听：

“是在绍兴……”鲁迅先生说，“三十年前……”

那时鲁迅先生从日本读书回来，在一个师范学堂里也不知是什么学堂里教书，晚上没有事时，鲁迅先生总是到朋友家去谈天。这朋友住的离学堂几里路，几里路不算远，但必得经过一片坟地。谈天有的时候就谈得晚了，十一二点钟才回学堂的事也常有，有一天鲁迅先生就回去得很晚，天空有很大的月亮。

鲁迅先生向着归路走得很起劲时，往远处一看，远远有一个白影。

鲁迅先生不相信鬼的，在日本留学时是学的医，常常把死人抬来解剖的，鲁迅先生解剖过二十几个，不但不怕鬼，对死人也不怕，所以对坟地也就根本不怕。仍旧是向前走的。

走了不几步，那远处的白影没有了，再看突然又有了。并且时小时大，时高时低，正和鬼一样。鬼不就是变幻无常的吗？

鲁迅先生有点踌躇了，到底向前走呢？还是回过头来走？本来回学堂不止这一条路，这不过是最近的一条就是了。

鲁迅先生仍是向前走，到底要看一看鬼是什么样，虽然那时候也怕了。

鲁迅先生那时从日本回来不久，所以还穿着硬底皮鞋。鲁迅先生决心要给那鬼一个致命的打击，等走到那白影旁边时，那白影缩小了，蹲下了，一声不响地靠住了一个坟堆。

鲁迅先生就用了他的硬皮鞋踢了出去。

那白影噢的一声叫起来，随着就站起来，鲁迅先生定眼看去，他却是个人。

鲁迅先生说在他踢的时候，他是很害怕的，好像若一下不把那东西踢死，自己反而会遭殃的，所以用了全力踢出去。

原来是个盗墓子的人在坟场上半夜做着工作。

鲁迅先生说到这里就笑了起来。

“鬼也是怕踢的，踢他一脚就立刻变成人了。”

我想，倘若是鬼常常让鲁迅先生踢踢倒是好的，因为给了他一个做人的机会。

从福建菜馆叫的菜，有一碗鱼做的丸子。

海婴一吃就说不新鲜，许先生不信，别的人也都不信。因为那丸子有的新鲜，有的不新鲜，别人吃到嘴里的恰好都是没有改味的。

许先生又给海婴一个，海婴一吃，又不是好的，他又嚷嚷着。别人都不注意，鲁迅先生把海婴碟里的拿来尝尝，果然不是新鲜的。鲁迅先生说：

“他说不新鲜，一定也有他的道理，不加以查看就抹杀是不对的。”

……

以后我想起这件事来，私下和许先生谈过，许先生说：“周先生的做人，真是我们学不了的。哪怕一点点小事。”

鲁迅先生包一个纸包也要包得整整齐齐，常常把要寄出的书，鲁迅先生从许先生手里拿过来自己包，许先生本来包得多么好，而鲁迅先生还要亲自动手。

鲁迅先生把书包好了，用细绳捆上，那包方方正正的，连一个角也不准歪一点或扁一点，而后拿着剪刀，把捆书的那绳头都剪得整整齐齐。

就是包这书的纸都不是新的，都是从街上买东西回来留下来的。许先生上街回来把买来的东两一打开随手就把包东西的牛皮纸折起来，随手把小细绳卷了一个卷。若小细绳上有一个疙瘩，也要随手把它解开的。准备着随时用随时方便。

鲁迅先生住的是大陆新村九号。

一进弄堂口，满地铺着大方块的水门汀，院子里不怎样嘈杂，从这院子出入的有时候是外国人，也能够看到外国小孩在院子里零星的玩着。

鲁迅先生隔壁挂着一块大的牌子，上面写着一个“茶”字。

在一九三五年十月一日。

鲁迅先生的客厅里摆着长桌，长桌是黑色的，油漆不十分新鲜，但也并不破旧，桌上没有铺什么桌布，只在长桌的当心摆着一个绿豆青色的花瓶，花瓶里长着几株大叶子的万年青。围着长桌有七八张木椅子。尤其是在夜里，全弄堂一点什么声音也听不到。

那夜，就和鲁迅先生和许先生一道坐在长桌旁边喝茶的。当夜谈了许多关于伪满洲国的事情，从饭后谈起，一直谈到九点钟十点钟而后到十一点钟。时时想退出来，让鲁迅先生好早点休息，因为我看出来鲁迅先生身体不大好，又加上听许先生说过，鲁迅先生伤风了一个多月，刚好了的。

但鲁迅先生并没有疲倦的样子。虽然客厅里也摆着一张可以卧倒的藤椅，我们劝他几次想让他坐在藤椅上休息一下，但是他没有去，仍旧坐在椅子上。并且还上楼一次，去加穿了一件皮袍子。

那夜鲁迅先生到底讲了些什么，现在记不起来了。也许想起来的不是那夜讲的而是以后讲的也说不定。过了十一点，天就落雨了，雨点淅沥淅沥地打在玻璃窗上，窗子没有窗帘，所以偶一回头，就看到玻璃窗上有小水流往下流。夜已深了，并且落了雨，心里十分着急，几次站起来想要走，但是鲁迅先生和许先生一再说再坐一下："十二点以前终归有车子可搭的。"所以一直坐到将近十二点，才穿起雨衣来，打开客厅外边的响着的铁门，鲁迅先生非要送到铁门外不可。我想为什么他一定要送呢？对于这样年轻的客人，这样的送是应该的吗？雨不会打湿了头发，受了寒伤风不又要继续下去吗？站在铁门外边，鲁迅先生说，并且指着隔壁那家写着"茶"字的大牌子："下次来记住这个'茶'字，就是这个'茶'的隔壁。"而且伸出手去，几乎是触到了钉在锁门旁边的那个九号的"九"字，"下次来记住茶的旁边九号。"

于是脚踏着方块的水门汀，走出弄堂来，回过身去往院子里边看了一看，鲁迅先生那一排房子统统是黑洞洞的，若不是告诉的那样清楚，下次来恐怕要记不住的。

鲁迅先生的卧室，一张铁架大床，床顶上遮着许先生亲手做的白布刺花的围子，顺着床的一边折着两床被子，都是很厚的，是花洋布的被面。挨着门口的床头的方面站着抽屉柜。一进门的左手摆着八仙桌，桌子的两旁藤椅各一，立柜站在和方桌一排的墙角，立柜本是挂衣服的，衣裳却很少，都让糖盒子、饼干桶子、瓜子罐给塞满了。有一次××老板的太太来拿版权的图章花，鲁迅先生就从立柜下边大抽屉里取出的。沿着墙角往窗子那边走，有一张装饰台，桌子上有一个方形的满浮着绿草的玻璃养鱼池，里边游着的不是金鱼而是灰色的扁肚子的小鱼。除了鱼池之外另有一只圆的表，其余那上边满装着书。铁床架靠窗子的那头的书柜里书柜外都是书。最后是鲁迅先生的写字台，那上边也都是书。

鲁迅先生家里，从楼上到楼下，没有一个沙发。鲁迅先生工作时坐的椅子是硬的，到楼下陪客人时坐的椅子又是硬的。

鲁迅先生的写字台面向着窗子，上海弄堂房子的窗子差不多满一面墙那么大，鲁迅先生把它关起来，因为鲁迅先生工作起来有一个习惯，怕吹风，风一吹，纸就动，时时防备着纸跑，文章就写不好。所以屋子里热得和蒸笼似的，请鲁迅先生到楼下去，他又不肯，鲁迅先生的习惯是不换地方。有时太阳照进来，许先生劝他把书桌移开一点都不肯。只有满身流汗。

鲁迅先生的写字桌，铺了张蓝格子的油漆布，四角都用图钉按着。桌子上有小砚台一方，墨一块，毛笔站在笔架上。笔架是烧瓷的，在我看来不很细致，是一个龟，龟背上带着好几个洞，笔就插在那洞里。鲁迅先生多半是用毛笔的，钢笔也不是没有，是放在抽屉里。桌上有一个方大的白瓷的烟灰盒，还有一个茶杯，杯子上戴着盖。

鲁迅先生的习惯与别人不同，写文章用的材料和来信都压在桌子上，把桌子都压得满满的，几乎只有写字的地方可以伸开手，其余桌子的一半被书或纸张占有着。

左手边的桌角上有一个带绿灯罩的台灯，那灯泡是横着装的，在上海那是极普通的台灯。

冬天在楼上吃饭，鲁迅先生自己拉着电线把台灯的机关从棚顶的灯头上拔下，而后装上灯泡子。等饭吃过，许先生再把电线装起来，鲁迅先生的台灯就是这样做成的，拖着一根长长的电线在棚顶上。

鲁迅先生的文章，多半是在这台灯下写。因为鲁迅先生的工作时间，多半是下半夜一两点起，天将明了休息。

卧室就是如此，墙上挂着海婴公子一个月婴孩的油画像。

挨着卧室的后楼里边，完全是书了，不十分整齐，报纸和杂志或洋装的书，都混在这间屋子里，一走进去多少还有些纸张气味。地板被书遮盖得太小了，几乎没有了，大网篮也堆在书中。墙上拉着一条绳子或者是铁丝，就在那上边系了小提盒、铁丝笼之类。风干荸荠就盛在铁丝笼，扯着的那铁丝几乎被压断了在弯弯着。一推开藏书室的窗子，窗子外边还挂着一筐风干荸荠。

“吃吧，多得很，风干的，格外甜。”许先生说。

楼下厨房传来了煎菜的锅铲的响声，并且两个年老的娘姨慢重重地在讲一些什么。

厨房是家庭最热闹的一部分。整个三层楼都是静静的，喊娘姨的声音没有，在楼梯上跑来跑去的声音没有。鲁迅先生家里五六间房子只住着五个人，三位是先生的全家，余下的二位是年老的女佣人。

来了客人都是许先生亲自倒茶，即或是麻烦到娘姨时，也是许先生下楼去吩咐，绝没有站到楼梯口就大声呼唤的时候。所以整个房子都在静悄悄之中。

只有厨房比较热闹了一点，自来水哗哗地流着，洋瓷盆在水门汀的水池子上每拖一下磨着嚓嚓地响，洗米的声音也是嚓嚓的。鲁迅先生很喜欢吃竹笋的，在菜板上切着笋片笋丝时，刀刃每划下去都是很响的。其实比起别人家的厨房来却冷清极了，所以洗米声和切笋声都分开来听得样样清清晰晰。

客厅的一边摆着并排的两个书架，书架是带玻璃橱的，里边有朵斯托益夫斯基的全集和别的外国作家的全集，大半都是日文译本。地板上没有地毯，但擦得非常干净。

海婴公子的玩具橱也站在客厅里，里边是些毛猴子，橡皮人，火车汽车之类，里边装的满满的，别人是数不清的，只有海婴自己伸手到里边找些什么就有什么。过新年时在街上买的兔子灯，纸毛上已经落了灰尘了，仍摆在玩具橱顶上。

客厅只有一个灯头，大概五十烛光。客厅的后门对着上楼的楼梯，前门一打开有一个一方丈大小的花园，花园里没有什么花看，只有一株很高的七八尺高的小树，大概那树是柳桃，一到了春天，喜欢生长蚜虫，忙得许先生拿着喷蚊虫的机器，一边陪着谈话，一边喷着杀虫药水。沿着墙根，种了一排玉米，许先生说：“这玉米长不大的，这土是没有养料的，海婴一定要种。”

春天，海婴在花园里掘着泥沙，培植着各种玩意。

三楼则特别静了，向着太阳开着两扇玻璃门，门外有一个水门汀的突出的小廊子，春天很温暖的抚摸着门口长垂着的帘子，有时帘子被风打得很高，飘扬的饱满的和大鱼泡似的。那时候隔院的绿树照进玻璃门扇里边来了。

海婴坐在地板上装着小工程师在修着一座楼房，他那楼房是用椅子横倒了架起来修的，而后遮起一张被单来算作屋瓦，全个房子在他自己拍着手的赞誉声中完成了。

这间屋感到些空旷和寂寞，既不像女工住的屋子，又不像儿童室。海婴的眠床靠着屋子的一边放着，那大圆顶帐子日里也不打起来，长拖拖的好像从棚顶一直拖到地板上，那床是非常讲究的，属于刻花的木器一类的。许先生讲过，租这房子时，从前一个房客转留下来的。海婴和他的保姆，就睡在五六尺宽的大床上。

冬天烧过的火炉，三月里还冷冰冰的在地板上站着。

海婴不大在三楼上玩的，除了到学校去，就是在院里踏脚踏车，他非常欢喜跑跳，所以厨房，客厅，二楼，他是无处不跑的。

三楼整天在高处空着，三楼的后楼住着另一个老女工，一天很少上楼来，所以楼梯擦过之后，一天到晚干净的溜明。

一九三六年三月里鲁迅先生病了，靠在二楼的躺椅上，心脏跳动得比平日厉害，脸色微灰了一点。

许先生正相反的，脸色是红的，眼睛显得大了，讲话的声音是平静的，态度并没有比平日慌张。在楼下一走进客厅来许先生就告诉说：

“周先生病了，气喘……喘得厉害，在楼上靠在躺椅上。”

鲁迅先生呼喘的声音，不用走到他的旁边，一进了卧室就听得到的。鼻子和胡须在扇着，胸部一起一落。眼睛闭着，差不多永久不离开手的纸烟，也放弃了。藤椅后边靠着枕头，鲁迅先生的头有些向后，两只手空闲地垂着。眉头仍和平日一样没有聚皱，脸上是平静的，舒展的，似乎并没有任何痛苦加在身上。

“来了吧？”鲁迅先生睁一睁眼睛，“不小心，着了凉呼吸困难……到藏书的房子去翻一翻书……那房子因为没有人住，特别凉……回来就……”

许先生看周先生说话吃力，赶紧接着说周先生是怎样气喘的。

医生看过了，吃了药，但喘并未停。下午医生又来过，刚刚走。

卧室在黄昏里边一点一点地暗下去，外边起了一点小风，隔院的树被风摇着发响。别人家的窗子有的被风打着发出自动关开的响声，家家的流水道都是哗啦哗啦的响着水声，一定是晚餐之后洗着杯盘的剩水。晚餐后该散步的散步去了，该会朋友的会友去了，弄堂里来去的稀疏不断地走着人，而娘姨们还没有解掉围裙呢，就依着后门彼此搭讪起来。小孩子们三五一伙前门后门地跑着，弄堂外汽车穿来穿去。

鲁迅先生坐在躺椅上，沉静地，不动地阖着眼睛，略微灰了的脸色被炉里的火染红了一点。纸烟听子蹲在书桌上，盖着盖子，茶杯也蹲在桌子上。

许先生轻轻地在楼梯上走着，许先生一到楼下去，二楼就只剩了鲁迅先生一个人坐在椅子上，呼喘把鲁迅先生的胸部有规律性的抬得高高的。

“鲁迅先生必得休息的。”须藤医生这样说的。可是鲁迅先生从此不但没有休息，并且脑子里所想的更多了，要做的事情都像非立刻就做不可，校《海上述林》的校样，印珂勒惠支的画，翻译《死魂灵》下部，刚好了，这些就都一起开始了，还计算着出三十年集（即《鲁迅全集》）。

鲁迅先生感到自己的身体不好，就更没有时间注意身体，所以要多作，赶快作。当时大家不解其中的意思，都以为鲁迅先生不加以休息不以为然，后来读了鲁迅先生《死》的那篇文章才了然了。

鲁迅先生知道自己的健康不成了，工作的时间没有几年了，死了是不要紧的，只要留给人类更多，鲁迅先生就是这样。

不久书桌上德文字典和日文字典都摆起来了，果戈里的《死魂灵》，又开始翻译了。

鲁迅先生的身体不大好，容易伤风，伤风之后，照常要陪客人，回信，校稿子。所以伤风之后总要拖下去一个月或半个月的。

瞿秋白的，《海上述林》校样，一九三五年冬，一九三六年的春天，鲁迅先生不断地校着，几十万字的校样，要看三遍，而印刷所送校样来总是十页八页的，并不是统统一道地送来，所以鲁迅先生不断地被这校样催索着，鲁迅先生竟说：

“看吧，一边陪着你们谈话，一边看校样，眼睛可以看，耳朵可以听……”

有时客人来了，一边说着笑话，鲁迅先生一边放下了笔。有的时候也说：“几个字了……请坐一坐……”

一九三五年冬天许先生说：

“周先生的身体是不如从前了。”

有一次鲁迅先生到饭馆里去请客，来的时候兴致很好，还记得那次吃了一只烤鸭子，整个的鸭子用大钢叉子叉上来时，大家看这鸭子烤的又油又亮的，鲁迅先生也笑了。

菜刚上满了，鲁迅先生就到躺椅上吸一支烟，并且阖一阖眼睛。一吃完了饭，有的喝了酒的，大家都闹乱了起来，彼此抢着苹果，彼此讽刺着玩，说着一些人可笑的话。而鲁迅先生这时候，坐在躺椅上，阖着眼睛，很庄严地在沉默着，让拿在手上纸烟的烟丝，袅袅地上升着。

别人以为鲁迅先生也是喝多了酒吧！

许先生说，并不的。

“周先生的身体是不如从前了，吃过了饭总要闭一闭眼睛稍微休息一下，从前一向没有这习惯。”

周先生从椅子上站起来了，大概说他喝多了酒的话让他听到了。

“我不多喝酒的。小的时候，母亲常提到父亲喝了酒，脾气怎样坏，母亲说，长大了不要喝酒，不要像父亲那样子……所以我不多喝的……从来没喝醉过……”

鲁迅先生休息好了，换了一支烟，站起来也去拿苹果吃，可是苹果没有了。鲁迅先生说：

“我争不过你们了，苹果让你们抢没了。”

有人抢到手的还在保存着的苹果，奉献出来，鲁迅先生没有吃，只在吸烟。

一九三六年春，鲁迅先生的身体不大好，但没有什么病，吃过了夜饭，坐在躺椅上，总要闭一闭眼睛沉静一会。

许先生对我说，周先生在北平时，有时开着玩笑，手按着桌子一跃就能够跃过去，而近年来没有这么做过。大概没有以前那么灵便了。

这话许先生和我是私下讲的：鲁迅先生没有听见，仍靠在躺椅上沉默着呢。

许先生开了火炉门，装着煤炭哗哗地响，把鲁迅先生震醒了。一讲起话来鲁迅先生的精神又照常一样。

鲁迅先生睡在二楼的床上已经一个多月了，气喘虽然停止。但每天发热，尤其是在下午热度总在三十八度三十九度之间，有时也到三十九度多，那时鲁迅先生的脸是微红的，目力是疲弱的，不吃东西，不大多睡，没有一些呻吟，似乎全身都没有什么痛楚的地方。躺在床上的时候张开眼睛看着，有的时候似睡非睡的安静地躺着，茶吃得很少。差不多一刻也不停地吸烟，而今几乎完全放弃了，纸烟听子不放在床边，而仍很远的蹲在书桌上，若想吸一支，是请许先生付给的。

许先生从鲁迅先生病起，更过度地忙了。按着时间给鲁迅先生吃药，按着时间给鲁迅先生试温度表，试过了之后还要把一张医生发给的表格填好，那表格是一张硬纸，上面画了无数根线，许先生就在这张纸上拿着米度尺画着度数，那表画得和尖尖的小山丘似的，又像尖尖的水晶石，高的低的一排连地站着。许先生虽每天画，但那像是一条接连不断的线，不过从低处到高处，从高处到低处，这高峰越高越不好，也就是鲁迅先生的热度越高了。

来看鲁迅先生的人，多半都不到楼上来了，为的请鲁迅先生好好地静养，所以把客人这些事也推到许先生身上来了。还有书、报、信，都要许先生看过，必要的就告诉鲁迅先生，不十分必要的，就先把它放在一处放一放，等鲁迅先生好些了再取出来交给他。然而这家庭里边还有许多琐事，比方年老的娘姨病了，要请两天假；海婴的牙齿脱掉一个要到牙医那里去看过，但是带他去的人没有，又得许先生。海婴在幼稚园里读书，又是买铅笔，买皮球，还有临时出些个花头，跑上楼来了，说要吃什么花生糖，什么牛奶糖，他上楼来是一边跑着一边喊着，许先生连忙拉住了他，拉他下了楼才跟他讲：

“爸爸病啦。”而后拿出钱来，嘱咐好了娘姨，只买几块糖而不准让他格外的多买。

收电灯费的来了，在楼下一打门，许先生就得赶快往楼下跑，怕的是再多打几下，就要惊醒了鲁迅先生。

海婴最喜欢听讲故事，这也是无限的麻烦，许先生除了陪海婴讲故事之外，还要在长桌上偷一点工夫来看鲁迅先生为有病耽搁下来尚未校完的校样。

在这期间，许先生比鲁迅先生更要担当一切了。

鲁迅先生吃饭，是在楼上单开一桌，那仅仅是一个方木桌，许先生每餐亲手端到楼上去，每样都用小吃碟盛着，那小吃碟直径不过二寸，一碟豌豆苗或菠菜或苋菜，把黄花鱼或者鸡之类也放在小碟里端上楼去。若是鸡，那鸡也是全鸡身上最好的一块地方拣下来的肉；若是鱼，也是鱼身上最好一部分，许先生才把它拣下放在小碟里。

许先生用筷子来回地翻着楼下的饭桌上菜碗里的东西，菜拣嫩的，不要茎，只要叶，鱼肉之类，拣烧得软的，没有骨头没有刺的。

心里存着无限的期望，无限的要求，用了比祈祷更虔诚的目光，许先生看着她自己手里选得精精致致的菜盘子，而后脚板触了楼梯上了楼。

希望鲁迅先生多吃一口，多动一动筷，多喝一口鸡汤。鸡汤和牛奶是医生所嘱的，一定要多吃一些的。

把饭送上去，有时许先生陪在旁边，有时走下楼来又做些别的事，半个钟头之后，到楼上去取这盘子。这盘子装的满满的，有时竟照原样一动也没有动又端下来了，这时候许先生的眉头微微地皱了一点。旁边若有什么朋友，许先生就说："周先生的热度高，什么也吃不落，连茶也不愿意吃，人很苦，人很吃力。"

有一天许先生用波浪式的专门切面包的刀切着面包，是在客厅后边方桌上切的，许先生一边切着一边对我说：

"劝周先生多吃东西，周先生说，人好了再保养，现在勉强吃也是没有用的。"

许先生接着似乎问着我：

"这也是对的？"

而后把牛奶面包送上楼去了。一碗烧好的鸡汤，从方盘里许先生把它端出来了，就摆在客厅后的方桌上。许先生上楼去了，那碗热的鸡汤在方桌上自己悠然地冒着热气。

许先生由楼上回来还说呢：

“周先生平常就不喜欢吃汤之类，在病里，更勉强不下了。”

许先生似乎安慰着自己似的。

“周先生人强，喜欢吃硬的，油炸的，就是吃饭也喜欢吃硬饭……”

许先生楼上楼下地跑，呼吸有些不平静，坐在她旁边，似乎可以听到她心脏的跳动。

鲁迅先生开始独桌吃饭以后，客人多半不上楼来了，经许先生婉言把鲁迅先生健康的经过报告了之后就走了。

鲁迅先生在楼上一天一天地睡下去，睡了许多日子，都寂寞了，有时大概热度低了点就问许先生：

“什么人来过吗？”

看鲁迅先生好些，就一一地报告过。

有时也问到有什么刊物来吗？

鲁迅先生病了一个多月了。

证明了鲁迅先生是肺病，并且是肋膜炎，须藤老医生每天来了，为鲁迅先生把肋膜积水用打针的方法抽净，共抽过两三次。

这样的病，为什么鲁迅先生一点也不晓得呢？许先生说，周先生有时觉得肋痛了就自己忍着不说，所以连许先生也不知道，鲁迅先生怕别人晓得了又要不放心，又要看医生，医生一定又要说休息。鲁迅先生自己知道做不到的。

福民医院美国医生的检查，说鲁迅先生肺病已经二十年了。这次发了怕是很严重。

医生规定个日子，请鲁迅先生到福民医院去详细检查，要照X光的。

但鲁迅先生当时就下楼是下不得的，又过了许多天，鲁迅先生到福民医院去检查病去了。照X光后给鲁迅先生照了一个全部的肺部的照片。

这照片取来的那天许先生在楼下给大家看了，右肺的上尖是黑的，中部也黑了一块，左肺的下半部都不大好，而沿着左肺的边边黑了一大圈。

这之后，鲁迅先生的热度仍高，若再这样热度不退，就很难抵抗了。

那查病的美国医生，只查病，而不给药吃，他相信药是没有用的。

须藤老医生，鲁迅先生早就认识，所以每天来，他给鲁迅先生吃了些退热药，还吃停止肺病菌活动的药。他说若肺不再坏下去，就停止在这里，热自然就退了，人是不危险的。

在楼下的客厅里，许先生哭了。许先生手里拿着一团毛线，那是海婴的毛线衣拆了洗过之后又团起来的。

鲁迅先生在无欲望状态中，什么也不吃，什么也不想，睡觉似睡非睡的。

天气热起来了，客厅的门窗都打开着，阳光跳跃在门外的花园里。麻雀来了停在夹竹桃上叫了三两声就飞去，院子里的小孩们唧唧喳喳地玩耍着，风吹进来好像带着热气，扑到人的身上，天气刚刚发芽的春天，变为夏天了。

楼上老医生和鲁迅先生谈话的声音隐约可以听到。

楼下又来客人，来的人总要问：

“周先生好一点吗？”

许先生照常说：“还是那样子。”

但今天说了眼泪又流了满脸。一边拿起杯子来给客人倒茶，一边用左手拿着手帕按着鼻子。

客人问：

“周先生又不大好吗？”

许先生说：

“没有的，是我心窄。”

过了一会鲁迅先生要找什么东西，喊许先生上楼去，许先生连忙擦着眼睛，想说她不上楼的，但左右看了一看，没有人能代替了她，于是带着她那团还没有缠完的毛线球上楼去了。

楼上坐着老医生，还有两位探望鲁迅先生的客人。许先生一看了他们就自己低了头不好意思地笑了，她不敢到鲁迅先生的面前去，背转着身问鲁迅先生要什么呢，而后又是慌忙地把线缕挂在手上缠了起来。

一直到送老医生下楼，许先生都是把背向着鲁迅先生而站着的。

每次老医生走，许先生都是替老医生提着皮提包送到前门外的。许先生愉快地、沉静地带着笑容打开铁门闩，很恭敬地把皮包交给老医生，眼看着老医生走了才进来关了门。

这老医生出入在鲁迅先生的家里，连老娘姨对他都是尊敬的，医生从楼上下来时，娘姨若在楼梯的半道，赶快下来躲开，站到楼梯的旁边。有一天老娘姨端着一个杯子上楼，楼上医生和许先生一道下来了，那老娘姨躲闪不灵，急得把杯里的茶都颠出来了。等医生走过去，已经走出了前门，老娘姨还在那里呆呆地望着。

“周先生好了点吧？”

有一天许先生不在家，我问着老娘姨。她说：

“谁晓得，医生天天看过了不声不响地就走了。”

可见老娘姨对医生每天是怀着期望的眼光看着他的。

许先生很镇静，没有紊乱的神色，虽然说那天当着人哭过一次，但该做什么，仍是做什么，毛线该洗的已经洗了，晒的已经晒起，晒干了的随手就把它团起团子。

“海婴的毛线衣，每年拆一次，洗过之后再重打起，人一年一年地长，衣裳一年穿过，一年就小了。”

在楼下陪着熟的客人，一边谈着，一边开始手里动着竹针。

这种事情许先生是偷空就做的，夏天就开始预备着冬天的，冬天就做夏天的。

许先生自己常常说：

“我是无事忙。”

这话很客气，但忙是真的，每一餐饭，都好像没有安静地吃过。海婴一会要这个，要那个；若一有客人，上街临时买菜，下厨房煎炒还不说，就是摆到桌子上来，还要从菜碗里为着客人选好的夹过去。饭后又是吃水果，若吃苹果还要把皮削掉，若吃荸荠看客人削得慢而不好也要削了送给客人吃，那时鲁迅先生还没有生病。

许先生除了打毛线衣之外，还用机器缝衣裳，剪裁了许多件海婴的内衫裤在窗下缝。

因此许先生对自己忽略了，每天上下楼跑着，所穿的衣裳都是旧的，次数洗得太多，纽扣都洗脱了，也磨破了，都是几年前的旧衣裳，春天时许先生穿了一个紫红宁绸袍子，那料子是海婴在婴孩时候别人送给海婴做被子的礼物。做被子，许先生说很可惜，就拣起来做一件袍子。正说着，海婴来了，许先生使眼神，且不要提到，若提到海婴又要麻烦起来了，一要说是他的，他就要要。

许先生冬天穿一双大棉鞋，是她自己做的。一直到二三月早晚冷时还穿着。

有一次我和许先生在小花园里拍一张照片，许先生说她的纽扣掉了，还拉着我站在她前边遮着她。

许先生买东西也总是到便宜的店铺去买，再不然，到减价的地方去买。

处处俭省，把俭省下来的钱，都印了书和印了画。

现在许先生在窗下缝着衣裳，机器声格哒格哒的，震着玻璃门有些颤抖。

窗外的黄昏，窗内许先生低着的头，楼上鲁迅先生的咳嗽声，都搅混在一起了，重续着、埋藏着力量。在痛苦中，在悲哀中，一种对于生的强烈的愿望站得和强烈的火焰那样坚定。

许先生的手指把捉了在缝的那张布片，头有时随着机器的力量低沉了一两下。

许先生的面容是宁静的、庄严的、没有恐惧的，她坦荡的在使用着机器。

海婴在玩着一大堆黄色的小药瓶，用一个纸盒子盛着，端起来楼上楼下地跑。向着阳光照是金色的，平放着是咖啡色的，他招集了小朋友来，他向他们展览，向他们夸耀，这种玩意只有他有而别人不能有。他说：

“这是爸爸打药针的药瓶，你们有吗？”

别人不能有，于是他拍着手骄傲地呼叫起来。

许先生一边招呼着他，不叫他喊，一边下楼来了。

“周先生好了些？”

见了许先生大家都是这样问的。

“还是那样子，”许先生说，随手抓起一个海婴的药瓶来：“这不是么，这许多瓶子，每天打针，药瓶也积了一大堆。”

许先生一拿起那药瓶，海婴上来就要过去，很宝贵地赶快把那小瓶摆到纸盒里。

在长桌上摆着许先生自己亲手做的蒙着茶壶的棉罩子，从那蓝缎子的花罩下拿着茶壶倒着茶。

楼上楼下都是静的了，只有海婴快活的和小朋友们的吵嚷躲在太阳里跳荡。

海婴每晚临睡时必向爸爸妈妈说：“明朝会！”

有一天他站在上三楼去的楼梯口上喊着：

“爸爸，明朝会！”

鲁迅先生那时正病的沉重，喉咙里边似乎有痰，那回答的声音很小，海婴没有听到，于是他又喊：

“爸爸，明朝会！”他等一等，听不到回答的声音，他就大声地连串地喊起来：

“爸爸，明朝会，爸爸，明朝会，……爸爸，明朝会……”

他的保姆在前边往楼上拖他，说是爸爸睡下了，不要喊了。可是他怎么能够听呢，仍旧喊。

这时鲁迅先生说“明朝会”，还没有说出来喉咙里边就像有东西在那里堵塞着，声音无论如何放不大。到后来，鲁迅先生挣扎着把头抬起来才很大声地说出：

“明朝会，明朝会。”

说完了就咳嗽起来。

许先生被惊动得从楼下跑来了，不住地训斥着海婴。

海婴一边哭着一边上楼去了，嘴里唠叨着：

“爸爸是个聋人哪！”

鲁迅先生没有听到海婴的话，还在那里咳嗽着。

鲁迅先生在四月里，曾经好了一点，有一天下楼去赴一个约会，把衣裳穿的整整齐齐，手下夹着黑花布包袱，戴起帽子来，出门就走。

许先生在楼下正陪客人，看鲁迅先生下来了，赶快说：

“走不得吧，还是坐车子去吧。”

鲁迅先生说：“不要紧，走得动的。”

许先生再加以劝说，又去拿零钱给鲁迅先生带着。

鲁迅先生说不要不要，坚决地走了。

“鲁迅先生的脾气很刚强。”

许先生无可奈何的，只说了这一句。

鲁迅先生晚上回来，热度增高了。

鲁迅先生说：

“坐车子实在麻烦，没有几步路，一走就到。还有，好久不出去，愿意走走……动一动就出毛病……还是动不得……”

病压服着鲁迅先生又躺下了。

七月里，鲁迅先生又好些。

药每天吃，记温度的表格照例每天好几次在那里面，老医生还是照常地来，说鲁迅先生就要好起来了。说肺部的菌已经停止了一大半，肋膜也好了。

客人来差不多都要到楼上来拜望拜望。鲁迅先生带着久病初愈的心情，又谈起话来，披了一张毛巾子坐在躺椅上，纸烟又拿在手里了，又谈翻译，又谈某刊物。

一个月没有上楼去，忽然上楼还有些心不安，我一进卧室的门，觉得站也没地方站，坐也不知坐在哪里。

许先生让我吃茶，我就依着桌子边站着。好像没有看见那茶杯似的。

鲁迅先生大概看出我的不安来了，便说：

“人瘦了，这样瘦是不成的，要多吃点。”

鲁迅先生又在说玩笑话了。

“多吃就胖了，那么周先生为什么不多吃点？”

鲁迅先生听了这话就笑了，笑声是明朗的。

从七月以后鲁迅先生一天天地好起来了，牛奶，鸡汤之类，为了医生所嘱也隔三差五地吃着，人虽是瘦了，但精神是好的。

鲁迅先生说自己体质的本质是好的，若差一点的，就让病打倒了。

这一次鲁迅先生保持了很长时间，没有下楼更没有到外边去过。

在病中，鲁迅先生不看报，不看书，只是安静地躺着。但有一张小画是鲁迅先生放在床边上不断看着的。

那张画，鲁迅先生未生病时，和许多画一道拿给大家看过的，小得和纸烟包里抽出来的那画片差不多。那上边画着一个穿大长裙子飞散着头发的女人在大风里边跑，在她旁边的地面上还有小小的红玫瑰的花朵。

记得是一张苏联某画家着色的木刻。

鲁迅先生有很多画，为什么只选了这张放在枕边。

许先生告诉我的，她也不知道鲁迅先生为什么常常看这小画。

有人来问他这样那样的，他说：

“你们自己学着做，若没有我呢！”

这一次鲁迅先生好了。

还有一样不同的，觉得做事要多做……

鲁迅先生以为自己好了，别人也以为鲁迅先生好了。

准备冬天要庆祝鲁迅先生工作三十年。

又过了三个月。

一九三六年十月十七日，鲁迅先生病又发了，又是气喘。

十七日，一夜未眠。

十八日，终日喘着。

十九日的下半夜，人衰弱到极点了。天将发白时，鲁迅先生就像他平日一样，工作完了，他休息了。

1939年10月

诗歌篇

偶然想起

去年的五月，
正是我在北平吃青杏的时节，
今年的五月，
我生活的痛苦，
真是有如青杏般的滋味！

静

晚来偏无事，
坐看天边红，
红照伊人处。
我思伊人心，
有如天边红。

春曲

一

那边清溪唱着，
这边树叶绿了，
姑娘啊！
春天到了。

二

我爱诗人又怕害了诗人，
因为诗人的心，
是那么美丽，
水一般地，
花一般地，
我只是舍不得摧残它，
但又怕别人摧残。

那么我何妨爱他。

三

你美好的处子诗人，
来坐在我的身边，
你的腰任意我怎样拥抱，
你的唇任意我怎样的吻，
你不敢来在我的身边吗？
诗人啊！
迟早你是逃避不了女人！

四

只有爱的踟蹰美丽，
三郎，我并不是残忍，
只喜欢看你立起来又坐下，
坐下又立起，
这其间，
正有说不出的风月。

五

谁说不怕初恋的软力！

就是男性怎样粗暴，

这一刻，

也会娇羞羞地，

为什么我要爱人！

只怕为这一怕娇羞吧！

但久恋他就不娇羞了。

六

当他爱我的时候，

我没有一点力量，

连眼睛都睁不开，

我问他这是为什么？

他说：爱惯就好了，

啊！可珍贵的初恋之心。

幻觉

昨夜梦里：
听说你对那个名字叫Marlie的女子，
也正有意。

是在一个妩媚的郊野里，
你一个人坐在草地上写诗。
猛一抬头，
你看到了丛林那边，
女人的影子。

我不相信你是有意看她，
因为你的心，不是已经给了我吗？

疏薄的林丛。
透过来疏薄的歌声；
——弯弯的眉儿似柳叶；
红红的口唇似樱桃……

春歌儿呀！

你怕不喜欢在我的怀中睡着?
这时你站起来了！仔细听听。
把你的诗册丢在地上。

我的名字常常是写在你的诗册里。
我在你诗册里翻转;
诗册在草地上翻转;
但你的心!
却在那个女子的柳眉樱唇间翻转。

你站起来又坐定，那边的歌声又来了……
——我的春歌儿呀!
我这里有一个酥胸，还有那……
……青春……
你再也耐不住这歌声了!
三步两步穿过林丛——
你穿过林丛，那个女子已不见影了……
你又转身回来，拾起你的诗册，
你发出漠然的叹息!

听说这位Marlie姑娘生得很美
又能歌舞——
能歌舞的女子谁能说不爱呢?
你心的深处那样被她打动!

我在林丛深处,

听你也唱着这样的歌曲：
我的女郎！来，来在我身边坐地；
我有更美丽，更好听的曲子唱给你……

树条摇摇；
我心跳跳；
树条是因风而摇的，
我的心儿你却为着什么而狂跳
我怕她坐在你身边吗？不，
我怕你唱给她什么歌曲么？也不。
只怕你曾经讲给我听的词句，
再讲给她听，
她是听不懂的。
你的歌声还不休止！
我的眼泪流到嘴了！
又听你慢慢的说一声：
将来一定与她有相识的机会。
我是坐在一块大石头上的，
我的人儿怎不变作石头般的。

我不哭了！我替我的爱人幸福！
（天啦！你的爱人幸福过？言之酸心！）
因为你一定是绝顶聪明，谁都爱你；
那么请把你诗册我的名字涂抹
倒不是我心嫉妒——
只怕那个女子晓得了要难过的。

我感谢你，
要能把你的诗册烧掉更好，
因为那上面写过你爱我的语句。
教我们那一点爱，
与时间空间共存吧！！

同时我更希望你更买个新诗册子，
我替你把Marlie记的名字装进去，
证明你的心是给她的。
但你莫要忘记：
你可再别教她的心，
在你诗册里翻转哪！
那样会伤了她的心的！
因为她还是一个少女！

我正希望这个，
把你的孤寂埋在她的青春里。
我的青春！今后情愿老死！

1932.7.30

苦杯（11首）

一

带着颜色的情诗，
一首一首是写给她的，
像三年前他写给我的一样。
也许人人都是一样，
也许情诗再过三年，
他又写给另外一个姑娘！

二

昨夜他又写了一首诗，
我也写了一首诗，
他是写给他新的情人的，
我是写给我悲哀的心的。

三

爱情的账目，
要到失恋的时候才算的，
算也总是不够本的。

四

已经不爱我了吧！
尚与我日日争吵，
我的心潮破碎了，
他分明知道，
他又在我浸着毒一般痛苦的心上，
时时踢打。

五

往日的爱人，
为我遮避暴风雨，
而今他变成暴风雨了！
让我怎样来抵抗？
敌人的攻击，
爱人的伤悼。

六

他又去公园了，

我说：“我也去吧！”

“你去做什么？”他自己走了。

他给他新的情人的诗说：

“有谁不爱个鸟儿似的姑娘！”

“有谁忍拒绝少女红唇的苦！”

我不是少女，

我没有红唇了，

我穿的是从厨房带来油污的衣裳。

为生活而流浪，

我更没有少女美的心肠。

他独自走了，

他独自去享受黄昏时公园里，

美丽的时光。

我在家里等待着，

等待明朝再去煮米熬汤。

七

我幼时有一个暴虐的父亲，

他和我的父亲一样了！

父亲是我的敌人，
而他不是，
我又怎样来对待他呢?
他说他是我同一战线上的伙伴。

八

我没有家，
我连家乡都没有，
更失去朋友，
只有一个他，
而今他又对我取着这般态度。

九

泪到眼边流回去，
流着回去浸食我的心吧!
哭又有什么用!
他的心中既不放着我，
哭也是无足轻重。

十

近来时时想要哭了，
但没有一个适当的地方：
坐在床上哭，怕是他看到；
跑到厨房里去哭，
怕是邻居看到；
在街头哭，
那些陌生的人更会哗笑。
人间对我都是无情了。

十一

说什么爱情！
说什么受难者共同走尽患难的路程！
都成了昨夜的梦，
昨夜的明灯。

沙粒（34首）

一

七月里长起来的野菜，
八月里开花了。
我伤感它们的命运，
我赞叹它们的勇敢。

二

我爱钟楼上的铜铃，
我也爱屋檐上的麻雀，
因为从孩童时代它们就是我的小歌手呵！

三

我的窗前结着两个蛛网，
蜘蛛晚餐的时候，
也正是我晚餐的时候。

四

世界那么大！
而我却把自己的天地布置得这样狭小！

五

冬夜原来就是冷清的，
更不必加上邻家的筝声了。

六

夜晚归来的时候，
踏着落叶而思想着远方。
头发结满水珠了！
原来是个小雨之夜。

七

从前是和孤独来斗争，

而现在是体验这孤独。

一样的孤独，

两样的滋味。

八

本也想静静地工作，

本也想静静地生活，

但被寂寞燃烧得发狂的时候，

烟，吃吧！

酒，喝吧！

谁人没有心胸过于狭小的时候。

九

绿色的海洋，

蓝色的海洋，

我羡慕你的伟大，

我又怕你的惊险。

十

朋友和敌人，
我都一样地崇敬，
因为在我的灵魂上，
他们都画过条纹。

十一

今后将不再流泪了，
不是我心中没有悲哀，
而是这狂妄的人间迷惘了我了。

十二

和珍宝一样得来的友情，
一旦失掉了，
那刺痛就更甚于失掉了珍宝。

十三

我的胸中积满了沙石，
因此我所想望着的，

只是旷野、高天和飞鸟。

十四

蒙古的草原上，
夜和羊群一样做着梦，
那么我将是个牧羊的赤子了。

十五

偶然一开窗子，
看到了檐头的圆月。

十六

人在孤独的时候，
反而不愿意看到孤独的东西。

十七

生命为什么不挂着铃子？
不然丢了你，

怎能感到有所亡失？

十八

还没有走上沙漠，
就忍受着沙漠之渴。
那么，既走上了沙漠，
又将怎样？

十九

月圆的时候，
可以看到；
月弯的时候，
也可以看到。
但人的灵魂的偏缺，
却永也看不到。

二十

理想的白马骑不得，
梦中的爱人爱不得。

二十一

东京落雪了，

好像看到千里外的故乡。

二十二

当野草在人的心上长起来时，

不必去铲锄，

也绝铲锄不了。

二十三

想望得久了的东西，

反而不愿意得到。

怕的是得到那一刻的战栗，

又怕得到后的空虚。

二十四

可怜的冬朝，

无酒亦无诗。

二十五

失掉了爱的心板，
相同失掉了星子的天空。

二十六

当悲哀，
反而忘记了悲哀，
那才是最悲哀的时候。

二十七

此刻若问我什么最可怕？
我说，泛滥了的情感最可怕。

二十八

可厌的人群，
固然接近不得，
但可爱的人们也正在这可厌的
人群之中。
若永远躲避着脏污，

则又永久得不到纯洁。

二十九

海洋之大，

天地之广，

却恨各自的胸中狭小，

我将去了？

三十

野犬的心情，

我不知道；

飞到异乡去的燕子的心情，

我不知道。

但自己的心情，

自己却知道。

三十一

从异乡又奔向异乡，

这愿望多么渺茫！

而况送我的是海上的波浪，

迎接着我的是乡村的风霜。

三十二

只要那是真诚的，
那怕就带着点罪恶，
我也接受了。

三十三

我本一无所恋，
但又觉得到处皆有所恋。
这烦乱的情绪呀！
我咒诅着你，
好像咒诅恶魔那么咒诅。

三十四

什么最痛苦，
说不出的痛苦最痛苦。

1937.1.3东京

（该诗原载1937年6月15日《文丛》第1卷第1号，共34组。）

拜墓诗

跟着别人的脚迹，
我走进了墓地，
又跟着别人的脚迹，
来到了你的墓边。
那天是个半阴的天气，
你死后我第一次来拜访你。

我就在你的墓边竖了一株小小的花草，
但，并不是用以招吊你的亡灵，
只说一声：久违。

我们踏着墓畔的小草，
听着附近的石匠钻刻着墓石，
或是碑文的声音。
那一刻，
胸中的肺叶跳跃起来，
我哭着你，
不是哭你，
而是哭着正义。

你的死，
总觉得是带走了正义，
虽然正义并不能被人带走。

我们走出了墓门，
那送着我们的仍是铁钻击打着石头的声音，
我不敢去问那石匠，
将来他为着你将刻成怎样的碑文？

（发表于1937年4月23日《大公报》副刊《文艺》）

一粒土泥

别人对你不能知晓，
因为你是一棵亡在阵前的小草。

这消息传来的时候，
我们并不哭得号啕，
我们并不烦乱着终朝，
只是猜着你受难的日子，
在何时才得到一个这样的终了？

你的尸骨已经干败了！
我们的心上，
你还活活地走着跳着，
你的尸骨也许不存在了！
我们的心上，
你还活活地说着笑着。
苍天为什么这样的迢迢，
受难的兄弟：
你怎样终止了你最后的呼吸？
你没喝到朋友们端给你的一杯清水，

你没听到朋友们呼叫一声你的名字，
处理着你的，
完全是出于我们的敌人。

朋友们慌忙地相继而出去，
只把你一个人献给了我们的敌手。
也许临行的时候，
没留给你一言半语；
也许临行的时候，
把你来忘记！
而今你的尸骨是睡在山坡或是洼地？
要想吊你，
也无从吊起！

将来全世界的土地开满了花的时候，
那时候，
我们全要记起，
亡友剑啸，
就是这开花的一粒土泥。

书信篇

致萧军（三十封）

一

由船上寄——上海

（1936年7月18日发）

君先生：

海上的颜色已经变成黑蓝了，我站在船尾，我望着海，我想，这若是我一个人怎敢渡过这样的大海！

这是黄昏以后我才给你写信，舱底的空气并不好，所以船开没有多久我时时就好像要呕吐，虽然吃了多量的胃粉。

现在船停在长崎了，我打算下去玩玩。昨天的信并没写完就停下了。

到东京再写信吧！祝好！

莹　七月十八日

源先生好！

莹

二

日本东京——上海

（1936年7月21日发，7月27日到）

均：

你的身体这几天怎么样？吃得舒服吗？睡得也好？当我搬房子的时候，我想：你没有来，假若你也来，你一定看到这样的席子就要先在上面打一个滚，是很好的，像住在画的房子里面似的。

你来信寄到许的地方就好，因为她的房东熟一些。

海滨，许不去，以后再看，或者我自己去。

一张桌是（和）一个椅子都是借的，屋子里面也很规整，只是感到寂寞了一点儿，总有点儿好像少了一点儿什么！住下几天就好了。

外面我听到蝉叫，听到踏踏的奇怪的鞋声，不想写了！也许她们快来叫我出去吃饭的时候了！

你的药不要忘记吃，饭少吃些，可以到游泳池去游泳两次，假若身体太弱，到海上去游泳更不能够了。祝好！

别的朋友也都祝好！

莹　七月二十一日

三

日本东京——上海

（1936年7月26日发，7月31日到）

均：

现在我很难过，很想哭。想要写信钢笔里面的墨水没有了，可是怎样也装不进来，抽进来的墨水一压又随着压出来了。

华起来就到图书馆去了，我本来也可以去，我留在家里想写一点儿什么，但哪里写得下去，因为我听不到你那登登上楼的声音了。

这里的天气也算很热，并且讲一句话的人也没有，看的书也没有，报也没有，心情非常坏，想到街上去走走，路又不认识，话也不会讲。

昨天到神保町的书铺去了一次，但那书铺好像与我一点儿关系也没有，这里太生疏了，满街响着木屐的声音，我一点儿也听不惯这声音。这样一天一天的我不晓得怎样过下去，真是好像充军西伯利亚一样。

比我们起初来到上海的时候更感到无聊，也许慢慢的就好了。但这要一个长的时间，怕是我忍耐不了。不知道你现在准备要走了没有？我已经来了五六天了，不知为什么你还没有信来？

珂已经在十六号起身回去了。

不写了，我要出去吃饭，或者乱走走。

吟上　七月廿六十时半

旧地重游是很有趣的，并且有那样可爱的海！你现在一定洗海澡去了好几次了？但怕你没有脱衣裳的房子。

你再来信说你这样好那样好，我可说不定也去，我的稿费也可以够了。你怕不怕？我是和（你）开玩笑，也许是假玩笑。

你随手有什么我没看过的书也寄一本两本来！实在没有书读，越寂寞就越想读书，一天到晚不说话，再加上一天到晚也不看一个字我觉得很残忍，又像我从（前）在旅馆一个人住着的那个样子。但有钱，有钱除掉吃饭也买不到别的趣味。

祝好。

萧上　八月十七日

四

日本东京——青岛

（1936年8月14日发，8月21日到）

均：

接到你四号写的信现在也过好几天了，这信看过后，我倒很放心，因为你快乐，并且样子也健康。

稿子我已经发出去三篇，一篇小说，两篇不成形的短文。现在又要来一篇短文，这些完了之后，就不来这零碎，要来长的了。

现在十四号，你一定也开始工作了几天了吧？

鸡子你遵命了，我很高兴。

你以为我在混光阴吗？一年已经混过一个月。

我也不用羡慕你，明年阿拉自己也到青岛去享清福。我把你遣到日本岛上来——

莹　八月十四日

异 国

夜间：这窗外的树声，
听来好像家乡田野上抖动着的高粱，
但，这不是。
这是异国了，
踏踏的木屐声音有时潮水一般了。
日里：这青蓝的天空，
好像家乡六月里广茫的原野，
但，这不是，
这是异国了。
这异国的蝉鸣也好像更响了一些。

五

日本东京——青岛

（1936年8月17日发）

均：

今天我才是第一次自己出去走个远路，其实我看也不过三五里，但也算了，去的是神保町，那地方的书局很多，也很热闹，但自己走起来也总觉得没什么趣味，想买点什么，也没有买，又沿路走回来了。觉得很生疏，街路和风景都不同，但有黑色的河，那和徐家汇一样、上面是有破船的，船上也有女人、孩子。也是穿着破皮衣裳。并且那黑水的气味也一样。像这样的河巴黎也会有！

你的小伤风既然伤了许多日子也应该管他，吃点阿司匹林吧！一吃就好。

现在我庄严地告诉你一件事情，在你看到之后一定要在回信上写明！就是第一件你要买个软枕头，看过我的信就去买！硬枕头使脑神经很坏。你若不买，来信也告诉我一声，我在这边买两个给你寄去，不贵，并且很软。第二件你要买一张当做被子来用的有毛的那种单子，就像我带来那样的，不过更该厚点儿。你若懒得买，来信也告诉我，也为你寄去。还有，不要忘了夜里不要（吃）东西。没有了。以上这就是所有的这封信上的重要事情。

照相机现在你也有用了，再寄一些照片来。我在这里多少有点苦寂，不过也没什么，多写些东西也就添补起来了。

六

日本东京——青岛

（1936年8月22日发）

均：

现在正和你所说的相反，烟也不吃了，房间也整整齐齐的。但今天却又吃上了半支烟，天又下雨，你又总也不来信，又加上华要回去了！又加上近几天整天发烧，也怕是肺病的（样）子，但自己晓得，决不是肺病。可是又为什么发烧呢？烧得骨节都酸了！本来刚到这里不久夜里就开（始）不舒服，口干、胃胀……近来才晓是又（有）热度的关系，明天也许跟华到她的朋友地方去，因为那个朋友是个女医学生，让她带我到医生的地方去检查一下，很便宜，两元钱即可。不然华几天走了，我自己去看医生是不行的，连华也不行，医学上的话她也不会说，大概你还不知道，黄的父亲病重，经济不够了，所以她必得回去。大概二十七号起身。

她走了之后，他妈的，再就没有熟人了，虽然和她同住的那位女士倒很好，但她的父亲来了，父女都生病，住到很远的朋友家去了。

假若精神和身体稍微好一点儿，我总就要工作的，因为除了工作再没有别的事情可做的。可是今天是坏之极，好像中暑似的，疲乏，头痛和不能支持。

不写了，心脏过量的跳，全身的血液在冲击着。

祝好！

吟　八月廿二日夜雨时

你还是买一部唐诗给我寄来。

七

日本东京——青岛

（1936年8月27日发）

均：

我和房东的孩子很熟了，那孩子很可爱，黑的，好看的大眼睛，只有五岁的样子，但能教我单字了。

这里的蚊子非常大，几乎使我从来没有见过。

那回在游泳池里，我手上受的那块小伤，到现在还没有好。肿一小块，一触即痛。现在我每日二食，早食一毛钱，晚食两毛或一毛五，中午吃面包或饼干。或者以后我还要吃的好点，不过，我一个人连吃也不想吃，玩也不想玩，花钱也不愿花。你看，这里的任何公园我还没有去过一个，银座大概是漂亮的地方，我也没有去过，等着吧，将来日语学好了再到处去走走。

你说我快乐的玩吧！但那只有你，我就不行了，我只有工作、睡觉、吃饭，这样是好的，我希望我的工作多一点儿。但也觉得不好，这并不是正常的生活，有点类似放逐，有点类似隐居。你说不是吗？若把我这种生活换给别人，那不是天国了吗？其实在我也和天国差不多了。

你近来怎么样呢？信很少，海水还是那样蓝么？透明吗？浪大吗？劳山也倒真好？问得太多了。

可是，六号的信，我接到即回你，怎么你还没有接到？这文章没有写出，信到写了这许多。但你，除掉你刚到青岛的一封信，后来十六号的（一）封，再就没有了，今天已经是二十六日。我来在这里一个月零六天了。

现在放下，明天想起什么来再写。

今天同时接到你从劳山回来的两封信，想不到那小照相机还照得这样好！真清楚极了，什么全看得清，就等于我也逛了劳山一样。

说真话，逛劳山没有我同去，你想不到吗？

那大张的单人像，我倒不敢佩服，你看那大眼睛，大得我从来都没有看见过。

两片红叶子（已）经干干的了，我记得我初认识你的时候，你也是弄了两张叶子给我，但记不得那是什么叶子了。

孟有信来，并有两本《作家》来。他这样好改字换句的，也真是个毛病。

“瓶子很大，是朱色，调配起来，也很新鲜，只是……”这“只是”是什么意思呢？我不懂。

花皮球走气，这真是很可笑，你一定又是把它压坏的。

还有可笑的，怎么你也变了主意呢？你是根据什么呢？那么说，我把写作放在第一位始终是对的。

我也没有胖也没有瘦，在洗澡的地方天天过磅。

对了，今天整整是二十七号，一个月零七天了。

西瓜不好那样多吃，一气吃完是不好的，放下一会儿再吃。

你说我滚回去，你想我了吗？我可不想你呢，我要在日本住十年。

我没有给淑奇去信，因为我把她的地址忘了，商铺街十号还是十五号？还是内十五号呢？正想问你，下一信里告诉我吧！

那么周走了之后，我再给你信，就不要写周转了？

我本打算在二十五号之前再有一个短篇产生，但是没能够，现在要开始一个三万字的短篇了。给《作家》十月号。完了就是童话了。我这样童话来，童话去的，将来写不出，可应该觉得不好意思了。

东亚还不开学，只会说几个单字、成句的话，不会。房东还不错，总算比中国房东好。

你等着吧！说不定那一个月，或那一天，我可真要滚回去的。到那时候，我就说你让我回来的。

不写了。

吟　八月廿七日晚七时

祝好。

你的信封上带一个小花我可很喜欢，起初我是用手去掀的。

东京　町区富士见町，二丁目九一五中村方

八

日本东京——青岛

（1936年8月31日发，9月6日到）

均：

不得了了！已经打破了记录，今已超出了十页稿纸。我感到了大欢喜。但，在我（写）这信，外边是大风雨，电灯已经忽明忽暗了几次。我来了一个奇怪的幻想，是不是会地震呢？三万字已经有了二十六页了。不会震掉吧！这真是幼稚的思想。但，说真话，心上总有点不平静，也许是因为“你”不在旁边？

电灯又灭了一次。外面的雷声好像劈裂着什么似的！……我立刻想起了一个新的题材。

从前我对着这雷声，并没有什么感觉，现在不然了，它们都会随时波动着我的灵魂。

灵魂太细微的人同时也一定渺小，所以我并不崇敬我自己。我崇敬粗大的、宽宏的！……

我的表已经十点一刻了，不知你那里是不是也有大风雨？

电灯又灭了一次。

只得问一声晚安放下笔了。

吟　卅一日夜。八月

九

日本东京——青岛

（1936年9月6日发，9月13日收到）

均：

你总是用那样使我有点感动的称呼叫着我。

但我不是迟疑，我不回去的，既然来了，并且来的时候是打算住到一年，现在还是照着做，学校开学，我就要上学的。

但身体不大好，将来或者治一治。那天的肚痛，到现在还不大好。你是很健康的了，多么黑！好像个体育棒子。不然也像一匹小马！你健壮我是第一高兴的。

黎的刊物怎么样？没有人告诉我。

黄来信说《十年》一册也要写稿，说你答应了吗？但那东西是个什么呢？

上海那三个孩子怎么样？

你没有请王关石吃一顿饭？

我想起王关石，我就想起你打他的那块石头！袁泰见过？还有那个张？

唐诗我是要看的，快请寄来！精神上的粮食太缺乏！所以也会有病！

不多写了！明年见吧！

莹　九月六日

十

日本东京——青岛

（1936年9月9日发，9月15日收到）

三郎：

稿子既已交出，这两天没有事做，所以做了一张小手帕，送给你吧！

《八》既已五版，但没有印花的。销路总算不错。现在你在写什么？

劳山我也不想去，不过开个玩笑就是了，吓你一跳。我腿细不细的，你也就不用骂！

临别时，我不让你写信，是指的啰哩啰嗦的信。

黄来信，说有书寄来，但等了三天，还不到。《江上》也有，《商市街》也有，还有《泽文》之类。我是渴想着书的，一天二十四小时，既不烧饭，又不谈天，所以一休息下来就觉得天长得很。你靠着电杜读的是什么书呢？普通一类，都可以寄来的，并不用挂号，太费钱，丢是不常丢的。唐诗也快寄来，读读何妨？我就是怎样一个庄严的人，也不至于每天每月庄严到底呀？尤其是诗，读一读就像唱歌似的，情感方面也愉乐一下，不然，这不和白痴过的生活一样吗？写当然我是写的，但一个人若让他一点点也不间断下来，总是想和写，我想是办不到，用功是该用功的，但也要有一点娱乐，不然就像住姑子庵了，所以说来说去，唐诗还是快点寄来。

胃还是坏，程度又好像深了一些，饮食我是非（常）注意，但还不好，总是一天要痛几回。可是回去，我是不回去，来一次不容易，一定要把日文学到可以看书的时候，才回去，这里书真是多得很，住上一年，不用功也差不了。黄来信，说你十月底回上海，那末北平不去了吗？

祝好！

莹　九月九日

东亚补习学校，昨天我又跑去看了一次，但看不懂，那招生的广告我到底不知道是招的什么生，过两天再去看。

十一

日本东京——青岛

（1936年9月10日发，9月15日收到）

三郎：

我也给你画张图看看，但这是全屋的半面。我的全屋就是六张席子。你的那图，别的我倒没有什么，只是那两个小西瓜，非常可爱，你怎么也把它们两个画上了呢？假如有我，我就不是把它吃掉了吗？

尽胡说，修炼什么？没有什么好修炼的。一年之后，才可看书。

今天早晨，发了一信，但不到下午就有书来，也有信来。唐诗，读两首也倒觉不出什么好，别的夜来读。

如若在日本住上一年，我想一定没什么长进，死水似的过一年。我也许过不到一年或几个月就不在这里了。

日文我是不大喜欢学，想学俄文，但日语是要学的。

以上是昨天写的。

今天我去交了学费，买了书，十四号上课，十二点四十分起，四个钟头止，多是相当多，课本就有五六本。全是中国人，那个学校就是给中国人预备的。可不知珂来了没有？

三个月连书在一起二十一二块钱，本来五号就开课了，但我是错过了的。

现在我打算给奇她们写信，所以不多写了。

祝好。

吟　九月十日

十二

日本东京——青岛

（1936年9月12日发，9月16日收到）

均：

今晨刑事来过，使我上了一点火，喉咙很痛，麻烦得很，因此我不知住到什么时候就要走的。情感方面很不痛快，又非到我的房间不可，说东说西的。早晨本来我没有起来，房东说要谈就在下面谈吧，但不肯，非到我的房间不可，不知以后还来不来？若再来，我就要走。

华同住的朋友，要到市外去住了，从此连一个认识人也没有。我想这也倒不要紧，我好久未创作，但，又因此不安起来，使我对这个地方的厌倦更加上厌倦。

他妈的，这年头……

我主要的目的是创作，妨害——它是不行的。

本来我很高兴，后天就去上课，但今天这种感觉，使我的心情特别坏。忍耐一个时期再看吧！但青岛我不去，不必等我，你要走尽管走。

他寄来的书，通通读完了。

他妈的，混账王八蛋。

祝好。

吟　九月十二日

均：

刚才写的信，忘记告诉你了，你给奇写信，告诉她，不要把信寄给我。你转好了。

你的信封面也不要写地址。

十三

日本东京——青岛

（1936年9月14日发，9月21日到）

均：

你的照片像个小偷。你的信也是两封一齐到。（七日九日两封）

你开口就说我混账东西，好，你真不佩服我？十大写了五十七页稿纸。

你既然不再北去，那也很好，一个人本来也没有更多的趣味。牛奶我没有吃，力弗肝也没有买，因为不知道外国名字，又不知道卖西洋药的药房，这里对于西洋货排斥得很，不容易买到。肚子痛打止痛针也是不行，一句话不会说，并且这里的医生要钱很多。我想买一瓶凡拉蒙预备着下次肚痛，但不知到哪里去买？想问问是无人可问的。

秋天的衣裳，没有买，这里的天气还一点用不着。

我临走时说要给你买一件皮外套的，回上海后，你就要替我买给你自己。四十元左右。我的一些零碎的收入，不要他们寄来，直接你去取好了。

心情又闹坏了，睡觉也不好起来，想来想去。他妈的，再来麻烦，我可就不受了。

我给萧乾的文章，黄也一并交给黎了，你将来见到萧时，说一声对不住。

关于信封，你就一连串写下来好了，不必加点号。

荣子　九月十四日

十四

日本东京——青岛

（1936年9月19日发，9月26日到）

均：

前一封信，我怕你不懂，健康二字非作本意来解。

学校我每天去上课，现在我一面喝牛奶一面写信给你，你十三和十四发来的信，一齐接到，这次的信非常快，只要四五天。

我的房东很好，她还常常送我一些礼物，比（如）方糖、花生、饼干、苹果、葡萄之类，还有一盆花，就摆在窗台上。我给你的书签谢也不谢，真可恶！以后什么也不给你。

我告诉你，我的期限是一个月，童话终了为止，也就是十月十五前。

来信尽管写些家常话。医生我是不能去看的，你将来问华就知道这边的情形了。

上海常常有刊物寄来，现在我已经不再要了。这一个月，什么事也不管，只要努力童话。

小花叶我把它放到箱子里去。

祝好。

小鹅　九月十九日

十五

日本东京——青岛

（1936年9月21日发）

均：

昨天和今天都是下雨，我上课回来是遇着毛毛雨，所以淋得不很湿。现在我有雨鞋了，但，是男人的样子，所以走在街上有许多人笑，这个地方就是如此守旧的地方，假若衣裳你不和她们穿得同样，谁都要笑你，日本女人穿西装，啰里啰嗦，但你也必得和她一样啰嗦，假若整齐一些，或是她们没有见过的，人们就要笑。

上课的时间真是够多的，整个下半天就为着日语消费了去。今天上到第三堂的时候，我的胃就很痛，勉强支持过来了。

这几天很凉了，我买了一件小毛衣（二元五），将来再冷，我就把大毛衣穿上。我想我的衣裳一定可以支持到下月半。

我很爱夜，这里的夜，非常沉静，每夜我要醒几次的，每醒来总是立刻又昏昏的睡去，特别安静，又特别舒适。早晨也是好的，阳光还没晒到我的窗上，我就起来了，想想什么，或是吃点什么。这三两天之内，我的心又安然下来了。什么人什么命，吓了一下，不在乎。

孟有信来，说我回去吧！在这住有什么意思呢？

现在我一个人搭了几次高架电车，很快，并且还钻洞，我觉得很好玩，不是说好玩，而说有意思。因为你说过，女人这个也好玩那个也好玩。上回把我丢了，因为不到站我就下来了，走出了车站看看不对，那么往哪里走呢？我自己也不知道，瞎走吧，反正我记住了我的住址。可笑的是华在的时候，告诉我空中飞着的大气球是什么商店的广告，那商店就离学校不远，我一看到那大球，就奔着去了。于是总算没有丢。

虹没有信来，你告诉他也不要来信了，别人也告诉不要来信了。

这是你在青岛我给你的末一封信。再写信就是上海了。船上买一点儿水果带着，但不要吃鸡子，那东西不消化。饼干是可以带的。

祝好。

小鹅　九月二十一日

十六

日本东京——青岛

（1936年9月23日发）

均：

昨天下午接到你两封信。看了好几遍，本来前一信我说不在（再）往青岛去信了，可是又不能不写了。既接到信，也总是想回的，不管有事没有事。

今天放假，日本的什么节。

第三代居然间上一部快完了，真是能耐不小！大概我写信时就已经完了。

小东西，你还认得那是你裤子上剩下来的绸子？

坏得很，跟外国孩子去骂嘴！

水果我还是不常吃，因为不喜欢。

因为下雨所以你想我了，我也有些想你呢！这里也是两三天没有晴天。

不写了。

莹　九月廿二日

十七

日本东京——上海

（1936年10月13日发，10月18日到）

均：

我不回去了，来回乱跑，啰啰嗦嗦，想来想去，还是住下去吧！若真不得已那是没有法子。不过现在很平安。

近一个月来，又是空过的，日子过得不算舒服。

奇他们很好？小奇赶上小明那样可爱不？一晃三年不见他们了。奇一定是关于我问来问去罢？你没问俄文先生怎么样？他们今后打算住在什么地（方）呢？他们的经济情况如何？

天冷了，秋雨整天的下了，钱也快完了。请寄来一些吧！还有三十多元在手中，等钱到我才去买外套，月底我想一定会到的。

你的精神为了旅行很快活吧？

我已写信给孟，若你不在就请他寄来。

我很好。在电影上我看到了北四川路，我也看到了施高塔路，一刻我的心是忐忑不安的。我想到了病老而且又在奔波里的人了。

祝好。

吟　十月十三日

十八

日本东京——上海

（1936年10月20日发）

均：

我这里很平安，决（绝）对不回去了。胃病已好了大半，头痛的次数也减少。至于意外我想是不会有的了。因为我的生活非常简单，每天的出入是有次数的，大概被“跟”了些日子，后来也就不跟了。本来在未来这里之前也就想到了这层，现在依然是照看初来的意思，住到明年。

现在我的钱用到不够二十元了，觉得没有浪费，但用的也不算少数。希望月底把钱寄来，在国外没有归国的路费在手里是觉得没有把握的，而且没有熟人。

今天少上了一课，一进门就在席子上面躺着一封信，起初我以为是珂来的，因为你的字真是有点儿像珂。此句我懂了。（但你的文法，我是不大明白的“同来的有之明，奇现在天津，暂时不来。”我照原句抄下的。你看看吧。）（以上括弧内句子写上又抹掉了，再上面加上一句“此句我懂了”。大概起始没有看懂，后来又懂了，所以抹了。——萧军注）

六元钱买了一套洋装（裾〈裙〉与上衣）毛线的。还买了草褥，五元。我的房间收拾得非常整齐，好像等待着客人的到来一样。草褥折起来当做沙发，还有一个小圆桌，桌上还站着一瓶红色的酒。酒瓶下面站着一对金酒杯。大概在一个地方住得久了一点儿，也总是开心些的，因为我感觉到我的心情好像开始要管到一些在我身外的装点，虽然房间里边挂起一张小画片来，不算什么，是平常的，但，那需要多么大的热情来做这一点儿小事呢？非亲身感到的是不知道。我刚来的时候，就是前半个月吧，我也没有这样的要求。

日语教得非常多，大概要通通记得住非整天的工夫不可，我是不肯，而且我的时（间）也不够用。总是好坐下来想想。

报上说是L来这里了……？

我去洗澡去，不写了。

明。我在这里和你握手了。

吟　十月廿日

十九

日本东京——上海

（1936年10月21日发，10月26日到）

均：

昨天发的信，但现在一空下来就又想写点了。你们找的房子在哪里？多么大？好不好？这些问题虽然现在是和我无关了，但总禁不住要想。真是不巧，若不然我们和明他们在一起住上几个日子。

明，他也可以给我写点关于他新生活的愿望吗？因为我什么也不知道。小奇什么样？好教人喜欢的孩子吗？均，你是什么都看到了，我是什么也没看到。

均，你看我什么时候总好欠个小账，昨天在夜市的一个小摊子上欠了六分钱，写完了这一页纸就要去还的。

前些日子我还买了一本画册打算送给L。但现在这画只得留着自己来看了。我是非常爱这画册，若不然我想寄给你，但你也一定不怎么喜欢，所以这念头就打消了。

下了三天昼夜没有断的小雨，今天晴了，心情也新鲜了一些。

小沙发对于我简直是一个客人，在我的生活上简直是一件重大的事情，它给我减去了不少的孤独之感。总是坐在墙角在陪着我。

奇什么时候南来呢？　　祝好。

吟　十月廿一日

廿

日本东京——上海

（1936年10月24日发）

军：

关于周先生的死，二十一日的报上，我就渺渺茫茫知道一点儿，但我不相信自己是对的，我跑去问了那惟一的熟人，她说："你是不懂日本文的，你看错了。"我很希望我是看错，所以很安心的回来了，虽然去的时候是流着眼泪。

昨夜，我是不能不哭了。我看到一张中国报上清清楚楚登着他的照片，而且是那么痛苦的一刻。可惜我的哭声不能和你们的哭声混在一道。

现在他已经是离开我们五天了，不知现在他睡到哪里去了？虽然在三个月前向他告别的时候，他是坐在藤椅上，而且说："每到码头，就有验病的上来，不要怕，中国人就专会吓呼（唬）中国人，茶房就会说：验病的来啦！来啦！……"

我等着你的信来。

可怕的是许女士的悲痛，想个法子，好好安慰着她，最好是使她不要静下来，多多的和她来往。过了这一个最难忍的痛苦的初期，以后总是比开头容易平复下来。还有那孩子，我真不能够想象了。我想一步踏了回来，这想象的时间，在一个完全孤独了的人是多么可怕！

最后你替我去送一个花圈或是什么。

告诉许女士：看在孩子的面上，不要太多哭。

红　十月二十四日

廿一

日本东京——上海

（1936年10月29日发，11月3日到）

均：

挂号信收到。四十一元二角五的汇票，明天去领。二十号给你一信，二十四号又一信，大概也都收到了吧？

你的房子虽然费一点，但也不要紧，过过冬再说吧，外国人家的房子，大半不坏，冬天装起火炉来，暖烘烘的住上三两月再说，房钱虽贵，我主张你是不必再搬的，一个人，还不比两个人，若冷清清的过着冬夜，那赶上上冰山一样了。也许你不然，我就不行，我总是这么没出息，虽然是三个月不见了，但没出息还是没出息。不过回去我是不回去的。奇来了时，你和明他们在一道也很热闹了。

钱到手就要没有的，要去买件外套，这几天就很冷了。余下的钱，我想在十一月一个整月就要不够。一百元不知能弄到不能？请你下一封信回我。总要有路费留在手里才放心。

这几天，火上得不小，嘴唇又全烧破了。其实一个人的死是必然的，但知道那道理是道理，情感上就总不行。我们刚来到上海的时候，另外不认识更多的一个人了。在冷清清的亭子间里读着他的信，只有他，安慰着两个漂泊的灵魂！……写到这里鼻子就酸了。

均：童话未能开始，我也不作那计划了，太难，我的民间生活不够用的。现在开始一个两万字的，大约下月五号完毕。之后，就要来一个十万字的了，在十二月以内可以使你读到原稿。

日语懂了一些了。

日本乐器，“筝”在我的邻居家里响着。不敢说是思乡，也不敢说是思什么，但就总想哭。

什么也不再写下去了。

河清，我向你问好。

吟　十月廿九日

廿二

日本东京——上海

（1936年11月2日发）

三郎：

廿四日的信，早接到了，汇票今天才来。

于（郁）达夫的讲演今天听过了，会场不大，差一点儿没把门挤下来，我虽然是买了票的，但也和没有买票的一样，没有得到位置，是被压在了门口，还好，看人还不讨厌。

近来水果吃得很多，因为大便不通的缘故，每次大便必要流血。

东亚学校，十二月二十三日第一期终了，第二期我打算到一个私人教授的地方去读，一面是读读小说，一方面可以少费一些时间，这两个月什么也没有写，大概也许太忙了的缘故。

寄来那张译的原稿也读过了，很不错，文章刚发表就有人注意到了。

这里的天气还不算冷，房间里生了火盆，它就像一个伙伴似的陪着我。花，买了，酒也不想喝，对于一切都不大有趣味，夜里看着窗棂和空空的四壁，对于一个年青的有热情的人，这是绝大的残酷，但对于我还好，人到了中年总是能熬住一点儿火焰的。

珂要来就来吧！可能照理他的地方，照理他一点儿，不能的地方就让他自己找路走，至于“被迫”，我也想不出来被什么所迫。

奇她们已经安定下来了吧？两三年的工夫，就都兵荒马乱起来了，牵牛房的那些朋友们，都东流西散了。

许女士也是命苦的人，小时候就死去了父母，她读书的时候，也是勉强挣扎着读的，她为人家做过家庭教师，还在课余替人家抄写过什么纸张，她被传染了猩红热的时候是在朋友的父亲家里养好的。这可见她过去的孤零，可是现在又孤零了。孩子还小，还不能懂得母亲。既然住得很近，你可替我多跑两趟。别的朋友也可约同他们常到他家去玩，L. 没完成的事业，我们是接受下来了，但他的爱人，留给谁了呢？

不写了，祝好。

荣子　十一月二日

廿三

日本东京——上海

（1936年11月6日发）

均：

《第三代》写得不错，虽然没有读到多少。

《为了爱的缘故》也读过了，你真是还记得很清楚，我把那些小节都模糊了去。

不知为什么，又来了四十元的汇票，是从邮局寄来的，也许你怕上次的没有接到？

我每天还是四点的功课，自己以为日语懂了一些，但找一本书一读还是什么也不知道。还不行，大概再有两月许是将就着可以读了吧？但愿自己是这样。

奇来了没有？

你的房子还是不要搬，我的意思是如此。

在那《爱……》的文章里面，芹简直和幽灵差不多了，读了使自己感到了颤栗，因为自己也不认识自己了。我想我们吵嘴之类，也都是因为了那样的根源——就是为一个人的打算，还是为多数人打算。从此我可就不愿再那样妨害你了。你有你的自由了。

祝好。

吟　十一月六日

手套我还没有寄出，因为我还要给河清买一副。

廿四

日本东京——上海

（1936年11月19日发）

均：

因为夜里发烧，一个月来，就是嘴唇，这一块那一块的破着，精神也烦躁得很，所以一直把工作停了下来。想了些无用的和辽远的想头。文章一时寄不去。

买了三张画，东墙上一张北墙上一张，一张是一男一女在长廊上相会，廊口处站着一个弹琴的女人。还有一张是关于战争的，在一个破屋子里把花瓶打碎了，因为喝了酒，军人穿着绿裤子就跳舞，我最喜欢的是第三张，一个小孩睡在檐下了，在椅子了. 靠着软枕。旁边来了的大概是她的母亲，在栅栏外肩着大镰刀的大概是她的父亲，那檐下方块石头的廊道，那远处微红的晚天，那茅草的屋檐，檐下开着的格窗，那孩子双双的垂着的两条小腿。真是好，不瞒你说，因为看到了那女孩好像看到了自己似的，我小的时候就是那样，所以我很爱她。投主称王，这是要费一些心思的，但也不必太费，反正自己最重要的是工作——为大体着想，也是工作。聚合能工作一方面的，有个团体，力量可能充足，我想主要的特色是在人上，自己来罢，投什么主，谁配做主？去他妈的。说到这里，不能不伤心，我们的老将去了还不几天啊！

关于周先生的全集，能不能很快的集起来呢？我想中国人集中国人的文章总比日本集他的方便，这里，在十一月里他的全集就要出版，这真可配（佩）服。我想找胡、聂、黄等诸人，立刻就商量起来。

商市街被人家喜欢，也很感谢。

莉有信来，孩子死了，那孩子的命不大好，活着尽生病。

这里没有书看，有时候自己很生气。看看《水浒》吧！看着看着就睡着了，夜半里的头痛和噩梦对于我是非常坏。前夜就是那样醒来的，而不敢再睡了。

我的那瓶红色酒，到现在还是多半瓶，前天我偶然借了房东的锅子烧了点儿菜，就在火盆上烧的（对了，我还没告诉你，我已经买了火盆，前天是星期日，我来试试）。小桌子，摆好了，但吃起来不是滋味，于是反受了感触，我虽不是什么多情的人，但也有些感触，于是把房东的孩子唤来，对面吃了。

地震，真是骇人，小的没有什么，上次震得可不小，两三分钟，房子格格地响着，表在墙上摇着。天还未明，我开了灯，也被震灭了，我梦里梦中（懵）的穿着短衣裳跑下楼去，房东也起来了，他们好像要逃的样子，隔壁的老太婆叫唤着我，开着门，人却没有应声，等她看到我是在楼下，大家大笑了一场。

纸烟向来不抽了，可是近几天忽然又挂在嘴上。

胃很好，很能吃，就好像我们在顶穷的时候那样，就连块面包皮也是喜欢的，点心之类，不敢买，买了就放不下。也许因为日本饭没有油水的关系，早饭一毛钱，晚饭两毛钱，中午两片面包一瓶牛奶。越能吃，我越节制着它，我想胃病好了也就是这原因。但是闲饥难忍，这是不错的。但就把自己布置到这里了，精神上的不能忍也忍了下去，何况这一个饥呢？

又收到了五十元的汇票，不少了。你的费用也不小，再有钱就留下你用吧，明年一月末，照预算是够了的。

前些日子，总梦想着今冬要去滑冰，这里的别的东西都贵，只有滑冰鞋又好又便宜，旧货店门口，挂着的崭新的，简直看不出是旧货，鞋和刀子都好，十一元。还有八九元的也好。但滑冰场一点钟的门票五角。还离得很远，车钱不算，我合计一下，这干不得。我又打算随时买一点儿旧画，中国是没处买的，一方面留着带回国去，另一方面围着火炉看一看，消消寂寞。

均：你是还没过过这样的生活，和蛹一样，自己被卷在茧里去了。希望顾（固）然有，目的也顾（固）然有，但是都那么远和那么大。人尽靠着远的和大的来生活是不行的，虽然生活是为着将来而不是为着现在。

窗上洒满着白月的当儿，我愿意关了灯，坐下来沉默一些时候，就在这沉默中，忽然像有警钟似的来到我的心上："这不就是我的黄金时代吗？此刻。"于是我摸着桌布，回身摸着藤椅的边沿，而后把手举到面前，模模糊糊的，但确认定这是自己的手，而后再看到那单细的窗棂上去。是的，自己就在日本。自由和舒适，平静和安闲，经济一点儿也不压迫，这真是黄金时代，是在笼子过的。从此我又想到了别的，什么事来到我这里就不对了，也不是时候了。对于自己的平安，显然是有些不惯，所以又爱这平安，又怕这平安。

均：上面又写了一些怕又引起你误解的一些话，因为一向你看得我很弱。

前天我还给奇一信。这信就给她看吧！

许君处，替我问候。

吟　十一月十九日

廿五

日本东京——上海

（1936年11月24日发）

三郎：

我忽（然）想起来了，姚克不是在电影方面活动吗？那个《弃儿》的脚本，我想一想很够一个影戏的格式，不好再修改和整理一下给他去上演吗？得进一步就进一步，除开文章的领域，再另外抓到一个启发人们灵魂的境界，况且在现时代影戏也是一大部分传达情感的好工具。

这里，明天我去听一个日本人的讲演，是一个政治上的命题。我已经买了票，五角钱，听两次，下一次还有郁达夫，听一听试试。

近两天来头痛了多次，有药吃，也总不要紧，但心情不好，这也没什么，过两天就好了。

《桥》也出版了？那么《绿叶的故事》也出版了吧？关于这两本书我的兴味都不高。

现在我所高兴的就是日文进步很快，一本《文学案内》翻来翻去，读懂了一些。是不错，大半都懂了，两个多月的工夫，这成绩，在我就很知足了。倒是日语容易得很，别国的文字，读上两年也没有这成绩。

许的信，还没写，不知道说什么好，我怕目的是想安慰她，相反的，又要引起她的悲哀来。你见着她家的那两个老娘姨也说我问她们好。

你一定要去买一个软一点儿的枕头，否则使我不放心，因为我一睡到这枕头上，我就想起来了，很硬，头痛与枕头大有关系。

我对于绘画总是很有趣味，我想将来我一定要在那上面用工夫的。我有一个到法国去研究画的欲望，听人说，一个月只要一百元。在这个地方也要五十元的。况且在法国可以随时找点工作。

现在我随时记下来一些短句，我不寄给你，打算寄给河清，因为你一看，就非成了“寂寂寞寞”不可，生人看看，或者有点新的趣味。

到墓地去烧刊物，这真是“洋迷信”“洋乡愚”说来又伤心，写好的原稿也烧去让他改改，回头再发表罢！烧刊物虽愚蠢，但情感是深刻的。

这又是深夜，并且躺着写信。现在不到十二点，我是睡不下的，不怪说，做了“太太”就愚蠢了，从此看来，大半是愚蠢的。

祝好。

荣子　十一月廿四日

廿六

日本东京——上海

（1936年12月5日发）

三郎：

你且不要太猛撞，我是知道近来你们那地方的气候是不大好的。

孙梅陵也来了，夫妻两个？

珂到上海来，竟来得这样快，真是使我吃惊。暂时让他住在那里罢，我也是不能给他决定，看他来信再说。

我并不是吹牛，我是真去听了，并且还听懂了，你先不用忌妒，我告诉你，是有翻译的。

你的大琴的经过，好像小说上的故事似的，带着它去修理，反而更打碎了它。

不过说翻译小说那件事，只得由你选了，手里没有书，那一块喜欢和不喜欢也忘记了。

我想《发誓》的那段好，还是最后的那段？不然就：《手》或者《家族以外的人》！作品少，也就不容易选择了。随便。自传的五六百字，三二日之间当作好。

清说：你近来的喝酒是在报复我的吃烟，这不应该了，你不能和一个草叶来分胜负，真的，我孤独得和一张草叶似的了。我们刚来上海时，那滋味你是忘记了，而我又在开头尝着。

祝好。

荣子　十二月五日

廿七

日本东京——上海

（1936年12月15日发）

三郎：

我没有迟疑过，我一直是没有回去的意思，那不过偶尔说着玩的。至于有一次真想回去，那是外来的原因，而不（是）我自己的自动。

大概你又忘了，夜里又吃东西了吧？夜里在外国酒店喝酒，同时也要吃点下酒的东西的，是不是？不要吃，夜里吃东西在你很不合适。

你的被子比我的还薄，不用说是不合用的了，连我的夜里也是凉凉的。你自己用三块钱去买一张棉花，把你的被子带到淑奇家去，请她替你把棉花加进去。如若手头有钱，就到外国店铺买一张被子，免得烦劳人。

我告诉你的话，你一样也不做，虽然小事，你就总使我不安心。

身体是不很佳，自己也说不出有什么毛病，沈女士近来一见到就说我的面孔是膨胀的，并且苍白。我也相信，也不大相信，因为一向是这个样子，就没希奇了。

前天又重头痛一次，这虽然不能怎样很重的打击了我（因为痛惯了的原故），但当时那种切实的痛苦无论如何也是真切的感到。算来头痛已经四五年了，这四五年中头痛药，不知吃了多少。当痛楚一来到时，也想赶快把它医好吧，但一停止了痛楚，又总是不必了。因为头痛不至于死，现在是有钱了，连这样小病也不得了起来，不是连吃饭的钱也刚刚不成问题吗？所以还是不回去。

人们都说我身（体）不好，其实我的身（体）是很好的，若换一个人，给他四、五年间不断的头痛，我想不知道他的身体还好不好？所以我相信我自己是健康的。

周先生的画片，我是连看也不愿意看的，看了就难过。海婴想爸爸不想？

这地方，对于我是一点留恋也没有，若回去就不用想再来了，所以莫如一起多住些日子。

现在很多的话，都可以懂了，即是找找房子，与房东办办交涉也差不多行了。大概这因为东亚学校钟点太多，先生在课堂上多半也是说日本话的。现在想起初来日本的时候，华走了以后的时候，那真是困难到极点了。几乎是熬不住。

珂，既然家有信来，还是要好好替他打算一下，把利害说给他，取决当然在于他自己了，我离得这样远，关于他的情形，我总不能十分知道，上次你的信是问我的意见，当时我也不知为什么他来到了上海。他已经有信来，大半是为了找我们，固然他有他的痛苦，可是找到了我们，能知道他接着就不又有新的痛苦吗？虽然他给我的信上说着“我并不忧于流浪”，而且又说，他将来要找一点儿事做，以维持生活，我是知道的，上海找事，那里找去。我是总怕他的生活成问题，又年轻，精神方面又敏感，若一下子挣扎不好，就要失掉了永久的力量。我看既然与家庭没有断掉关系，可以到北平去读书，若不愿意重来这里的话。

这里短时间住住则可，把日语学学，长了是熬不住的，若留学，这里我也不赞成，日本比我们中国还病态，还干苦（枯），这里没有健康的灵魂，不是生活。中国人的灵魂在全世（界）中说起来，就是病态的灵魂，到了日本，日本比我们更病态，既是中国人，就更不应该来到日本留学，他们人民的生活，一点自由也没有，一天到晚，连一点声音也听不到，所有的住宅都像空着，而且没有住人的样子。一天到晚歌声是没有的，哭笑声也都没有。夜里从窗子往外看去，家屋就都黑了，灯光也都被关于板窗里面。日本人民的生活，真是可怜，只有工作，工作得和鬼一样，所以他们的生活完全是阴森的。中国人有一种民族的病态，我们想改正它还来不及，再到这个地方和日本人学习，这是一种病态上再加上病态。我说的不是日本没有可学的，所差的只是他的不健康处也正是我们的不健康处，为着健康起见，好处也只得丢开了。

再说另一件事，明年春天，你可以自己再到自己所愿的地方去消（逍）遥一趟。我就只消（逍）遥在这里了。

礼拜六夜（即十二日）我是住在沈女士住所的，早晨天还未明，就读到了报纸，这样的大变动使我们惊慌了一天，上海究竟怎么样，只有等着你的来信。

新年好。

荣子　十二月十五日

“日本东京　町区”只要如此写，不必加标点。

廿八

日本东京——上海

（1936年12月18日发）

三郎：

今日东京大风而奇暖。

很有新年的气味了，在街上走走反倒不舒服起来了，人家欢欢乐乐，但是与我无关，所谓趣味，则就必有我，倘若无我，那就一切无所谓了。

我想今天该有信了，可是还没有。失望失望。

学校只有四天课了，完了就要休息十天，而后再说，或是另外寻先生，或是仍在那个学校读下去。

我很想看看奇和珂，但也不能因此就回来，也就算了。

一月里要出的刊物，这回怕是不能成功了吧？你们忙一些什么？离着远了，而还要时时想着你们这方面，真是不舒服，莫如索性问也不问，连听也不听。

三代这回可真得搬家了，开开玩笑的事情，这回可成了真的。

新年了，没有别的所要的，只是希望寄几本小说来，不用挂号，丢不了。《复活》《骑马而去的妇人》，还有别的我也想不出来，总之在这期中，哪怕有多少书也要读空的。可惜要读的时候，书反而没有了。我不知你寄书有什么不方便处没有？若不便，那就不敢劳驾了。

祝好。

荣子　十二月十八日夜

三匹小猫是给奇的。

奇的住址，是“巴里”，是什么里，她写得不清，上一封信，不知道她接到不接到，我是寄到“巴里”的。

廿九

北京——上海

（1936年4月25日发，4月29日到）

军：

现在是下午两点，火车摇得很厉害，几乎写不成字。

火车已经过了黄河桥，但我的心好像仍然在悬空着，一路上看些被砍折的秃树，白色的鸭鹅和一些从西安回来的东北军。马匹就在铁道旁吃草，也有的成排的站在运货的车厢里边，马的背脊成了一条线，好像鱼的背脊一样。而车厢上则写着津浦。

我带的苹果吃了一个，纸烟只吃了三两棵。一切欲望好像都不怎样大，只觉得厌烦，厌烦。

这是第三天的上午九时，车停在一个小站，这时候我坐在会客室里，窗外平地上尽是些坟墓，远处并且飞着乌鸦和别的大鸟。从昨夜已经是来在了北方。今晨起得很早，因为天晴太阳好，贪看一些野景。

不知你正在思索一些什么？

方才经过了两片梨树地，很好看的，在朝雾里边它们隐隐约约的发着白色。

东北军从并行的一条铁道上被运过去那么许多，不仅是一两辆车，我看见的就有三四次了。他们都弄得和泥猴一样，它们和马匹一样在冒着小雨，它们的欢喜不知是从那里得来，还闹着笑着。

车一开起来，字就写不好了。

唐官一带的土地，还保持着土地原来的颜色。有的正在下种，有的黑牛或白马在上面拉着犁杖。

这信本想昨天就寄，但没找到邮筒，写着看吧！

刚一到来，我就到了迎贤公寓，不好。于是就到了中央饭店住下，一天两块钱。

立刻我就去找周的家，这真是怪事，那里有？洋车跑到宣外，问了警察也说太平桥只在宣内，宣外另有个别的桥，究竟是个什么桥，我也不知道。于是跑到宣内的太平桥，二十五号是找到了，但没有姓周的，无论姓什么的也没有，只是一家粮米铺。于是我游了我的旧居，那已经改成一家公寓了。我又找了姓胡的旧同学，门房说是胡小姐已经不在，那意思大概是出嫁了。

北平的尘土几乎是把我的眼睛迷住，使我真是恼丧，那种破落的滋味立刻浮上心头。

于是我跑到李镜之七年前他在那里做事的学校去，真是七年间相同一日，他仍在那里做事，听差告诉我，他的家就住在学校的旁边，当时实在使我难以相信。我跑到他家里去，看到了儿女一大群。于是又知道了李洁吾，他也有一个小孩了，晚饭就吃在他家里，他太太烧的面条。饭后谈了一些时候，关于我的消息，知道得不少，有的是从文章上得知，有的是从传言。九时许他送出胡同来，替我叫了洋车我自归来就寝。总算不错，到底有个熟人。

明天他们替我看房子，旅馆不能多住的，明天就有了决定。

并且我还要到宣外去找那个什么桥，一定是你把地址弄错，不然绝不会找不到的。

祝你饮食和起居一切平安。

珂同此。

荣子　四月二十五日夜一时

三十

北京——上海

（1937年4月27日发）

均：

前天下午搬到洁吾家来住，我自己占据了一间房。二、三日内我就搬到北辰宫去住下，这里一个人找房子很难，而且一时不容易找到。北辰宫是个公寓，比较阔气，房租每月二十四也或者三十元，因为一间空房没有，所以暂且等待两天。前天为了房子的事，我很着急。思索了半天才下了决心，住吧！或者能够做点事，有点代价就什么都有了。

现在他们夫妇都出去了，在院心我替他们看管孩子。院心种着两棵梨树，正开着白花，公园或者北海，我还没有去过，坐在家里和他们闲谈了两火，知道他们夫妇彼此各有痛苦。我真奇怪，谁家都是这样，这真是发疯的社会。可笑的是我竟成了老大哥一样给他们说着道理。

淑奇这两天来没有来？你的精神怎么样？珂的事情决定了没有？我本想寄航空信给你，但邮政总局离得太远，你一定等信等得很急。

“八月”和“生”这地方老早就已买不到了，不知是什么原因，至于翻版更不得见。请各寄两本来，送送朋友。洁吾关于我们的生活从文字上知道的。差不多我们的文章他全读过，就连“大连丸”他也读过，他长长（常常）想着你的长相如何？等看到了照像看了好多时候。他说你是很厉害的人物，并且有派（魄）力。我听了很替你高兴。他说从《第三代》上就能看得出来。

虽然来到了四五天，还没有安心，等搬了一定的住处就好了。

你喝酒多少？

我很想念我的小屋，花盆浇水了没有？

昨天夜里就搬到北辰宫来，房间不算好，每月二十四元。

住着看，也许住上五天六天的，在这期间我自己出去观看民房。

到今天已是一个礼拜了，还是安不下心来，人这动物，真不是好动物。

周家我暂时不去了，等你来信再说。

写信请寄到北平东城北池子头条七号李家即可。

你的那篇东西做出去没有?

荣子　四月廿七日

致×先生

×先生：

还是在十二月里，我听说霞飞坊着火，而被烧的是先生的家。这谣传很久了，不过我是十二月听到的。看到你的信，我才知道，晓得那件事已经很晚了，那还是十月里的事情。但这次来的很好，因为关心这件事情的人太多，延安和成都，都有人来信问过。再说二周年祭，重庆也开了会，可是那时候我不能去参加，那理由你也晓得的。你说叫我收集一些当时的报纸，现在算起，过了两个月了，但怕你的贴报簿仍没有重庆的篇幅，所以我还是在收集，以后挂号寄上。因为过时之故，所以不能收集得快，而且也怕不全。这都是我这样的年青人做事不留心的缘故，不然何必现在收集呢？不是本来应该留起的吗？

名叫《鲁迅》的刊物，至今尚未出。替转的那几张信，谢谢你。你交了白卷，我不生气，（因为我不敢）所以我也不小气，打算给你写文的。不知现在时间已过你要不要？

《鲁迅》那刊物不该打算出得那样急，为的是赶二周年。因为周先生去世之后，算算自己做的事情太少，就心急起来。心急是不行的，周先生说过，这心急要拉得长，所以这刊物我始终计算着，有机会就要出的。年底看，在这一年中，各种方法我都想，想法收集稿子，想法弄出版关系，即最后还想自己弄钱。这三条都是要紧的，尤其是关于稿子。这刊物要名实合一，要外表也漂亮，因为导师喜欢好的装修（漂亮书），因为导师的名字不敢侮辱，要选极好极好的作品，做编辑的要铁面无私，要宁缺勿滥；所以不出月刊，不出定期刊，有钱有稿就出一本，不管春夏秋冬，不管三月五月，整理好就出一本，本头要厚，出一本就是一本。载一长篇，三两篇短篇，散文一篇，诗有好的要一篇，没有好的不要。关于周先生，要每期都有关于他的文章。研究，传记，……所以先想请你作传记的工作（就是写回忆文），这很对不起，我不应该就这样指定，我的意思不是指定，就是请你具体的赞同。还请茅盾先生，台静农先生……若赞同就是写稿。但这稿也并不收在我手里（登出一期，再写信讨来一段），因为内地警报多，怕烧毁。文章越长越好，研究我们的导师非长文不够用。在这一年之中，大概你总可写出几万字的，就是这刊物不管怎样努力也不能出的话，那时就请你出单行本吧，我们都是要读的。导师的长处，我们知道得太少了，想做好人是难的。其实导师的文章就够了，绞了那么多心血给我们还不够吗？但是我们这一群年青人非常笨，笨得就像一块石，假若看了导师怎样对朋友，怎样谈闲天，怎样看电影，怎样包一本书，怎样用剪子连包书的麻绳都剪得整整齐齐。那或者帮助我们做成一个人更快一点，因为我们连吃饭走路都得根本学习的，我代表青年们向你呼求，向你要索。

我们在这里一谈起话来就是导师导师，不称周先生也不称鲁迅先生，你或者还没有机会听到，这声音是到处响着的，好像街上的车轮，好像檐前的滴水。

萧红上，3月14日

九一八致弟弟书

可弟：小战士，你也做了战士了，这是我想不到的。

世事恍恍惚惚的就过了；记得这十年中只有那么一个短促的时间是与你相处的，那时间短到如何程度，现在想起就像连你的面孔还没有来得及记住，而你就去了。

记得当我们都是小孩子的时候，当我离开家的时候，那一天的早晨你还在大门外和一群孩子玩着，那时你才是十三四岁的孩子，你什么也不懂，你看着我离开家向南大道上奔去，向着那白银似的满铺着雪的无边的大地奔去。你连招呼都不招呼，你恋着玩，对于我的出走，你连看我也不看。

而事隔六七年，你也就长大了，有时写信给我，因为我的漂流不定，信有时收到，有时收不到。但在收到信中我读了之后，竟看不见你，不是因为那信不是你写的，而是在那信里边你所说的话，都不像是你说的。这个不怪你，都只怪我的记忆力顽强，我就总记着，那顽皮的孩子是你，会写了这样的信的，会说了这样的话的，哪能够是你。比方说——生活在这边，前途是没有希望，等等……

这是什么人给我的信，我看了非常的生疏，又非常的新鲜，但心里边都不表示什么同情，因为我总有一个印象，你晓得什么，你小孩子，所以我回你的信的时候，总是愿意说一些空话，问一问家里的樱桃树这几年结樱桃多少？红玫瑰依旧开花否？或者是看门的大白狗怎样了？关于你的回信，说祖父的坟头上长了一棵小树。在这样的话里，我才体味到这信是弟弟写给我的。

但是没有读过你的几封这样的信，我又走了。越走越离得你远了，从前是离着你千百里远，那以后就是几千里了。

而后你追到我最先住的那地方，去找我，看门的人说，我已不在了。

而后婉转的你又来了信，说为着我在那地方，才转学也到那地方来念书。可是你扑空了。我已经从海上走了。

可弟，我们都是自幼没有见过海的孩子，可是要沿着海往南下去了，海是生疏的，我们怕，但是也就上了海船，飘飘荡荡的，前边没有什么一定的目的，也就往前走了。

那时到海上来的，还没有你们，而我是最初的。我想起来一个笑话，我们小的时候，祖父常讲给我们听，我们本是山东人，我们的曾祖，担着担子逃荒到关东的。而我们又将是那个未来的曾祖了，我们的后代也许会在那里说着，从前他们也有一个曾祖，坐着渔船，逃荒到南方的。

我来到南方，你就不再有信来。一年多又不知道你那方面的情形了。

不知多久，忽然又有信来，是来自东京的，说你是在那边念书了。恰巧那年我也要到东京去看看。立刻我写了一封信给你，你说暑假要回家的，我写信问你，是不是想看看我，我大概七月下旬可到。

我想这一次可以看到你了。这是多么出奇的一个奇遇。因为想也想不到，会在这样一个地方相遇的。

我一到东京就写信给你，你住的是神田町，多少多少番。本来你那地方是很近的，我可以请朋友带了我去找你。但是因为我们已经不是一个国度的人了，姐姐是另一国的人，弟弟又是另一国的人。直接的找你，怕与你有什么不便。信写去了，约的是第三天的下午六点在某某饭馆等我。

那天，我特别穿了一件红衣裳，使你很容易的可以看见我。我五点钟就等在那里，因为我在猜想，你如果来，你一定要早来的。我想你看到了我，你多少喜欢。而我也想到了，假如到了六点钟不来，那大概就是已经不在了。

一直到了六点钟，没有人来，我又多等了一刻钟，我又多等了半点钟，我想或者你有事情会来晚了的。到最后的几分钟，竟想到，大概你来过了，或者已经不认识我，因为始终看不见你，第二天，我想还是到你住的地方看一趟，你那小房是很小的。有一个老婆婆，穿着灰色大袖子衣裳，她说你已经在月初走了，离开了东京了，但你那房子里还下着竹帘子呢。帘子里头静悄悄的，好像你在里边睡午觉的。

半年之后，我还没有回上海，不知怎么的，你又来了信，这信是来自上海的，说你已经到了上海，是到上海找我的。

我想这可糟了，又来了一个小吉卜西。

这流浪的生活，怕你过不惯，也怕你受不住。

但你说，“你可以过得惯，为什么我过不惯。”

于是你就在上海住下了。

等我一回到上海，你每天到我的住处来，有时我不在家，你就在楼廊等着，你就睡在楼廊的椅子上，我看见了你的黑黑的人影，我的心里充满了慌乱。我想这些流浪的年青人，都将流浪到哪里去，常常在街上碰到你们的一伙，你们都是年青的，都是北方的粗直的青年。内心充满了力量，你们是被逼着来到这人地生疏的地方，你们都怀着万分的勇敢，只有向前，没有回头。但是你们都充满了饥饿，所以每人到处找工作。你们是可怕的一群，在街上落叶似的被秋风卷着，寒冷来的时候，只有弯着腰，抱着膀，打着寒颤。肚里饿着的时候，我猜得到，你们彼此的乱跑，到处看看，谁有可吃的东西。

在这种情形之下，从家跑来的人，还是一天一天的增加，这自然都说是以往，而并非是现在。现在我们已经抗战四年了。在世界上还有谁不知我们中国的英勇，自然而今你们都是战士了。

不过在那时候，因此我就有许多不安。我想将来你到什么地方去，并且做什么？

那时你不知我心里的忧郁，你总是早上来笑着，晚上来笑着。似乎不知道为什么你已经得到了无限的安慰了。似乎是你所存在的地方，已经绝对的安然了，进到我屋子来，看到可吃的就吃，看到书就翻，累了，躺在床上就休息。

你那种傻里傻气的样子，我看了，有的时候，觉得讨厌，有的时候也觉得喜欢，虽是欢喜了，但还是心口不一地说："快起来吧，看这么懒。"

不多时就七七事变，很快你就决定了，到西北去，做抗日军去。

你走的那天晚上，满天都是星，就像幼年我们在黄瓜架下捉着虫子的那样的夜，那样黑黑的夜，那样飞着萤虫的夜。

你走了，你的眼睛不大看我，我也没有同你讲什么话。我送你到了台阶上，到了院里，你就走了。那时我心里不知道想什么，不知道愿意让你走，还是不愿意。只觉得恍恍惚惚的，把过去的许多年的生活都翻了一个新，事事都显得特别真切，又都显得特别的模糊，真所谓有如梦寐了。

可弟，你从小就苍白，不健康，而今虽然长得很高了，仍旧是苍白不健康，看你的读书，行路，一切都是勉强支持。精神是好的，体力是坏的，我很怕你走到别的地方去，支持不住，可是我又不能劝你回家，因为你的心里充满了诱惑，你的眼里充满了禁果。

恰巧在抗战不久，我也到山西去，有人告诉我你在洪洞的前线，离着我很近，我转给你一封信，我想没有两天就可看到你了。那时我心里可开心极了，因为我看到不少和你那样年青的孩子们，他们快乐而活泼，他们跑着跑着，当工作的时候嘴里唱着歌。这一群快乐的小战士，胜利一定属于你们的，你们也拿枪，你们也担水，中国有你们，中国是不会亡的。因为我的心里充满了微笑。虽然我给你的信，你没有收到，我也没能看见你，但我不知为什么竟很放心，就像见到了你的一样。因为你也是他们之中的一个，于是我就把你忘了。

但是从那以后，你的音信一点也没有的。而至今已经四年了，你到底没有信来。

我本来不常想你，不过现在想起你来了，你为什么不来信。

于是我想，这都是我的不好，我在前边引诱了你。

今天又快到九一八了，写了以上这些，以遣胸中的忧闷。

愿你在远方快乐和健康。

致华岗（3封）

（一）1940年6月24日信

西园先生：

你多久没有来信了，你到别的地去了吗？或者你身体不大好！甚念。

我来到香港还是第一次写信给你，在这几个月中，你都写了些什么了？你一向住到乡下就没有回来？到底是隔得太远了，不然我会到大田湾去看你一次的。

我们虽然住在香港，香港是比重庆舒服得多，房子吃的都不坏，但是天天想回重庆，住在外边，尤其是我，好像是离不开自己生活过的故土的。香港的朋友不多，生活又贵。所好的是文章到底写出来了，只为了写文章还打算再住一个期间。端木和我各写了一长篇，都交生活出版去了。端木现在写论鲁迅。今年八月三日为鲁迅先生六十生辰，他在做文纪念。我也打算做一文章的，题目尚未定，不知关于这纪念日你要做文章否？若有，请寄文艺阵地，上海方面要扩大纪念，很欢迎大家多把放在心里的理论和感情发挥出来。我想这也是对的，我们中国人，是真正的纯粹的东方情感，不大好的，“有话放在心里，何必说呢”“有痛苦，不要哭”“有快乐不要笑”。比方两个朋友五六年不见了，本来一见之下，很难过，又很高兴，是应该立刻就站起来，互相热烈的握手。但是我们中国人是不然的，故意压制着，装做若无其事的样子，装做莫测高深的样子，好像他这朋友不但不表现五年不见，看来根本就像没有离开过一样。你说我说的对不对？我可真是借机发挥了议论了。

我来到了香港，身体不大好，不知为什么，写几天文章，就要病几天。大概是自己体内的精神不对，或者是外边的气候不对。端木甚好。下次再谈吧！希望你来信。

沈山婴大概在地上跑着玩了吧？沈先生沈夫人一并都好。

萧红

六月廿四日

（重庆这样轰炸，也许沈家搬了家了。这信我寄交通部。）

（二）1940年7月7日信

园兄：

七月一日信，六日收到。

民族史至今尚未印出，听说上海纸贵，出版商都在观望，等便宜时才买纸来印。可不知何时纸才便宜。

正如兄所说，香江亦非安居之地。近几天正打算走路，昆明不好走，广州湾不好走，大概要去沪转宁波回内地。不知沪上风云如何，正在考虑。离港时必专函奉告，勿念。

胡风有信给上海迅夫人，说我秘密飞港，行址诡秘。他倒很老实，当我离渝时，我并未通知他，我欲去港，既离渝之后，也未通知他，说我已来港，这倒也难怪他说我怎样怎样。我想他大概不是存心侮陷。但是这话说出来，对人家是否有好处？绝对的没有，而且有害的。中国人就是这样随便说话，不管这话轻重，说出来是否有害于人。假若因此害了人，他不负责任，他说他是随便说说呀！中国人这种随便，这种自由自在的随便，是损人而不利己的。我以为是不大好的。专此敬祝健康。

萧

七月七日

并附两信，烦一齐转文艺协会。

（三）1940年7月28日信

园兄：

七月廿日来信，前两天收到，所附之信皆为转去，甚感。香港似又可住一时了。您的关切，我们都一一考虑了。远在万里之外，故人仍为故人计，是铭心感切的。

民族史一事，我已函托上海某书店之一熟人代为考查去了，此书不但您想见到，我也想很快的看到。不久当有回信来，那时当再奉告。

关于胡之乱语，他自己不去撤消，似乎别人去谏一点儿意，他也要不以为然的，那就是他不是胡涂人，不是胡涂人说出来的话，还会不正确的吗？他自己一定是以为很正确。假若有人去解释，我怕连那去解释的人也要受到他心灵上的反感。那还是随他去吧！

想当年胡兄也受到过人家的侮陷，那时是还活着的周先生把那侮陷者给击退了。现在事情也不过三五年，他就出来用同样的手法对待他的同伙了。呜呼哀哉！

世界是可怕的，但是以前还没有自身经历过，也不过从周先生的文章上看过，现在却不了，是实实在在来到自己的身上了。当我晓得了这事时，我坐立不安的度过了两个钟头，那心情是很痛苦的。过后一想，才觉得可笑，未免太小孩子气了。开初而是因为我不能相信，纳闷，奇怪，想不明白，这样说似乎是后来想明白了的样子，可也并没有想明白。因为我也不想这些了。若是越想越不可解，岂不想出毛病来了吗？您想要替我解释，我是衷心的感激，但话不要了。

今天我是发了一大套牢骚，好像不是在写信，而是像对面坐着在讲话的样子。不讲这套了。再说这八月份的工作计划。在这一个月中，我打算写完一长篇小说，内容是写我的一个同学，因为追求革命，而把恋爱牺牲了。那对方的男子，本也是革命者，就因为彼此都对革命起着过高的热情的浪潮，而彼此又都把握不了那革命，所以那悲剧在一开头就已经注定的了。但是一看起来他们在精神上是无时不在幸福之中。但是那种幸福就像薄纱一样，轻轻的就被风吹走了。结果是一个东，一个西，不通音信，男婚女嫁。在那默默的一年一月的时间中，有的时候，某一方面听到了传闻那哀感是仍会升起来的，不过不怎具体罢了。就像听到了海上的难船的呼救似的，辽远，空阔，似有似无。同时那种惊惧的感情，我要把他写出来。假若人的心上可以放一块砖头的话，那么这块砖头再过十年去翻动它，那滋味就绝不相同于去翻动一块放在墙角的砖头。

写到这里，我想起那次您在饺子馆讲的那故事来了。您说奇怪不奇怪？专此敬祝

安好。

萧

七月廿八日

附上所写稿“马伯乐”长篇小说的最前的一章，请读一读，看看马伯乐这人是否可笑！因有副稿，读后，请转中苏文化交曹靖华先生。

戏剧篇

民族魂鲁迅

（剧情为演出方便，如有更改，须征求原作者同意。）

第一幕

人物

少年鲁迅　当铺掌柜甲、乙　蓝皮阿五

何半仙　单四嫂子

孔乙己　王胡　阿Q　牵羊人　祥林嫂

第一幕　剧情

六十年前的今天，鲁迅先生生在浙江省绍兴府。

他的父亲姓周，母亲姓鲁。鲁迅先生的真姓名叫周树人，鲁迅是他的笔名。

他生来记性很强，感觉很敏，对于人类怀着一种热爱。他的一生的心血都放在我们民族解放的工作上，他的工作就是想怎样拯救我们这水深火热中的民族。但是他个人的遭遇很坏，一生受尽了人们的白眼和冷淡。

这哑剧的第一幕是说明鲁迅先生在少年时代他亲身所遇的、亲眼所见的周围不幸的人群。他们怎样生活在这地面上来，他们怎样的求活，他们怎样的死亡。这里有庸医误人的何半仙，有希望天堂的祥林嫂，有吃揩油饭的蓝皮阿五，有专门会精神胜利的阿Q……

鲁迅小时候，家道已经中落，父亲生病，鲁迅便不得不出入在典当铺子的门口。

鲁迅看穿了人情的奸诈浮薄，所以从很小的时候，就想改良我们的民族性，想使我们这老大的民族转弱为强。

第一幕　表演

舞台开幕时，是一片漆黑。

黑暗中渐渐的有一颗星星出现了，越来越亮，又渐渐隐去。

黑幕拉开，舞台有个高高的当铺柜台，柜台上面摆着一个浑圆的葫芦，一个毡帽大小的一把酒壶。当铺门口西边有一张桌子，桌裙是一张白布，什么字也没有写。东边是两件破棉袄乱放在那里。近当铺门口有个小石狮子的下马台，是早年给过路人拴马用的，下马石旁边立一棵红色的抱柱。柱顶上有块招匾，写个很大的“押”字。

开幕后，哑场片刻。

单四嫂子上，手中抱着一个生病的小孩，她显出非常的疲倦，坐在小石狮子上休息，擦汗，喘气，叹息，看视小孩，惊惶，将小孩恐惧地放下，左右找人。没有，又将小孩爱抚地抱在怀里。流泪，用手摇小孩，看天，作祈祷的样子，掠发，擦汗，又检视小孩。

蓝皮阿五上，形状鬼祟，以背向后退，作手势和别人讲话，手势表示下面的意思：小孤孀，好凄凉，我明天，和你痛痛快快喝一场……在咸亨酒店，半斤不够，一个人得喝三斤，明天见……正退在石狮子上，差一点儿没有和单四嫂子相撞。看见了单四嫂子，又看见了她病了的孩子，故作惊奇的样子。替单四嫂子抱孩子，专在单四嫂子的胸前和孩子之间伸过去。

单四嫂子很不安，要把孩子再接过来。

蓝皮阿五表示没有什么。

单四嫂子想找个医生给孩子看病。

蓝皮阿五把孩子交给单四嫂子抱着。

蓝皮阿五走到桌子前边，将桌子大声一拍。桌子自己掉转过来，桌裙上写“何半仙神医，男妇儿科，老祝由科，专售败鼓皮散，立消水鼓，七十二般鼓胀”。桌子后钻出何半仙来，头戴帽翅，身穿马褂，手拿小烟袋，指甲三寸长，满身油渍，桌上放一个小枕头。

单四嫂子走过去，把孩子给他看。何半仙看了以为没有什么，作手势说得消一消火，吃两帖就好了。

单四嫂子掏钱给他。何半仙认为还差三十吊。单四嫂子解下包孩子的袍皮托蓝皮阿五去当。

蓝皮阿五到柜台上大声一拍，柜台上的葫芦和酒壶处就出现了两个人，一个是掌柜甲，一个是掌柜乙；原来葫芦是秃头的秃顶，酒壶是那一个的毡帽。

蓝皮阿五当了五十吊钱，自己放了二十吊在腰包里，给单四嫂子三十吊，又把手贴着单四嫂子的胸前伸过去，替她抱孩子，走在小石狮子面前，他用脚一踢，石狮子打碎了，出现了已经折了腿的孔乙己，他用手在舞台上膝行着走来走去。他在抱柱上用力一拍，柱后转出祥林嫂。

祥林嫂一直找到何半仙那儿去问人死了之后，有没有地狱和天堂。

蓝皮阿五随便用脚啪的一声踢着两件破棉袄，里面钻出王胡和阿Q，两个人比赛拿虱子，他说他的大，他说他的响，两个人龃龉起来。

王胡后来终于没有比过他，就拿出火链来，点起亮来。吹灭了又点，点了又吹灭，故意戏弄阿Q，阿Q大气。他是癞痢头，最忌讳别人说亮了，亮了。一手就捏住了王胡的辫子，两个人不分上下，两个人在墙壁上照出一条虹形的影子，两个人都不放手。

少年鲁迅带着可质的物件上，一直走到柜台上，把质物递上去了。

两个掌柜本来正看着王胡和阿Q打架，一面随着他俩的动作眉飞色舞，一面还作着两面的指导人。看见鲁迅来了，耽误了他们的听兴趣，就非常地不高兴起来，故意刁难，故意揶揄。

掌柜甲以为：哈哈，你又来了。掌柜乙便作态着来数落：昨天来，今天又来，明天还要来的。

掌柜甲认为货色不好，显出很不愿意收的样子。掌柜乙以为这已是老主顾，收是可以收的，但得典费从廉。掌柜甲以为，你和他何必斛斤驳两，你反正从廉从优，他都得典的，你索兴摆个面孔给他看就完了。

掌柜乙以为这不过还是买卖，卖身也得卖个情愿的，便肯出五十吊。掌柜甲认为不值，只肯出四十吊，对掌柜乙大示挖苦。掌柜乙为了保持自己的尊严，所以一定坚持五十吊不可。两个人争起来。掌柜甲不服气，把掌柜乙推开，伸出一只手来表示只肯给四十吊。掌柜乙趁势又钻出头来，把掌柜甲推开，伸出手来，表示肯出五十吊。掌柜甲又把他推开，伸手只肯出四十吊。他们三番五次闹了半天，他们俩都疲倦了，于是他们俩互相调和起来，协商的结果，肯出四十五吊钱。

少年鲁迅站在柜台前边，面对着这幕喜剧，不言不动不笑，……直到他们要完了，收了钱便走了。

两个掌柜因为这个少年没有参加他们的喜剧，非常不满足，彼此抱怨起来。

这时祥林嫂看见鲁迅走来，便探视他：地狱和天堂到底有没有呢？

鲁迅想了一会儿，点头说有的。祥林嫂脸上透出感慰的光辉。

鲁迅走过何半仙那儿的时候，孔乙己追着他讨钱。鲁迅给了他，下。

孔乙己掏出酒瓶来饮酒，阿Q、何半仙都围拢来争看他手中的钱。

舞台渐暗。舞台全陷在黑暗里，只有脚尖有亮。一个人牵一条羊上，四面黑暗里显出百千的猫头鹰的眼睛，牵羊人大惊而逃。小羊仔怔忡了半天，不知往哪里逃。黑暗重重的洒落下来。

（幕慢慢地落下来。）

第二幕

人物

鲁迅　日本人甲乙　朋友“鬼”

第二幕　剧情

鲁迅先生十八岁的时候，那时父亲已经死了。连鲁迅先生读书的学费也无法可想了。母亲给他筹了点儿旅费，教他去找不要学费的学校去。鲁迅先生就拿着母亲筹给他的旅费，旅行到了南京，考入了水师学堂，后来又改进矿路学堂去学开矿。毕业之后，就派往日本留学。

在日本，鲁迅先生学的是医学，他想要用医学来医中国人的病。在仙台医学专门学校学了两年，这时正值日俄战争，鲁迅先生偶然在电影上看见一个中国人因为做侦探即将被斩，因此鲁迅先生觉得在中国医好几个人也没有用处，还应该有较为广大的运动……

从那时起，鲁迅先生就放弃了医学，坚决的想用文学来拯救我们的中华民族。

鲁迅先生二十九岁回国的。一回国就在浙江杭州的两级师范学堂教化学和生理学。后来又在绍兴做了一个师范学校的校长。有一次鲁迅先生走夜路，在坟场上遇到一个影子，在前边时高时低，时小时大，似乎是个鬼。鲁迅先生怀疑了一会儿，到底过去用脚踢了他。虽然鲁迅先生也怀疑了一下，是鬼呢？不是鬼呢？但到底他敢去老老实实地踢他一脚，这种彻底认准了是非，就是鲁迅的精神。

第二幕　表演

青年鲁迅正在试验室作试验，一面将试验管里面的现象，变化，反应，结果……记在纸上。

一个蒙在一条地毯下面的日本学生现在钻出来。吃醉了酒，口吹着口琴，跳舞，闹着。

看了鲁迅的工作，非常惊奇。动动这个，摸摸那个，鲁迅依然不为所扰，沉静的工作着。

那个学生觉得无聊，就在地上乱找，他东找出一本书，西找出一本书，都生气地丢开了。找了半天，最后才找到一段香烟，非常喜欢。他在屁股上划火柴去吸，几次都吸不着。原来他找到的不是什么香烟，而是一支粉笔头儿。他停了跳舞，想在黑板上写字，故意作出听取鲁迅意见的样子，在黑板上写着，仿佛记录的是鲁迅的意见。

人+兽性=西洋人

人+家畜性=中国人

鲁迅冷冷的看了他一眼，并不睬他，仍在工作。

那个醉鬼跳着下去。

另外一个日本人上。手里拿着个幻灯，摆在桌上，开映照片，作出招呼鲁迅去看的样子。

幻灯映出一个中国人因为做侦探而将被斩，阿Q麻木不仁的在旁边看着。而且把下巴拖下来嘻嘻傻笑。鲁迅于是非常痛心，他觉得在中国医好几个人也是无用，还是应该有较为广大的运动……他默坐在桌边沉思起来。目送着那个日本人鬼鬼祟祟地走去。

鲁迅的一个朋友走来了，手里拿着许多文学书，有一本上面写着“新生”两个字，还拿着一大卷稿子。

鲁迅非常高兴，立刻将化学仪器移到另一个桌子上，把许多书都排开在原来的试验桌上。

那个朋友也到幻灯那儿去放映，映出托尔斯泰，罗曼·罗兰，契诃夫……等人的半身像来。

鲁迅决定献身文学。

鲁迅立刻伏在桌子上写稿。

灯光渐暗，舞台全黑。

舞台又渐渐亮起来。

鲁迅一个人在荒野上夜行。

远远有一座坟场，有一个鬼影子时高时低，时大时小……

鲁迅踌躇了一会儿，怀疑着是人是鬼呢，莫能决定，自然莫睹一样地走向前去。走到那鬼的跟前，用脚猛力一踢，原来蹲在那儿的是个掘墓子的人。被这一踢，踢得站起来，露出是个人样儿来。把他的铁锤吓得当啷落地，瘸着腿儿逃走了。

鲁迅目送之，下。

（幕急落）

第三幕

人物

鲁迅　朋友　绅士　强盗　贵妇人　狗

恶青年二人　好青年二人

第三幕　剧情

鲁迅先生在北京的时候，和假的正人君子们所代表的反动势力，作着激烈的斗争。因为他们随便地杀戮青年。鲁迅先生在这个暗无天日的军阀政客统治的高压下，一个人孤军作战，毫不容情地把这般假的正人君子们击倒。

但在同一个时候，北京的学者，也有人在提倡实验主义，磕头主义，君子主义的主张，来和敌人妥协，但鲁迅先生对这些都一概置之不听，认为和这些假的正人君子、假的猛人战士不能讲客气，只能打到底。

比如打已经落在水里的狗，非要再打它不可，一直打到它不能爬到岸上来，才放手。因为不这样，那狗爬到岸上还要咬人的，还要弄了人一身泥污的。

所以后来有几个学者到段祺瑞政府去告密，说鲁迅先生不好，要捕拿他。

鲁迅先生得了朋友的帮助，逃到厦门，又逃到广州，在广州中山大学作了教授。后来辞职才去上海。

第三幕　表演

开幕后，舞台上露出一段篱笆，用竹子做的，上边挂个牌子“内有恶犬”，篱笆下有两块灰色的圆石头平放着。

篱笆的一边，有个水池子。

鲁迅先生正用着竹杆在打着什么东西。

一个贵妇人牵着一条小哈巴狗轻俏的走过。路上有一块砖头，踞了她一下，差点儿没跌倒了。

鲁迅先生的朋友，一个很文雅的教授，带着眼镜，挟着很大的公事包走过来，对鲁迅先生作势，请他不要打。

鲁迅不听，认为非又从而打之不可。

朋友又和他表示了一些仁侠精神的道理，走过去。

篱笆下面一块灰色石头底下，钻出一位绅士来，他把那盖在地上的，原来当做石头蒙着他的那张灰色长衫穿起来，跑到另外的一块灰色石头的旁边去，把钱放在一个小小口袋里，打打呵欠，伸伸懒腰，站起来预备要走的样子。

忽然一个铜板当啷落地，那位绅士分明看见那个铜板，但不就拾起，他在地上假设一块可以找到的铜板的地方，有两码见方的地方，他把它等分的画着方格子。然后从第一格找起，一直找到有铜板的格子为止，才把铜板拣起，他实行着实验主义。

他站起来走路的时候，他忽然忘记了人身上的四肢，不知那两肢是为的走路的，他先试着走几步，觉得不能充分证明脚是用来走路的，便爬下去用手来走路试试，这一走，气喘汗流，才又转过来，用脚来走路。

他吃香蕉不知是带皮好吃，还是不带皮好吃。第一个香蕉他就带皮吃了，吃了之后，他发现它有好吃的部分，也有不好吃的部分，第二只香蕉他就只吃皮，而把瓤丢了不吃，直到第三只他才决定香蕉是吃瓤儿的。

另外那块石头下面藏着一个强盗，强盗爬起，把那块原来当做石头的盖在他身上的一张空包皮，打叠起来，往背上一包，就去抢那位绅士的钱袋。

那位绅士见逃不了，慌作一团，因为手颤不止，把钱袋丢落在地上，要自己逃走。

强盗弯下腰来，拾取钱袋，以背向着那位绅士。

绅士本来可以乘他不备抢回原物，刚想伸过腿去踢他，但是以为那样子太失去了绅士的体面，再说也太不公道，于是摆手唤他转脸儿来，再去打他不迟，不愿做背后进攻的事情。

强盗转过脸儿来，他伸手去打强盗，没有打着，反而自己挨了一掌。

绅士见身后有一块砖头，转身去取，以背向强盗。强盗却不如方才他那样客气，在他屁股上猛踢一脚，把他踢倒在地。

强盗因为回头注视他，没当心，被那块砖头绊倒了。

绅士走过来，本来可以乘他倒时打他，但也寻思了一会儿，仍然招手把他唤起，用手扶着他的肩膀，帮他站好，然后摆好阵势，才伸拳去打他，没有打着，反挨了对方一掌。

这时这位绅士又去拾取砖头，强盗乘他不备，伸出脚来，又把他踢倒。

强盗拿起钱袋扬长而去，绅士则懊丧失望，用脚走下舞台去。

这时二恶青年上，他们看见了鲁迅在水边坐着。

青年甲认为鲁迅是有闲，有闲，第三有闲，一定是在看风景。

青年乙则认为鲁迅是醉眼的朦胧，一定是看见了一只青蛙，以为是什么怪物，在那儿昏头昏脑的打了起来。

那青年学着鲁迅的样子在看，然后自己蹲在地上作出青蛙在跳的样子，然后又立直了，像个旁观者似的看着，看了一会儿，又自己作出打滚的样子。又作出被打到水里的样子。

表演累了，便从自己的口袋中取出酒瓶喝起酒来，两人的结论相同，非常满意。两人携下。

前一刻下场的鲁迅的朋友又上，样子比较惊慌，装束同前。仍然挟着大皮包。

他来告诉鲁迅先生一些段执政惨杀青年的消息。随后即走下舞台去。

这时有一青年，手持火把，从鲁迅面前跑过。又一个青年受了伤，手持火把，也跑过来，跑到舞台中间，倒地而死。

鲁迅急忙过来扶他。

看那青年没有再活转来的希望了。

鲁迅就从青年的手里把火把接过来，向前走去。

舞台渐暗下去。

舞台再亮起来，映出广州的城垣，城上发出很大的火焰向天空照耀着。

鲁迅从大路上，手执火把向城垣走去。（此处不演也可以）

（幕慢慢落下）

第四幕

人物

鲁迅　卖书小贩　朋友　外国朋友　开电梯人　德国领事馆人　僵尸少爷　买书青年群

第四幕　剧情

鲁迅先生到上海以后的工作更严重了。鲁迅先生不但向国内呐喊，而是向着世界大声疾呼起来。

一九三〇年的二月，鲁迅先生加入自由大同盟。

一九三三年的一月，鲁迅先生加入民权保障大同盟。

同年五月十三日，鲁迅先生亲到德国领事馆为法西斯的暴行递抗议书。

“九一八”和“一二八”的时候，鲁迅先生写了《伪自由书》，坚决地指出了中国的命运。

在抗战的前一年，鲁迅先生为过度的工作夺去他的生命，他没能亲眼看到中国是怎样的搬动起来，可是远在一九二三年，鲁迅先生就预言过，说过这样的话：

“可惜中国太难改变了，即使搬动一张桌子，改装一个火炉，几乎也要血，而且即使有了血，也未必一定能搬动，能改装。不是很大的鞭子打在背上，中国人自己是不肯动弹的，我想这鞭子总要来，好坏另是一个问题。然而总要打到的……”现在这鞭子未出所料的是打来了，而且也未出所料的中国是动弹了。

综括鲁迅先生一生的工作，鲁迅先生纪念委员会主席蔡元培先生和副主席孙夫人说的：“承清季朴学学之绪余，奠现代文坛之础石”。又说鲁迅先生的全部工作可“唤醒国魂，抵励士气”，是很正确的评论。

一九三六年十月十九日上午五时二十五分，鲁迅先生逝世，享年五十六岁。

现在开演的是本剧第四幕，表现鲁迅先生在他多病的晚年，仍然忍受着商人和市侩的进攻，这种进攻从来没有和缓过，或停止过。鲁迅先生的一生，就在这种境遇之下过去的。但是在他倒在了地上、在他殡葬的时候，却有千万的群众追随着他，继承着他，并且亲手在先生的棺上献奉了一面旗子，上面题着：“民族魂。”

一九三三年二月十七日，鲁迅先生在一个朋友的私宅欢迎外国朋友。

（鲁迅先生递抗议书和欢迎外国朋友，在时间的顺序上是倒置了，这是为了戏剧效果而这样处理的，请诸位注意并且予以原谅。作者特别声明。）

第四幕　表演

舞台开幕后，背景是一片大白纸，有一边堆着一个四方形的包书纸的大包，白纸下边还躺着一个白色僵尸。其他什么也没有。

大白纸幕中间偏右画着希特勒法西斯暴行的一张不太大的画。

幕开后哑场片刻。舞台上出现有很大的横旗帜，上面写着“自由大同盟”五个字缓缓前进。纸幕上映出群众行列的影子。哑场片刻。

鲁迅手持对法西斯暴行的画面用手猛烈一扯，扯落地上。

舞台一端风起，将纸吹走。

画面扯去纸壁成一方洞，里面露一希特勒式的人头。方洞上面写着德国领事馆字样。

鲁迅把抗议书交给那个人。

纸壁上方洞已闭，什么也没有了。

大风吹舞鲁迅挟衣而下。哑场片刻。

那个白纸箱撞破了，钻出一个卖书小贩和几十本书。书特别大，比真书要大两倍以上。小贩戴着鸭舌帽，穿短衣、长裤。肩上挂着一个大口袋，是装钱，里边钱已满了，钱票子就洒出来了。

用鸭舌帽擦脸上汗水。取出笔来，在白幕上写了八个大字：“零割出让，价钱公道。”

写完了，想想，又写了“大文豪”三个大字。想想又写了“快快买啊”四个字。这两行是交叉形的歪斜的写着的，接续在八个大字的底下小贩清理好摊子，正式的出卖鲁迅的作品，大展买卖伎俩。

僵尸是一个老爷模样的人，戴着礼帽，穿着黑色马褂，两袖袖口很瘦，褪色袍子，戴石墨眼镜，留着中国的胡子，足上穿着布底鞋子。从东边用八字步走到舞台中央。

一个洋场少爷穿着笔挺的西装，皮鞋，分发，从西边踌躇志满的走上来，和绅士热烈的握手。小贩看见买主来了，向他们兜售。老爷非常鄙夷，不要买。少爷也非常鄙夷，不要买。

小贩虽然失望，但仍力辩这书值得一买。少爷看这书，还没有他口袋里的那本书好，他从身上掏出一本来，书皮上画着一个三角，一颗红色的心上穿着一颗箭。

小贩用笔在纸幕“大文豪”三字上加一“伟”字。

老爷和少爷看了仍不起劲，仍然不买。小贩擦汗，诅咒，为自己的生意而生气。

老爷示书中那一套没什么道理，还不如他肚子里的那一套。少爷表示书中那一套没什么道理，还不如他肚子里的那一套。小贩追问他们那一套是什么呢？少爷主张表演给他们看，老爷认为没有必要。少爷认为那样要被轻视。老爷想演演又何妨。于是两人演了一套双簧。

不一会儿死人捉住了活人。

老爷在前，少爷在后，站了一会儿，老爷在后，少爷在前。又站了一会儿，研究了半天，揖让了半天，决定少爷在前，老爷在后。这时两人贴着站着，舞台上只见少爷，不见老爷。老爷把自己的帽子取下，戴在少爷的头上。

这时少爷用手臂向后伸出，将两臂勾在老爷身上。老爷把两手伸到前面成了少爷的左右手。两个人合为一人，青年人用老年人的手行动。两个人成为一个人了，但是一举手一投足之间，都感到非常和谐，俨如一人。

他们按照下面的进程表演：用手搔头，托腮，打自己嘴巴，挖嘴唇。用手弹头顶，擦鼻子尖上的汗。用手挖眼屎，耳腔，从口袋里取出小镜子，东照照，西照照，顾盼自如。从口袋里取出牙签剔牙。从口袋里取出长烟管来吸。取出火柴来划。从口袋里取出电话号码作出打电话的样子。从口袋里取出酒杯酒瓶来饮酒，颇为自得。忽然从一边传来一道强烈的光线，晃花了他的眼，他把眼用手遮起来向外看……他看见了什么，吓了一大跳，酒杯酒瓶迸然落地。

他俩分开了，各自狼狈遁去。

青年数人来买鲁迅的作品。有的围着翻看，小贩劈手夺之，令其出钱，才可以买。

小贩手里拿着一两本书，夸着说好，伸手与人讲价，青年围拢得更多了，他更起劲。

一个青年两肋下各挟一只面包，两手拱着，口里正吃一块面。吃完了面包，肋下各挟着本鲁迅作品，眼前摊着一本，边走边看，下。

四个青年联合来偷书，自第一个从胯下传给第二个，再传给第三个。到第四个手中转身扬长而去。

青年各抱了很多鲁迅的作品，一个个走了。

舞台另外一边，一个旅馆伙计，正穿着卖巧克力糖的服装，摊开纸片的原来刺开的一个方格子的门洞走出，用笔写着电梯两个字，又按着可以开关的格子大小画成电梯的门。

伙计站在门口，一个大块头和一个漂亮小姐都来这儿乘电梯。

伙计伺候他们非常周到。

一个送报的来乘电梯，挥之使去。

鲁迅由舞台另一端走来，看了买书的一眼，小贩看他买不起，转过脸去，不搭理他。

鲁迅来赶乘电梯，伙计看他穿着不好，连忙把“此梯奉令停止”的牌子挂出来。挥手让他往后门侍役通行的地方走上去。看他走过去，又笑嘻嘻地把牌子摘下来。

小贩一会儿工夫已经把书卖完，正在数点儿钱票子。

鲁迅和一个外国朋友从电梯里并肩走下来。开电梯的还是那个伙计，看了大惭。

小贩把钱藏起，用手扯掉白纸幕，然后来乘电梯。伙计看他来，用手也一把将电梯扯掉。这时小贩扯掉白纸幕表示收摊了，开电梯的人也帮着扯，电梯也收了。二人下场。

白色纸幕扯掉后，里面露出来一个很大的花园。园门上写着“博爱”两个大字。后面立着一个很大的很高的微笑的萧伯纳的全身像。应该用薄木板或原马粪纸作。另一边是高尔基把大钢笔像投枪似的举起的像。比萧站得远一点儿。

哑场片刻。有青年八人，穿着有的像学生，有的像工人，有的像农夫，有的像商人，还有的像兵士，也有妇女，左手夹着鲁迅先生的作品，右手执旗，旗上面写着：（一）“全国一致对日”；（二）“血债必须用同物偿还”；（三）“抗日反对汉奸”；（四）“设法增长国民的实力，永远这样干下去”；（五）“不怕的人前面才有路”；（六）“一面清结旧账，一面开辟新路”；（七）“共同抵抗，改革，奋斗三十年，不够再一代二代……”；（八）“在这可诅咒的地方，击退了可诅咒的时代。”（标语都是由鲁迅先生作品里摘录下来的）青年们在园门前绕行三周。

有白鸽四五只飞起。

花瓣飞舞的落下来。

鲁迅和他的朋友从园子里缓缓地走过去。

舞台上映照出鲁迅伟大的背影，久久不动。

灯光渐渐低下去。舞台上现出一面红绒黑字的大旗，上面写着“民族魂”三个大字。

旗一直在光辉着。

（幕渐渐地落下去了）

出版后记

萧红是一位具有独特艺术风格的女性作家，以其作品中悲喜交杂的情感基调、刚柔并济的语言风格以及独特的写作视角的运用和对行文结构的处理，在文学史中独树一帜。本套图书基本收录了萧红绝大多数经典作品。

本套书在编辑出版过程中，工作人员查阅了大量资料，想尽一切办法恢复每个作品的原文原貌。所以，文中的一些文法以及用词在今天看来也许是不符合当下的书面语言规范的，但我们仍然做了保留。我们的目标就是让读者在作者带有时代色彩的语言之中体味那个年代的风土人情以及社会风貌。

虽经努力，但限于时间、精力、水平，难免有不足之处，敬请指正。